D1727300

Warum auf morgen warten?

Warum auf morgen warten?
Höre dies Lied und
trockne deine Tränen:
Warum auf morgen warten?

Porque esperar amanhã?
Escute este canto,
enxugue este pranto!
Porque esperar amanhã?

Refrain eines zeitgenössischen
brasilianischen Liedes

Alcy Cheuiche

Warum auf morgen warten?

Anna S. – Roman

Aus dem brasilianischen Portugiesisch
von Helmut Burger

bkv brasilienkunde verlag Mettingen
Verlag der Ev.-Luth. Mission Erlangen

Die Deutsche Bibliothek – CIP-Einheitsaufnahme
Cheuiche, Alcy:
Warum auf morgen warten? Anna S.-Roman / Alcy Cheuiche.
Aus dem brasilianischen Portugiesisch von Helmut Burger. –
Mettingen: bkv, Brasilienkunde-Verlag;
Erlangen: Verlag der Ev.-Luth. Mission, 1994
ISBN 3-88559-055-7 (bkv, Brasilienkunde-Verlag)
ISBN 3-87214-261-5 (Verlag der Ev.-Luth. Mission)

Die Übersetzung aus dem brasilianischen Portugiesisch wurde
mit Mitteln des Auswärtigen Amtes unterstützt durch die Gesellschaft
zur Förderung der Literatur aus Afrika, Asien und Lateinamerika e.V.

Für Maria Berenice und Zilah Maria,
meine Gefährtinnen in der Wirklichkeit
wie in der Dichtung

An einem Sonntag im Februar 1989 überflog ein Landwirtschafts-Flugzeug das Landlosen-Lager am Rincão do Ivaí und überschüttete es mit seiner Pestizid-Ladung. An Vergiftung starben die Kinder

Marco Rodrigo Toledo, neun Monate alt,
Alexandre Batistella, fünf Monate,
Jaime Rhoden, fünf Jahre,
Marisa Garcia da Rocha, vier Monate.

Diesen vier kleinen Ex-Kämpfern widme ich dies Buch.

EINS

Im Küstenland Südbrasiliens
Sommer 1957

Der Schweiß rann der Frau über den Rücken. Er stand ihr im geröteten Gesicht. Er zeichnete ihre Brüste gegen das schwarze Kleid. Die strammen Schenkel rieben sich aneinander bei jedem Schritt. Unter ihren Hammerschlägen erzitterte das Holzhaus. Im Schrank klirrten Gläser. Mit der linken Hand drückte sie den Nagel gegen das Brett. Die Rechte verscheuchte die Fliegen, hob den Schmiedehammer und ließ ihn in hohlklingenden Schlägen niedergehen.

Anna schaute ihrer Schwester fasziniert zu. Sie wollte etwas sagen, aber die Worte kamen ihr nicht über die müden Lippen. Heidi, die mittlere der Schwestern, hatte ihren vor kurzem geborenen Jungen in der Wiege. Ganz in Blau war er gewickelt. Der Kleine verzog das gerötete Gesicht und fing wieder an zu weinen. Die Mutter schaukelte die Wiege etwas stärker, fast ärgerlich schon, und sang ganz leise auf Deutsch: "Schlaf, Kindlein, schlaf... Schlaf, Kindlein, schlaf..."

Das Baby hörte nicht auf zu weinen. Heidi schaffte es, lauter zu sprechen als die Hammerschläge.

"Gisela, um Gottes willen. Das ist doch alles verrückt.

Die Fenster vernageln! Was soll das? Wir werden hier drinnen ersticken. Bitte, Gisela, bitte-bitte. Ich halte das nicht mehr aus."

Anna blickte zuerst Heidi, dann Gisela an, mit gebeugtem Kopf. Fast so, wie ein Hund blickt. Die ältere Schwester nagelte weiter Bretter vor das Fenster. Wütend, aber nicht überhastet. Der Abstand der Leisten zueinander war immer der gleiche. Gisela unterbrach ihr Hämmern nicht. Mit dem Rücken zur Schwester antwortete sie ihr ruppig: "Gib dem Kind die Brust und halt den Mund! Oder willst du lieber bei Onkel Klaus wohnen?"

Heidi rümpfte die Nase, als wäre Gestank im Zimmer. Faules Sauerkraut mit billigem Zigarettenqualm. Ja, so könnte man Onkel Klaus beschreiben. Sein schmieriger Kuß, der stets versuchte, näher am Mund zu landen. Heidi mußte tief atmen, um den Brechreiz zu verdrängen. Ihre Stimme war ein heiseres Murmeln: "Tut mir leid, Schwester. Du hast ja recht."

Sonnenstrahlen drangen durch die Ritzen im Dach. Heiß war die Sonne. Sie verbrennt das Grün des Feldes. Sie vertrocknet den Kühen die Milch. Sie bringt das Wasser des Teiches zur Fäulnis. Sie läßt den Leichnam des alten Schneiders schneller verwesen. Zähe Rasse. 72 Jahre harter Arbeit hatten den Körper zur Mumie getrocknet. Dem konnte keine Krankheit etwas anhaben. Nur ein Schlangenbiß! Zwei Stunden Todeskampf. Allein draußen auf dem Feld mit dem Pflug und den Ochsen. Warum nur hatte der alte Dickkopf nicht um Hilfe gerufen? Mußte sein Körper so aufschwellen? Mein Gott!

Gisela hielt den Hammer in der Luft. Lähmende Stille verbreitete sich im Raum. Heidi knöpfte ihr Kleid auf und versuchte, die Brust herauszuholen. Sie war groß. Gespannt richtete Anna ihre grünen Augen dorthin. Heidi überließ ihr den Kleinen und zog sich das Kleid über den Kopf. Sie warf die Schuhe fort und öffnete den BH. Die Brüste waren schwer und von blauen Adern durchzogen. Abgesehen vom noch geschwollenen Bauch zeigte der sechzehn Jahre junge Körper keine Spuren der erlebten Schwangerschaft. Gisela senkte den Hammer und folgte den Bewegungen der Schwester. Heidi nahm das Kind wieder aus Annas Armen und setzte sich auf das hochlehnige Sofa mit den Seitenstützen, die wie Ohren aussahen. Sie hielt den Kleinen fest im Arm und führte sein Mündchen an ihre linke Brust. Das Kind fing an, herzhaft zu saugen. Heidi verzog schmerzlich ihr Gesicht und riß sich zusammen, um das Kind nicht gleich wieder abzunehmen.

"So ein kleiner Teufel – wie das wehtut! Beißt zu wie ein Krokodil."

"Das ist am Anfang so. Später vergeht der Schmerz."

Heidi sah Gisela ein wenig von oben herab an. "Wie willst du das wissen? Du hast noch kein Kind gehabt."

"Aber ich habe Anna mit großgezogen. Ich weiß es von Mama."

Anna wollte etwas sagen, aber sie gab es auf. Seit sie von der Beerdigung nach Hause gekommen war, hatte sie von Vaters Lieblingsstuhl Besitz ergriffen. Ein breiter Stuhl, mit Schaffell belegt. Zu heiß für die Mittagshitze. Ebenso wie das fürchterliche schwarze Kleid, das bis zum Hals zugeknöpft war.

"Zieh doch das Kleid aus, Anna. Es ist zu heiß."

Giselas Stimme klingt herzlich, wenn sie mit der Schwester spricht. Anna knöpft ihr Kleid auf. Sieben Jahre ist sie alt. Ein mageres Kind. Die Haare blond, weißblond. Große, smaragdgrüne Augen.

Gisela nagelt weiterhin die Fenster zu. Die Wohnzimmertür ist durch den Geschirrschrank verstellt. Die Küchentür sichert zusätzlich zum Eisenriegel die Holzkiste. Von den vier Fenstern des Wohnzimmers sind drei bereits vernagelt. Acht Bretter vor jedem Fenster. Gisela reckt sich. Die rechte Hand will ihr nicht mehr gehorchen. Trotzdem hebt sie mit dieser Hand den Hammer und zeigt dabei kein Zeichen von Schmerz. Ein breites, von der Sonne gebräuntes Gesicht. Kurze braune Haare, gerade Nase und schmale Lippen. Hochgewachsen wie der Vater und kräftig wie die Mutter. Die Mama, an die alle dachten und die sie seit ihrem vierzehnten Lebensjahr vertrat. Einen Monat nach Annas Geburt war sie gestorben. Gebärmutterentzündung. Sie hatte ihre vier Kinder allein zur Welt gebracht. Zuhause. Die Hebamme war kein einziges Mal rechtzeitig gekommen. Der einzige Arzt stets mit anderen Patienten beschäftigt. Mama war nur 35 Jahre alt, als sie starb. Mir kam sie alt vor. So alt, wie ich bald sein werde, wenn ich weiterhin auf meinem Standpunkt bestehe. Ich bin erst zwanzig. Wäre es nicht doch besser, Onkel Klaus zu rufen und ihm die Kinder zu übergeben? Häßlich bin ich nicht. Ich könnte das Land verkaufen. Arbeit finde ich in der Stadt. Und einen ordentlichen Mann für mich.

Langsam zieht der Hammer Giselas Arm nach unten. Sie beißt die Zähne zusammen und bringt ihn wieder hoch. Sie zwingt ihn, den Nagel zu treffen. Genau. Ohne daß der Nagel krumm wird. Nein, ich laß mich nicht kleinkriegen. Ich hab's der Mama versprochen. Das Land wird nicht verkauft, und die Geschwister bleiben

10

zusammen. Immer zusammen. Das habe ich ihr versprochen. Heidi ist ledige Mutter. Ohne mich kann sie leicht zur Prostituierten werden. Dann muß der Kleine adoptiert werden, weiß Gott von welchen Leuten. Und der Willy? Mit seinen 12 Jahren! Onkel Klaus hält nichts vom Studieren. Und dabei ist der Willy doch so intelligent, eine Seele von Mensch. Er könnte Arzt werden – oder Priester, wie es sein eigener Wunsch ist. Aber beim Onkel Klaus, da kommt selbst Gott nicht weiter. Ausreißen würde der Willy, Bandit werden. Nein. Ich gebe nicht auf. Das Land hat immer uns gehört. Und es wird immer uns gehören. Solange ich lebe.

Von ferne ein Wiehern. Anna sprang vom Stuhl und rannte zum Fenster. "Ist es der Willy?"

Er war's nicht. Der Mann mit dem Strohhut ritt im Trab vorbei. Er gönnte dem verschlossenen Haus kaum einen Blick und ritt in Richtung der gewaltigen Gebirgswand, dem Sonnenuntergang entgegen. Enttäuscht ging Anna zurück auf Vaters Stuhl. Gisela sah dem Pferd nach und dem Staub, den seine Hufen aufwirbelten. Der Mann saß steif im Sattel, wie eine Holzpuppe. Herr Franz. Er mochte den Papa nicht. Seit dem Tag, an dem seine Kuh in unserem Feld verreckte. An jungem Maniok verreckte sie. Aber das hat der nie geglaubt. Papa hatte kein Glück mit Nachbarn. Der Ärmste. Er muß gelitten haben. Aber warum rief er nicht um Hilfe? Dickköpfig und stolz sogar im Sterben. Er war derart aufgeschwollen, daß er nicht in den Sarg paßte. So eine Schande! Es gab Leute, die kicherten. Es war eine Korallenschlange. Bestimmt. Bei der hilft weder Arznei noch Besprechen. Ich muß schleunigst das zugewachsene Feld freihacken. Knoblauch pflanzen lohnt nicht mehr. Das hilft nur bei Kreuzottern. Und da kommt Heidi schon wieder mit ihrem weinenden Baby. Wenn ich sie nur ein wenig verwöhnen dürfte. Aber viel kann ich nicht machen.

"Schwester, ich habe nicht genug Milch."

"Keine Aufregung, die kommt wieder."

"Und Durst habe ich auch."

"Wenn der Willy nach Hause kommt, soll er Wasser bei der Mühle holen."

Die Mühle. Das war das Zauberwort. Anna flüchtete sich ins gewohnte Traumbild. Glasklar läuft Wasser über die Schaufeln des großen Mühlrades, das sich schon über zwanzig Jahre nicht mehr dreht. Seit damals, als die Mühle in der Stadt aufgemacht wurde. Die Weißfische stromaufwärts in silbrigen Schwärmen. Tastende Füße auf glitschigem Stein. Gisela beim Wäschewaschen, alles überschauend. Das Seifenwasser treibt flußabwärts. An der tieferen Stelle schwimmt Willy, während Heidi im neuen Kleid mit dem Soldaten Hans schmust.

Das Baby war mit Sommersprossen geboren, wie der Vater. Gisela hatte bei der Geburt geholfen. Der alte Schneider hatte den Soldaten umbringen wollen. Aber der war verschwunden. Sie schämten sich, bei der Garnison nach ihm zu fragen. Sie wollte an den Kommandanten in der Hauptstadt Porto Alegre schreiben, aber das ließ der Alte nicht zu. Alt und grau bin ich geworden und habe dabei nie Beamte gebraucht, war sein ständiger Satz. Und wer nicht auffällt, den wird's auch nicht erwischen. Dafür war der Krieg verantwortlich. Ein schon verblichenes Bild von früher fiel Gisela wieder ein. Teils war es eigene Erinnerung, teils von der Mutter erzählt. Das Haus im Durcheinander, so wie heute. Alles zugenagelt und voll Angst. Arbeitslose Haufen brachen ein in die Ländereien der eingewanderten Siedler. Herr Schneider hatte die Landessprache nie richtig gelernt. Ihm blieb nichts anderes übrig, als der Polizei Schutzgeld zu zahlen. Zwei Kühe und eine Sau mit ihren Jungen. Eine Menge Geld, wenn man es mit den Händen erschaffen muß. Gelohnt hatte es gar nichts. Viermal war das Haus überfallen worden. Man sagte, er habe Geld versteckt und besitze einen Radiosender, um mit Deutschland sprechen zu können. Blödsinn! Das Geld reichte kaum, um das zu kaufen, was man nicht selbst pflanzen konnte. Und Deutschland ist viel zu weit weg. Auf der anderen Seite des Meeres. Sechs Jahre war Gisela alt, als der Vater mit eingeschlagenen Zähnen und Blut spuckend nach Hause kam. Viele Siedler waren damals nach Porto Alegre und São Leopoldo geflohen. Fremde hatten ihr Land an sich gerissen. Aber Martha und Martin Schneider hatten durchgehalten.

"Gisela, da kommt jemand!"

"Das muß der Willy sein. Die Stute wiehert immer, wenn er kommt."

"Und wie kommt er ins Haus?"

"Durch die Luke."

Anna mußte an frisch gebackenes Brot denken. Sie verspürte Hunger. An diesem Tag hatte noch niemand etwas gegessen. Nur das Baby. Hausbrot. Aus dem großen Backofen, der wie eine Kapelle aussah. Brot in Längsform mit kleinen Augen aus Bohnen.

"Ja, es ist der Willy. Er geht ums Haus. Schnell, wir schieben den Tisch vor der Tür weg."

"Wir warten besser noch ein wenig. Und wenn's der Onkel Klaus ist?"

"Der ist viel zu ängstlich, um allein zu kommen. Und

zu Fuß kommt der auch nicht. Leg das Baby aufs Sofa und hilf mir beim Tisch. Und du, Klein-Anna, bring ein großes Küchenmesser. Brauchst mich nicht so anzugucken. Ich will die Falltür öffnen. Die ist schon seit Jahren zu."

Das Haus der Schneiders von außen: ein viereckiger Kasten auf hohen Sockeln aus unbehauenen Steinen. Unter dem Haus die schlafenden Schweine. Die Wände mit altem Öl gestrichen. Ein Spitzdach mit Wasserfang. Ausgeblichene Dachsteine französischer Machart. Und auf alles brannte die Drei-Uhr-Nachmittagssonne. Sie ließ den Saft in den Pflanzen verdorren und riß dem Bauern die Füße auf. Freude bereitet sie lediglich den Sommergästen am Strand von Torres und an den übrigen Stränden entlang der Küste. Hier aber bedeutet sie Trockenheit. Kein einziger Regentropfen seit September. Jede Nacht sah es zwar so aus, als zöge Regen auf. Dann wuchs neue Hoffnung. Aber den alten Schneider ließ das inzwischen kalt.

Er kannte das Wetter wie die Fischer von Itapeva. Ihn konnten die Wolken nicht täuschen, auch wenn sie noch so niedrig zum Meer hin trieben. Sie lügen. Es wird nicht regnen, heute nicht und morgen auch nicht. Das ist die Sauerei. Nur an der Mühle wird der Mais etwas werden, nur dort am Bach. Aber wenn's trotzdem etwas tröpfelt, dann pflanze ich noch die Bohnen! An jenem Abend fiel ein kleiner Nieselregen, und er war hinausgezogen, das Land zu bearbeiten. Es war noch dunkel, als er die Ochsen einspannte. Die Schlange biß ihn, als es Tag wurde. Am 2. Februar 1957. Am 3. fand die Beerdigung statt auf dem Friedhof in Três Forquilhas. Der Leichnam hatte nicht in den Sarg gepaßt, er war zu sehr aufgeschwollen.

Man hatte ihn in einen Poncho gerollt und einfach so ins Grab gelegt. Helmuth, der Tischler, hatte Rücksicht genommen auf die Familie und den Sarg wieder zurückgenommen, ohne Bezahlung.

"Seid still, Mädels. Ich kann den Willy nicht hören."

"Aber wir sagen doch gar nichts... Und das Baby ist eingeschlafen."

Ein Schwein grunzte. Ein zweites. Lautes Hundegebell.

"Hau ab, Joli! Nicht anspringen!"

Anna lächelte erleichtert. Es war Willys Stimme. Gisela legte den Hammer zur Seite und fing an, den Tisch wegzurücken. Heidi gab Anna den Kleinen, legte den BH um und beeilte sich zu helfen. Als die Klappe der Falltür gehoben war, kam der Kopf eines blonden Jungen zum Vorschein. Blaue, lebhafte Augen. Erhitztes Gesicht, fröhlich lächelnd.

"Gibt's Nacktvorstellung da drinnen? Das wäre was für Onkel Klaus."

"Red keinen Blödsinn und mach, daß du raufkommst. Da kommt Schweinegestank hoch. Nicht zum Aushalten ist das."

"Hast du Wasser gebracht, Bruder? Ich hab keine Milch mehr."

"Nen ganzen Eimer voll. Frisch von der Mühle."

Kühles Wasser aus dem Tonbecher. Gisela trank als letzte. Nachdem sie sich vorsichtig die Hände gewaschen hatte, befeuchtete sie das Tuch und wischte Anna das Gesicht. Sie nahm ihre Haare hoch und fuhr ihr mit dem Tuch über den schlanken Nacken. Bis zum Rücken über die helle, seidene Haut.

"Sieht sie nicht hübsch aus mit hochgestecktem Haar? Wie eine Prinzessin."

Anna fing an zu stottern, aber stolz: "Da... feh... fehlen die Brill... Brillantenohrringe."

Willy sprang hoch.

"Darf ich sie aus dem Versteck holen, Gisela?"

"Nein. Jetzt nicht. Jetzt wird nicht gespielt."

Anna senkte den Kopf. Sie hätte es nur zu gern gehabt, wenn sie ihr die Ohrringe der Mutter angelegt hätten. Das letzte Überbleibsel besserer Tage, damals, in Deutschland. Doch Gisela blieb hart. Sie schien Annas Bitte zu ignorieren, als sie sich dem Bruder zuwandte: "Und der Pater, Willy?"

"Ich hab mit ihm gesprochen. Er sagt, er kommt vorbei."

"Was will er hier bei uns? Ich will wissen, ob er mit dem Onkel Klaus sprechen wird."

Zum ersten Mal kam Trauer über das Gesicht des Jungen. "Pater Alberto meint, das lohne nicht. Onkel Klaus sei ein Ketz... ach, was weiß ich, was er ist. Einer, der nicht an Gott glaubt."

Gisela verscheuchte eine Fliege vom Gesicht. "Daß er ein Ketzer ist, wissen wir auch. Wer an Gott glaubt, ist nicht so hinter Geld her. Immer mehr, mehr, mehr. Aber ich will wissen, ab Pater Alberto mit ihm reden wird. Wird er oder nicht?"

Willy hielt dem ernsten Blick der Schwester stand. "Er wird nicht."

"Scheiße, und nochmal Scheiße! Und warum nicht? Hat er Angst vor Onkel Klaus? Nur weil er einen Rock anhat, wie eine Frau?"

Ganz nahe kam der Junge an Giselas Gesicht, die aussah, als wollte sie ihn packen. Sein zarter Blick paßte nicht so recht zum Zittern der Lippen. "Ich hab zur Jungfrau Maria gebetet."

Giselas Zorn begann zu bröckeln. Böse konnte sie nicht mehr sein. Aber sie war noch irritiert und blieb weiterhin verletzend. "Während du gebetet hast, habe ich alle Türen und Fenster vernagelt. Und die Gewehre habe ich geladen mit grobem Blei."

Heidi und Anna wagten keinen Ton. Das Baby hatte Zuckerwasser bekommen und schlief friedlich. Willy schluckte, zweimal hintereinander. "Ich nehme die Waffe und schiebe Wache auf dem Boden. Du mußt ausruhen."

Gisela strich mit ihrer großen, rötlichen Hand über das struppige Haar des Bruders. "Hast du Hunger? Seit gestern abend hast du nichts mehr gegessen."

Jetzt kam wieder Leben ins Gesicht des Jungen. "Einen ganzen Ochsen könnte ich verschlingen."

"Und ihr, Heidi und Anna?"

"Ich hatte den Hunger gar nicht gemerkt. Aber jetzt brauche ich was."

"Und du, Klein-Anna? Sag es ruhig, ich beiße nicht!"

"Natürlich habe ich auch Hunger. Aber ich kann warten."

"Dann laßt uns Eier braten. Machst du Feuer, Willy? Holz ist in der Küche. Ich muß das Fenster noch gar zunageln."

Der Junge schnellte hoch. "Aber sofort."

Der Tisch war groß für die kleine Familie. Mit Appetit gingen sie an die Spiegeleier, an den weißen Reis, an den Salat. Im Garten war fast alles vertrocknet. Aber bei der Mühle leuchtete grün im sandigen Boden, was bewässert war. Mais, Salat, ein paar Kürbisse und Wassermelonen. Ein dorniges Eck Ananas und, den Berg hoch in graden Reihen, das Bananenfeld, durch das der Hof sich hielt.

"Wie viel Geld ist noch da, Schwester?"

Gisela hielt inne beim Kauen. "Nicht mehr viel, Willy. Warum?"

"Morgen früh werde ich unseren Stand an der Straße aufstellen. Wir müssen etwas verkaufen... wir brauchen Geld... für die Messe für Papa."

Heidi sah ärgerlich auf. "Der Kleine braucht so viele Sachen... Ich versteh nicht, warum Totenmessen bezahlt werden müssen."

Willy sah sie ernsthaft an, mit einer vorzeitigen Falte zwischen den blonden Augenbrauen. "Um denen zu helfen, die noch schlechter dran sind als wir. Hier und anderswo in den Welt."

Neugierig blickte Anna auf. "Überall in der Welt? Ist das auf der anderen Seite des Meeres?"

Gisela fuhr ihr liebevoll durch die weichen Haare. Den geplagten Fingern tat das gut. Nun, die Fenster waren alle vernagelt. Gott sei Dank. Jetzt kriegt uns niemand aus dem Haus. Für die Geschwister sorge ich. Besser als Onkel Klaus, besser als irgendwer sonst auf der Welt. Wie von selbst verkrampfte sich ihre Hand auf Annas Kopf. Und es kam grober als gewollt. "Anna, du machst zusammen mit Heidi die Betten fertig. Rumsitzen tut niemandem gut. Kaum zu glauben, es ist schon fast sechs Uhr. Und du, Willy, gehst zur Mühle, wenn es dunkel geworden ist. Ein gutes Schrubbelbad wird dir nicht schaden."

Der Abend brachte Wind vom Meer her und ein fernes Donnern. Nun fuhr dieser schwarze Wagen schon zum dritten Mal vorbei und wirbelte Staubwolken auf. Gisela zielte mit dem Jagdgewehr und ballerte zum dritten Mal. Der Wagen beschleunigte mit aufheulendem Motor und verschwand hinter zwei Dünen. Heidi hatte sich mit dem

Kleinen vor dem Pulvergeruch ins Hinterzimmer verzogen. Willy saß oben auf der Zisterne und behielt die Straße im Auge. Anna hielt sich mit beiden Händen die Ohren zu. Aber sie wich nicht von Giselas Seite.

"Bist du in Ordnung, Anna? Kannst die Hände von den Ohren nehmen. Ich schieße nicht mehr."

Willy kam die Treppe runtergerannt. "Einen Schrecken hat der Onkel Klaus gekriegt! Der läßt uns für heute in Ruhe."

"Aber morgen ist er wieder hier, mit der Polizei."

Der Junge sah die Schwester unsicher an. "Auf die Polizei kann man nicht schießen."

"Solange ich Patronen habe, schieße ich – auf den Onkel Klaus, auf die Polizei, auf jeden Teufel, der es wagt, sich unserem Haus zu nähern. So, jetzt kannst du wieder nach oben gehen!"

Anna zog Gisela am Kleid. "Müssen die Menschen ins Gefängnis, wenn ihr Vater stirbt?"

Gisela lehnte die Waffe an die Wand und kniete sich neben die Schwester. "Ach, es tut mir so leid, mein Schatz. Ich hätte dir das alles schon heute morgen erklären sollen. Uns trifft keine Schuld. Aber ihr seid minderjährig, und ich bin erst zwanzig. Ende des Monats werde ich einundzwanzig, und dann wird euch kein Gesetz mehr von mir wegnehmen."

"Wie viele Tage fehlen denn noch bis zum Ende des Monats?"

"Ich weiß nicht, ob dieser Februar 28 oder 29 Tage hat. Es fehlen noch reichlich drei Wochen. Ich bin an einem 29. Februar geboren, in einem Schaltjahr. Wenn das nur alles nicht so schwer zu erklären wäre. Später erzähle ich dir das genauer."

"Und der Onkel Klaus? Was will der eigentlich von uns?"

"Onkel Klaus ist unser nächster Verwandter. Wenn er nicht so schamlos und gierig wäre, dann könnte man es ja bei ihm aushalten. Aber er war schon immer hinter Papas Land her. Damals schon, als das Erbe aufgeteilt wurde, hatte er es geschafft, uns nur 27 Hektar zu lassen. Und war doch nicht zufrieden. Er hat es auf das Wasser der Mühle abgesehen. Er will das Wasser für sich – und um es den Nachbarn zu verkaufen."

"Wasser verkaufen?"

"Onkel Klaus verkauft alles, wenn er nur kann. Die eigene Mutter verkauft er nur deshalb nicht, weil Oma Klara schon lange tot ist, Gott hab sie selig."

Anna verzog weinerlich das Gesicht. "Ich will nicht, daß mich Onkel Klaus an andere Leute verkauft. Bitte, Schwester, bitte nicht..."

Gisela setzte sich mit dem Rücken an die Wand und nahm Anna auf den Schoß. Der Pulvergeruch stand noch immer im Raum. Die Sonne war bereits hinter der Gebirgswand verschwunden. Aber es war noch hell genug für Willy, um die Straße zu überblicken. Ich sollte der Anna ein wenig mehr Liebe zukommen lassen. Die Ärmste. Sie ist noch nicht alt genug, um diese verrückte Welt zu verstehen.

"Nein, ich werde dich nicht dem Onkel Klaus geben, ich gebe dich niemandem. Ich habe die Fenster nur zugenagelt, um Zeit zu gewinnen. Die meinen, ich sei zu jung, um für euch zu sorgen. Ich habe das Geflüster ganz gut gehört bei der Beerdigung. Aber wenn wir hier durchhalten bis zu meinem Geburtstag, kann der Onkel Klaus uns nichts mehr anhaben.

Mit 21 gibt mir das Gesetz das Recht, für euch zu sorgen."

"Wie gut! Und wenn du heiratest, dann kriege ich auch wieder einen Papa."

Gisela hatte die Antwort schon auf der Zunge, als ihr ein heftiges Klopfen an der Tür einen eisigen Schrecken einjagte. Sie sprang auf, schob Anna zur Seite und ergriff das Gewehr.

"Willy!? Wer ist da gekommen? Wer ist da? Wer hat da geklopft?"

Verhalten kam von oben die Stimme des Jungen. "Ich kann nichts erkennen. Der muß gekommen sein, als ich kurz wegguckte. Eine Ratte war das, glaub ich. Ich versteh nur nicht, warum Joli nicht gebellt hat."

Gisela schob die Waffe durch die zerbrochene Fensterscheibe und schoß aufs Geratewohl, nach oben in den dunklen Himmel.

"Um Gottes willen! Jesses Maria. Nicht schießen!"

Die erschrockene Stimme gehörte Pater Alberto. Aber sie erklang zu spät. Die zweite Bleiladung fegte haarscharf über seinen Kopf, noch bevor er sich zu Boden warf. Zwei aufgescheuchte Schweine rannten beinahe über ihn hinweg, und dann kam obendrein der Hund mit lautem Gebell und wollte ihm an die Gurgel.

"Schwester, es ist Pater Alberto! Hau ab, Joli. Das ist doch Pater Alberto!"

Ganz verzweifelt kroch Willy durchs Oberfenster und ließ sich auf dem Dach heruntergleiten. Er hatte das schon oft gemacht. Am Ende krallte er sich an die Dachrinne, und in Sekundenschnelle war er unten. Der Pater lag noch immer am Boden. Er schimpfte mit dem Hund und hatte die Augen krampfhaft auf das Fenster

gerichtet. Drinnen im Haus kam Heidi mit dem schreien-
den Baby ins Zimmer. "Was war das, Gisela? Wer ist da?
Ist jemand verletzt?"
Ein wenig verlegen mußte Gisela lächeln. "Nichts ist los.
Ich hab zweimal auf den Pater geschossen, aber es ging
daneben."
Inzwischen ist es ganz dunkel geworden. Pater Alberto
trinkt Orangenblättertee. Sein breites Gesicht ist glatt.
Kurze Nase, schmale Lippen, rundes, bartloses Kinn,
hohe Stirn. Die Glatze umrandet von gelbem Haar, an
den Schläfen leicht angegraut. Unter dem schweren
Körper stöhnt der Schaukelstuhl. Neben ihm steht Willy
und verjagt die Stechmücken mit einer alten Ausgabe
des 'Correio do Povo'.
"Schon gut, mein Sohn. Du kannst jetzt mein Pferd ab-
spannen und es tränken. Spann dann gleich wieder ein,
ich muß zurück. Und ihr zwei, Heidi und Klein-Anna,
geht bitte ins Zimmer. Ich muß mit eurer Schwester
reden."
Die Stille wird durch ein fernes Donnern unterbrochen.
Zum Meer hinüber zuckt ein kurzer Blitz. Es riecht nach
reifer, von der Trockenheit versengter Weide. Der einzige Lichtschimmer, schwach und gelb, kommt von der
Funzel des Wohnzimmers. In der Kammer geben die
Stechmücken ihr Konzert. Gisela trifft eine an ihrem
Hals. Der Schlag schmerzt mehr als der Stich. Diese
Viecher! Nicht einmal bei Trockenheit wird man sie los.
Bestimmt kommen sie aus dem faulen Wasser des
Teiches. Und dann noch dieser Pater, der in einem fort
dasselbe redet. Wäre es nicht wegen Willy, ich brächte
ihm noch einmal das Laufen bei.
"... ich habe ja auch nicht allzuviel für ihn übrig. Aber

22

Herr Klaus hat schon recht, wenn er sich eurer annimmt. Der Willy ist gerade zwölf und die Anna sieben. Na also. Und das Mädel, die Heidi, knapp 16, und schon die Verantwortung einer Mutter. Wenn der Soldat nicht wiederkommt und sie heiratet, wer soll dann für euch sorgen?"

"Ich werde für uns sorgen. Und wie, das wissen Sie ja bereits."

"Mit Herumgeballer sorgt man nicht für eine christliche Familie. Und außerdem bist du noch selbst ein Mädchen. Mit häßlichem Gesicht und allem, was dazu gehört."

"Daß ich häßlich bin, weiß ich selbst. Endlich haben Sie einmal etwas Wahres gesagt."

"Mein Kind... Aber so war es doch nicht gemeint. Du bist ein hübsches Mädel, und du warst immer fleißig und intelligent. Du wolltest doch gerne Lehrerin werden, schon als Kind, doch dann starb deine Mutter. Das kann immer noch werden. Du kannst dieses Land verkaufen und mit dem Erlös dein Studium in Porto Alegre oder Florianópolis bezahlen. Ich habe auf dem Herweg mit Herrn Klaus darüber gesprochen. Er möchte die Mühle kaufen und hat geschworen, dir dafür den besten Preis der Umgegend zu zahlen. Du gehst zur Schule, und er sorgt für die Kinder, bis du zurückkommst."

Mutlos schüttelte Gisela den Kopf.

"Sie scheinen den Onkel Klaus nicht zu kennen. Er will das Land erwerben, aber mir nur Gut- und Schuldscheine und andere schmutzige Papiere geben. Und die Mädels will er nur haben, um mit ihnen zu schmusen oder noch Schlimmeres."

Das erschrockene Gesicht des Paters konnte sich Gisela besser vorstellen als sehen.

"Sag so etwas nicht, meine Tochter. Der Onkel mag zwar

kein gläubiger Christ sein, aber so tief würde er nicht sinken."

Gisela spürte, wie ihr der Zorn hochkam, durch die Brüste bis hin zur trockenen Kehle. Sie stand langsam vom Stuhl auf und baute sich mit ihrer ganzen Größe vor dem Pater auf.

"Ich war 17, als der Onkel Klaus mir nachstellte. Genau dort in der Ecke, wo Sie jetzt sitzen und mir nicht glauben wollen. Ich bin zwar stark, aber er ist viel stärker, wie ein großes Wildschwein, und gesabbert hat er dabei wie ein toller Hund. Der Papa war damals nach São Leopoldo gefahren zur Beerdigung von Mamas Mutter, der Oma Sigrid. Er hatte den Onkel Klaus gebeten, hier auf uns aufzupassen. Es war Nacht, eine stickig heiße Nacht. Ich hatte die Kleinen zu Bett gebracht und war ein wenig ins Freie gegangen. Für Kosereien hat er sich keine Zeit genommen. Er gab mir einen Schubs, riß meine Bluse auf, noch bevor ich merkte, was los war. Mit dem Kopf... ja mit meinem Kopf bin ich vorgegangen... gegen diesen Holzklotz von Mann..."

"Hör auf, meine Tochter. Mehr brauchst du nicht zu erzählen. Es sei denn, du willst beichten."

Giselas Stimme schien aus dem Innersten ihres Hasses zu kommen. "Beichten? Keineswegs, Pater Alberto. Was ich zu sagen habe, sagt man nicht auf Knien, demütig, um Verzeihung bittend. Wer hier um Verzeihung bitten muß, das ist der Bruder meines Vaters, der einzige Bruder meines Vaters, der hier geblieben war, um auf die Kinder aufzupassen. Und wissen Sie, was diese Kinder gemacht haben?"

"Um Gottes willen... Sag nicht, daß die Kinder zugeguckt haben..."

Vor Zorn zitterte Gisela am ganzen Körper. Sie konnte fast nicht mehr sprechen.

"Ich selbst war noch ein Kind, wenigstens war ich es noch ganz in meinem Innersten, in meinem Körper. Monate habe ich gebraucht, um den Geruch von dem Onkel Klaus nicht mehr in der Nase zu haben... den Geruch seiner Spucke. Was er wollte, hat er nicht erreicht... der Willy war aufgewacht, von hinten hat er sich auf ihn geworfen... mit... mit der Türklinke in... in der Hand."

Gisela war erschöpft. Sie nahm die Teekanne. Es fiel ihr schwer einzuschenken. Auch Pater Alberto war ergriffen.

"Der kleine Willy... Der ist doch so ein zarter Junge. Wie alt war er da? Acht?"

Gisela merkte wieder, daß es Stechmücken gab. Sie wischte eine von den Augen, die nicht weinen konnten.

"Ja, Willy war damals acht, die Heidi zwölf und die Anna gerade drei."

"Und alle drei..."

"Ja, alle drei haben alles mit angesehen. Aber sie mußten mir schwören, dem Papa nichts zu sagen. Der Papa hätte sonst den Onkel Klaus umgebracht und dann für den Rest seines Lebens ins Gefängnis gemußt."

"Und was hat... was hat dein Onkel gemacht?"

Gisela versuchte ein Lächeln, aber es reichte nur zu einer Grimasse. "Abgehauen ist er. Für einige Monate nach Porto Alegre, geschäftlich. Der Papa hat nie begriffen, daß er uns im Stich gelassen hat. Bis zum Tod nicht."

"Besser für ihn, meine Tochter. Gott hab ihn selig."

"Danke. Ich habe nur das getan, was meine Mama an meiner Stelle getan hätte. Wie ich es auch jetzt mache, wenn ich Fenster und Türen zunagele und in der Gegend rumballere, sogar auf Sie."

"An welchem Tag genau wirst du einundzwanzig?"

"Am 29. Wenn dieser Februar-Monat einen 29. hat. Alles an meinem Leben ist kompliziert. Sogar der Geburtstag."

"Laß gut sein, Gisela. Du kannst mit mir rechnen. Ich werde den Polizeichef bitten, Klaus Schneider von diesem Haus fernzuhalten."

"Aber erzählen dürfen Sie nichts."

Pater Alberto nickte lächelnd. "Mein ganzes Leben verbringe ich mit Geheimhaltungen... Dem Polizeichef werde ich nur sagen, dein Onkel Klaus sei Atheist und könne als solcher nicht an Kinder gelassen werden. Dann sag ich ihm noch, daß du in ein paar Tagen volljährig wirst und daß du alle Eigenschaften hast, für deine Geschwister zu sorgen. Wenigstens für deine drei Schwestern und den kleinen Neffen. Denn der Willy..."

Gisela hob den Kopf. Sie ging in Lauerstellung. "Denn der Willy... was ist mit dem Willy, Pater?"

"Der Willy hat schon mit mir gesprochen. Wenn du einverstanden bist, dann will er seiner Berufung folgen."

"Aufs Seminar gehen? Sollte er nicht doch noch ein wenig älter werden? Dann hätte er Gewißheit."

"Wozu noch länger warten? Um auf den Geschmack der weltlichen Dinge zu kommen? Da ist doch besser, er geht gleich jetzt ins Seminar, solange er noch unerfahren ist. So war's mit mir und den meisten von uns."

Gisela wollte sagen, was sie davon hielt, mit aller Deutlichkeit, aber sie beherrschte sich. Sie dachte noch ein paar Sekunden nach, dann schloß sie energisch:

"Ohne den Willy, mit der Heidi und ihrem Baby und dazu noch bei dieser Trockenheit werde ich's allein mit der Anna nicht schaffen. Deswegen mache ich Ihnen einen Vorschlag, ich schlage Ihnen ein Geschäft vor, wenn Sie es so wollen. Ich behalte den Willy hier bei uns noch für ein Jahr. Wenn er dann immer noch gehen will, werde ich ihn nicht daran hindern."

Zehn Uhr abends. Ein starkes Gewitter war niedergegangen und der Regen dann in Richtung Meer abgezogen. Zurückgeblieben war der Wind, der die Fensterscheiben klirren ließ. In Kürze hatte er die Feuchtigkeit des Regens wieder weggeblasen. Und die Dünen hatten andere Konturen. Im Innern des Hauses sitzt Willy wieder am Windloch, in der Rechten den Karabiner, auf dem Schoß die offene Bibel. Der Neumond wirft bleiches Licht auf die Straße. Die brennende Kerze hält die Ratten fern. Der Junge liest ein wenig, dann wieder blickt er wachsam auf die Straße. Ihn bewegen die Worte Jesu Christi, von Matthäus erzählt.
Geruch von Staub. Von Rattennestern. Er aber sieht im Geist eine Oase bei Jericho. Dattelbäume mit breiten Palmenzweigen wiegen sich im Wind. Die heiße Sonne malt Schatten von Pilgern in den Sand. Über den alten römischen Aquädukt strömt das frische Wasser. Die jungen Augen schauen gebannt auf die Straße, achtsam auf jede noch so kleine verdächtige Bewegung. Den Karabiner in der Hand. Als wäre es der Hirtenstab. Auf dem Weg nach Jerusalem.
Ein verhaltenes Wiehern. Willy lächelt. Die Stute Pitanga. Vom Wind geschützt im Schuppen. Sie ist trächtig. Bald wird sie ihr Fohlen haben. Ein Jahr lang werde ich noch hier leben. Dann werde ich Jesus Christus folgen. Auch er hatte Tiere gern. Mitten unter ihnen ist

er geboren, wie ich. Ob die auf dem Seminar auch Tiere haben? Einen Gemüsegarten haben sie bestimmt. Viamão, komischer Name. Was das wohl bedeuten soll? Ach, mir tun die Augen weh vom Gucken. Ich gehe lieber wieder nach Jerusalem.

Am Sternenhimmel strahlten hell die Sterne. Willy mußte an den Vater denken. Wenn die Sterne so stark leuchten, dann nur, weil's da oben am Himmel sehr windet. Armes Papalein. Bestimmt fehlen wir dir sehr. Ob er mich sehen kann? Er mochte es nie, wenn ich den Karabiner anfaßte. Nicht einmal zum Säubern. Ob ich wohl den Mut aufbrächte, auf jemanden zu schießen? Da kommen die Ratten schon wieder. Die sollen einen Menschen auffressen können. Glaub ich nicht. Hast du gesehen? Ich hab mich nur etwas bewegt, und schon sind sie davon. Wie sieht wohl Jerusalem aus? Wie im Film vom Karfreitag? Riesige Mauern. Und ständig Wind, wie hier. Und Salomos Tempel? Das übersteigt meine Vorstellung.

Auf der Treppe tut sich was. Vorsichtig kommt Anna nach oben. In der einen Hand eine Kerze, in der anderen einen kleinen Teller. Sie hat ein langes Nachthemd an, aus roher Baumwolle. Das Licht läßt ein fröhlich lächelndes Gesicht erkennen.

"Ich hab dir ein Brötchen mit Honig gestrichen, als Betthupferl. Was liest du da?"

"Die Bibel. Danke, ich habe wirklich Hunger."

Anna setzte sich und kreuzte unter dem Nachthemd die Beine.

"Ich wollte der Stute Pitanga ein paar Mohrrüben bringen. Aber Gisela hat mich nicht gelassen."

"Wäre gar nicht gegangen. Wir haben keine Mohrrüben mehr."

28

"Arme Pitanga. Papa hat immer gesagt, sie muß Mohrrüben fressen, damit es ein starkes Fohlen wird."
Willy steckte den Rest vom Brot in den Mund und wischte sich mit dem Handrücken über die Lippen. "In den Mohrrüben ist Vitamin A. Papa hat mir das gesagt."
"Ist das so etwas wie Arznei?"
"Bestimmt."
"Wann kommt das Fohlen zur Welt?"
"Das weiß man nie genau. Das letzte Mal war es schon da, als ich in den Schuppen reinspitzte. Mager und noch ganz feucht."
Anna wurde nachdenklich, den Kerzenhalter auf die Knie gestützt und mit dem Finger das Wachs der Kerze beknetend.
"Du, Willy?"
"Was ist?"
"Hast du... mit... mit der Jungfrau Maria... gesprochen?"
Das Gesicht des Jungen hellte sich auf. Dann wurde es ernst, und wieder bildete sich die Falte zwischen den Brauen. Das Flackern der Kerze ließ sein Gesicht mal länger, mal kürzer erscheinen. Der Wind wurde stärker und fing an, in den Fugen der Wände zu heulen.
"Du sagst bestimmt niemandem was davon?"
Anna lächelte zutraulich, die Hälfte des Gesichts noch immer im Dunkeln. "Auch nicht der Schwester. Das ist ein Geheimnis unter uns beiden. Erzähl genau, wie es war. Hat sie gesagt, daß Papa im Himmel ist?"
Leere Kirche. Lange Bänke, blank gewetzt vom Gebrauch vieler Jahre. Geruch von Kreolin und Weihrauch. Vor dem Altar kniet ein blonder Junge. Das sommersprossige Gesicht sieht nichts als das Bild der Mutter Gottes. Ein altes Bild. Indianer in den Missionsstationen

hatten es geschnitzt. Schräge Augen, volle Lippen, vorstehende Backenknochen. Die Statue wirkt natürlich. Über die Schultern ein Mantel aus ausgeblichenem Blau, mit silbernen Sternen aus Schokoladenpapier.

"Papa geht es gut. Es fällt ihm schwer, aber nach und nach nimmt er den Tod an."

"Rede nicht mit so einer Stimme, Willy. Da krieg ich Angst."

Der Junge nahm die zarte Hand, suchte den kleinen Finger und fing an, ihn zu streicheln.

"Möchtest du einen Lutscher? Schau, ich habe einen in der Tasche."

Anna nahm den Lutscher und tat ihn in den Mund. Nach einer kurzen Weile nahm sie ihn wieder heraus und fragte den Bruder: "Kannst du ihre... ihre Stimme verstehen?"

"Mit dir rede ich nicht mehr über diese Dinge. Sogar ich habe ja manchmal Angst dabei. Nicht Angst vor ihr. Angst, daß die anderen meinen könnten, ich sei verrückt oder so was ähnliches. Und dann nehmen sie mich nicht an im Seminar."

"Aber du hörst sie doch?"

"Natürlich nicht. Aber so ganz drinnen in mir, da weiß ich, was sie mir sagt."

"Das verstehe ich nicht. Bin ich dazu noch zu klein?"

"Die Großen verstehen das auch nicht. Als es zum ersten Mal geschah, habe ich es dem Pater Alberto erzählen wollen. Aber der hat mich ausgelacht."

Von unten ertönte Giselas rauhe Stimme: "Anna, mach, daß du runter kommst. Aber schnell!"

"Ich komme schon, Schwester!"

"Vergiß den Teller nicht!"

Anna nahm den Teller in eine Hand, die Kerze in die andere und stand auf. Jetzt traf der Kerzenschein voll ihr zartes Gesicht.

"Willy?"

"Mach, daß du runter gehst!"

"Und die Mama? Hat sie den Papa schon gefunden?"

Der Junge zögerte nur kurz mit der Antwort. "Ich glaube, noch nicht. Die Mama ist ja viel weiter droben, dort im Himmel."

Es ging auf Mitternacht zu. Der Wind hatte plötzlich aufgehört. Im Mädchenzimmer, das mit der Küche durch eine immer offene Tür verbunden war, sitzen Gisela und Anna noch im Gespräch. Heidi und ihr Kleines schlafen schon. Willy sitzt noch immer oben, bewacht die Straße, liest in der Bibel. Gisela drängt, daß Anna endlich schlafen soll.

"Erst die Geschichte!"

"Heute nicht mehr, Anna. Ich bin todmüde. Morgen erzähle ich dir zwei Geschichten."

"Nur ein kurzes Stück, bitte. Ich will nicht vor dem Regen einschlafen."

"Dann wirst du nicht vor März oder April einschlafen."

"Nein, heute kommt noch Regen. Der Willy hat es gesagt."

"Großartig! Und woher will der Junge das wissen?"

"Von der... Was weiß ich, wo er das her hat. Bitte, Gisela. Erzähl nur ein klein bißchen."

"Nein, das tu ich nicht. Außerdem hattest du mir versprochen, keinen Lutscher mehr zu nehmen. Du wolltest alle wegwerfen."

"Ich hab sie alle weggeworfen. Aber diesen hier hatte der

Willy für mich aufgehoben. Erzähle, Schwester... Die Geschichte der Ur-Oma Schneider. Ganz von vorne, bitte."

Gisela wurde weich. Sie atmete tief durch und machte es sich im Bett bequem, eng an die Schwester gekuschelt. Die war glücklich. Sie lächelte und blinzelte mit ihren leuchtend-grünen Augen. Giselas Stimme klang monoton, als sie die alte Geschichte begann.

"Es war einmal ein kleines Dorf, weit weg, in Deutschland. Am Dorf vorbei lief ein großer Fluß, der hieß Rhein. Alle Häuser am Ufer sahen gleich aus, eines wie das andere. Alle waren aus Stein und hatten spitze Dächer, damit der Schnee abrutscht. Die Winter waren kalt und lang, die Kühe lagen zusammen mit den Pferden im Erdgeschoß des Hauses. Nebenan in der Scheune war das Heu, das gut roch, und die Körner, die Gerste. Es hatte etwas Beruhigendes an sich, wenn die Pferde sie zerkauten."

"So, wie wenn die Pitanga Mohrrüben kaut?"

"Eher so, wie wenn sie Maiskörner kaut... Der Bauer war noch jung und hieß..."

"Martin Schneider, genauso wie Papa."

"Der Herr Martin Schneider war ein großer und starker Mann mit blondem Bart und Schnauzer, immer eine Pfeife im Mund, so ganz an der Seite. Er ging in hohen Stiefeln, die immer nach Mist rochen. Er war ein fleißiger Bauer und ging gern fischen."

"Aber nur sonntags."

"Ja, nur sonntags nach der Messe. Die waren alle Protestanten, die ganze Verwandtschaft, das ganze Dorf."

"Und wir sind katholisch wegen Mama."

"Wir sind katholisch wegen Mama, aber auch wegen

Kaiser Dom Pedro I. Er war es, der den Ur-Opa vom Papa nach Brasilien kommen ließ. Er hatte den Major Schaeffer geschickt, um den Leuten in Deutschland zu erzählen, wie schön es in Brasilien sei und wie gut das Land für die Viehzucht wäre. In dem kleinen Dorf gab es zu viele Menschen, und das ganze Land war besiedelt. Das Geld war wenig wert, und die Steuern waren hoch. Obendrein waren dem Ur-Opa drei Kühe verreckt, an der Klauenseuche."

"Die Ur-Oma hieß Klara, nicht wahr?"

"Ja, Ur-Oma Klara, und ihre Tochter, die..."

"Anna-Maria. Anna, wie ich."

"... die Anna hieß. Den beiden gefiel es gar nicht, daß es nach Brasilien gehen sollte. Aber der Urgroßvater war ein Dickkopf. Er verkaufte Haus und Hof, die restlichen Kühe und die Pferde. Den Frauen gab er ein paar Verse über Brasilien. Die sollten sie singen und auf dem Klavier begleiten. Das Klavier hat er dann auch noch verkauft."

"Wie war noch das Lied, Schwester?"

"Wir treten jetzt die Reise nach Brasilien an;
sei bei uns, Herr, und weise, ja mache selbst die Bahn;
sei bei uns auf dem Meere mit deiner Vaterhand!
So kommen wir ganz sicher in das Brasilienland."

"Darf ich's auf Portugiesisch aufsagen? Wenn ich stekken bleibe, hilfst du mir weiter, ja?"

"Iniciamos, agora, a viagem ao Brasil;
Estejas conosco, Senhor, indica e abre o rumo;
Estejas conosco no mar com Tua mão paternal!
Assim chegaremos, com certeza, às terras do Brasil."

Anna blieb nicht stecken. Zu oft hatten es ihr die Geschwister vorgesagt. Sie konnte es schon im Schlaf. Gisela mußte gähnen, sie hielt die Hand nicht vor den

Mund. "Wunderbar! Und jetzt wird gebetet, und dann Schluß für heute."

Annas Finger bewegten sich zum Nein. "Erzähl doch bitte noch die Reise bis hierher, wenigstens noch bis zur Lagoa dos Patos. Du bist ja noch nicht einmal bis ans große Meer gekommen."

"Aber seekrank bin ich schon. Nicht zum Aushalten ist das."

"Wenn du weitererzählst, fängt es bestimmt an zu regnen."

"Aber wenn's nicht regnet, kriegst du einen Klaps auf den Hintern."

"Es regnet bestimmt. Erzähle weiter!"

Unwillig fuhr Gisela in ihrem Erzählen fort. "Die Seereise machten sie mit dem Segelschiff."

"Friedrich hieß es!"

"... Friedrich Heinrich. Es war ein schönes und schnelles Schiff. Trotzdem dauerte die Reise bis Rio de Janeiro mehr als zwei Monate. Die letzten Tage wurden sie ungeduldig, ja sie flehten zu Gott, endlich das Zuckerbrot zu sichten."

"Der Zuckerhut, das ist doch der Berg mit der Drahtseilbahn vom Bild im Wohnzimmer."

"Von Rio de Janeiro ging die Reise weiter nach Porto Alegre auf einem Küstenboot. Carolina hieß es. Das war der traurigste Abschnitt der Reise. Der Kapitän war ein Gauner, ein Schuft. Den Proviant für die Siedler hatte er versteckt, um ihn dann im Hafen von Rio Grande zu verschachern."

"Aber Urgroßvater hat aufgemuckt. Er hat einen Brief an den Kaiser verfaßt. Und wir haben eine Abschrift von diesem Brief hier im Nachtschränkchen."

"Den Brief werde ich jetzt nicht vorlesen!"

Anna tat weinerlich. "Wenn ich könnte, würde ich ihn selbst lesen. Aber ich kann nicht lesen."

"Im März gehst du in die Schule, genau wie ich es dir versprochen habe."

"Ach, lies doch nur dies eine Mal, bitte, Gisela!"

"Also gut. Aber wenn ich den Brief gelesen habe, dann wird geschlafen. Abgemacht?"

Anna hatte bereits das vergilbte Papier in der Hand. Eine Kopie des Originals, noch in gotischer Schrift und mit der portugiesischen Übersetzung. Mama hatte sie gemacht. Gisela faltete den Brief auf und las beim Kerzenschein:

"Untertänigste und allergehorsamste Beschwerde, eingereicht von den Siedlern während der Schiffsreise von Rio de Janciro nach Porto Alegre. Am 4. Januar 1826.

An die hochlöbliche kaiserliche Regierung.

Äußerste Not zwingt uns und macht es unausweichlich, der allerhöchsten Regierung Mitteilung zu machen von der elendiglichen Lage, in der wir uns befinden, und um Hilfe zu flehen.

Während 15 Tagen lagen wir vor der Praia Grande, nahe bei Rio de Janeiro, wo wir zu aller Zufriedenheit gut zu Essen bekamen. Danach wurden wir auf das Schiff 'Carolina' verlegt, auf dem wir uns jetzt befinden und auf dem der Proviant spürbar reduziert wurde.

Wir erhielten zunächst ein paar Zwieback und zu Mittag Reis und Bohnen, was aber nur notdürftig sättigte. Dann aber wurde uns, von einem Tag zum anderen, der Zwieback entzogen, und wir erhielten statt dessen nur noch Maniokmehl. Wir wußten zunächst gar nichts damit anzufangen. Dann begannen wir, uns in Bratpfannen etwas zurechtzumachen. Dafür mußten wir den Schwarzen, die in der Küche arbeiten, Geld zustecken.

Aber jetzt wird sogar das Maniokmehl knapp, so daß wir nicht mehr durchhalten können. Bis zum Hafen von Rio Grande ließen wir uns vom Kapitän vertrösten, der uns immer wieder zur Geduld rief mit dem Versprechen, er würde dort Brot kaufen."

"Was? Noch nicht einmal Brot hatten sie damals? Gar nichts zu beißen?"

Gisela bemerkte kaum, wie sehr sie im Erzählen lebte.

"Aber der Kapitän hat sein Wort nicht gehalten; denn kaum hatten wir am Hafen von Rio Grande angelegt, war er gegangen. Als er dann zurückkam, behauptete er, daß es dort kein Brot gebe. Nach vielem Bitten durften vier Leute nachts in den Ort gehen, um Brot mit eigenem Geld zu besorgen. Obwohl die vier die Nachricht brachten, daß es Brot in Hülle und Fülle gebe, befahl der Kapitän, kaum daß es Tag wurde, die Abfahrt. Die Seeleute hatten einen ganzen Sack voll Brot gekauft und dazu noch einige Flaschen Schnaps. Das alles verkauften sie den Siedlern für den doppelten Preis.

Es ist nun schon drei Tage her, daß wir von Rio Grande abgefahren sind, und wir sind von dort, so sagt es der Kapitän, elf Meilen entfernt. Wir stehen vor unserem Ruin wegen dieser ausgesprochen schlechten Reise, wegen ungünstigen Winden und weil wir immer wieder auf Sandbänken festlaufen. Es heißt, das Schiff habe noch Proviant für nur 5 bis 6 Tage, während es höchstwahrscheinlich ist, daß wir selbst in 15 Tagen noch nicht in Porto Alegre sind."

"Das ist da, wo die Kinder verhungern, stimmt's, Gisela?"

"Schon am frühen Morgen schreien unsere Kinder – die, die noch am Leben sind – vor Hunger. Viele dieser Kinder, aber auch ältere Leute, sind erkrankt, weil sie ein solch schlechtes und ungewohntes Leben nicht vertragen, und sie werden wohl bald über Bord geworfen werden."

"Das ist schrecklich, Gisela. Brauchst nicht mehr weiterzulesen. Ich will für sie beten. Beten, daß der Kapitän gut werde. Kannst den Brief wegtun, Schwester. Komm, wir beten!"

Anna kniete nieder und bekreuzigte sich. Gisela tat es ihr nach. Ein starker Donner ließ das Haus erzittern. Heidi wachte auf und setzte sich aufrecht im Bett. Das Baby aber schlief ruhig in der alten Wiege, in der schon der alte Schneider gelegen hatte.

"Könnt ihr nicht ruhig sein und schlafen? Wie spät ist es eigentlich?"

Gisela sah hinüber zum Wecker. Er war groß und tickte laut. "Fast ein Uhr. Die Anna betet schon. Schlaf weiter!"

Anna warf der Heidi ein Handküßchen zu und begann mit dem allabendlichen Gebet: "Heiliger Engel Gottes, mein treuer Wächter, da mich dir die heilige Vorsehung anvertraut hat, leite mich, behüte mich, führe mich und erleuchte mich immerzu. Amen. Schutzengelchen, wache über mir. Mach mich zu einem guten Kind, behüte Papa und Mama..."

"Dort im Himmel..."

"... dort im Himmel. Behüte meine Geschwister und mache, daß der Kapitän dem Urgroßvater und seiner Familie zu essen gibt. Heilige Mutter der Seefahrer, bete für uns. Segne mich, Schwester. Gute Nacht."

"Gute Nacht, schlaf gut, mein Liebling. Ich geh nur

schnell noch mit dem Willy reden. Gleich bin ich wieder da."

Gisela blies die Kerze aus und merkte, daß Anna sie an der Hand hielt. "Bleib nur noch ein klein bißchen. Bis ich eingeschlafen bin."

Martin Schneider, alleingelassen in der unendlichen Breite des Sees, brachte die Pistole in Anschlag und war aufs Schlimmste gefaßt. Im Vorderschiff hatte er für Frau und Tochter eine Liegestätte improvisiert. Aus Schaffellen. Der Morgen graute, und noch kein Siedler hatte ein Auge zugemacht. In den Nächten davor waren mehrere Frauen vergewaltigt worden. Die Schiffsbesatzung waren starke Leute. Sie hatten dreimal am Tag zu essen. Und mit dem Schnaps, der von Mund zu Mund ging, hatten sie sich Mut angetrunken. Im Hafen von Rio Grande, als er mit drei anderen Siedlern an Land gegangen war, war es Martin gelungen, die Pistole zu kaufen. Dazu ein paar Kugeln und Pulver. Jetzt sollten sie nur versuchen, sich an seiner Familie zu vergreifen! Zwei von ihnen knalle ich mindestens ab. Und dann hab ich immer noch das Messer. Die sollen nur kommen. – Ein Schwindel überkam ihn plötzlich, und er suchte das Gleichgewicht zu halten. Er spreizte die Beine und suchte mit den Händen nach Halt. Im Osten graute der Morgen. Aber kein Lüftchen bewegte die schlaffen Segel. O Gott, laß doch endlich diese Nacht zu Ende gehen. Gott... welcher Gott denn? Der, der uns mit Vaterhänden schützt? Ein bitteres Lächeln zog über Martins bartstruppiges Gesicht. Der Gott Brasiliens ist nicht anders als der Gott Odins aus den Zeiten der Walküren, er beschützt nur die, die Blut vergießen. Er ist der Gott der Halsabschneider und der

Diebe. Aber bei mir vergeudet er seine Zeit. Ich werde lebend ankommen, und mit mir Klara und Anna. Wir werden Land bekommen. Wir werden dieses Land bevölkern mit Leuten unseres Blutes. Wir werden pflanzen und ernten. Aber Gott, dazu brauchen wir Regen und Wind. O Gott meiner deutschen Heimat, erbarme dich!

"Es regnet! Leute, es regnet!"
Von Willys Schrei wacht Gisela auf. Noch ganz verschlafen, merkt sie gar nicht, daß der Regen aufs Dach prasselt. Der Junge kommt ins Zimmer, er reißt die Schwestern aus den Betten, aufgeregt und glücklich. "Gisela, Heidi, Anna! Es regnet in Strömen. Schaut's euch an! Es wird schon Tag."
Der Regen prasselt aufs Dach. Gisela und Anna rennen zum Fenster der Küche und gucken durch die Ritzen. Der trockene Boden saugt das Wasser auf wie ein Schwamm. Und schon bilden sich die ersten kleinen Rinnsale, die hin zum Teich fließen. Vom Schuppen her kann man die Pitanga wiehern hören. Wie riecht doch die nasse Erde so gut! Gisela bekommt Kaffeedurst.
Heidi ist noch im Zimmer und schaukelt ihr Kind, das weinend aufgewacht ist. Auch sie weint. Neben ihr ist Willy niedergekniet. "Heidi, jetzt wird nicht geweint! Es regnet doch."
"Für mich ändert sich dadurch gar nichts. Wenn mein Hans nicht wiederkommt, dann ändert sich nichts."
Willy blickt die Schwester an mit einem Glanz im Gesicht. "Ich hab zur Mutter Gottes gebetet. Er wird wiederkommen."

ZWEI

Porto Alegre
Winter 1960

Hell klang der Lautsprecher im sonnigen Morgen: "Die Aussteller der Rasse Hereford werden gebeten, ihre Tiere auf die Hauptbahn zu bringen. Die Bewertung wird in 15 Minuten beginnen."
Rafael blickte mit Stolz auf den Stier und lächelte dabei. "Großvater kann sagen, was er will, Armando. Aber dieses Jahr kommt keiner über den Espada. Die Leute aus Bagé und Uruguaiana können jetzt schon einpacken."
Der Viehhirte war recht unbeholfen in den neuen Stiefeln, als er noch einmal um das Tier herumging. Ein herrlich weißes Fell mit roten Flecken, sauber, ohne jeden Makel. Stolzer Gang, trotz des Gewichtes von fast einer Tonne. Gleichmäßig geformter Kopf. Geschwungene Hörner, eins wie das andere. Der Rücken glatt wie ein Brett. Nur das Hinterteil vielleicht ein wenig zu stark. Die Höhe etwas über dem Durchschnitt.
Armando wog seinen Kopf in leichtem Zweifel. "Ich bin mir da nicht so sicher, Rafael. Dein Großvater hat einen Adlerblick. Er hatte immer mehr für den Agraciado übrig."

Der Junge sah verächtlich hinüber zum zweiten Stier, der nach dem ersten eingereiht war. "Das könnt auch nur ihr zwei sein, die an dieses Kurzbein glauben. Jetzt sind die Charolais in Mode, besonders hohe Stiere. Wenn der Preisrichter kein Esel ist, muß er das wissen."

Ohne Antwort zu geben, machte sich Armando daran, seinem Lieblingsstier den letzten Schliff zu geben. Mit leichter Hand kräuselte er ihm ein wenig das Fell. Ein Stier, dessen Fell an den richtigen Stellen etwas gekräuselt ist, sieht besser aus, pflegte er zu sagen. Der dritte Konkurrent war noch in seinem Stall angebunden. Hinter dem Tier war ein Transparent, das den Stall, den Züchter identifizierte: Cabanha Ibirapuitan – Alegrete – Rio Grande do Sul – Hereford-Rinder / Corriedale-Schafe / Kreolen-Pferde.

Fast alle Stiere der übrigen Ställe hatten sich schwerfällig in Bewegung gesetzt und bildeten eine Schlange in Richtung der Vorführbahn. Sorgenvoll sah Armando hin zum Stallausgang.

"Wo mag nur José bleiben?"

"Der stiefelt bestimmt wieder zwischen den Pferden herum. Nicht umsonst nennen ihn alle Zé Matungo, Pferde-Sepp."

"Seine Mutter stirbt fast vor Angst um ihn... Aber das muß im Blut stecken. Wie bei deinem Großvater. Der ist doch auch nur Rinderzüchter geworden, damit er sich Pferde halten kann – wenigstens sagt er das immer."

Rafael lächelte gutgelaunt. Der 15jährige hatte dunkles, krauses Haar. Das Gesicht von der Sonne gebräunt, selbst mitten im Winter. Mittelgroß. Er trug die komplette Gaucho-Kleidung mit der Natürlichkeit derer, die auf einer Fazenda aufgewachsen sind. Kurzschäftige

Stiefel und die schwarzen Pumphosen, die Bombachas. Breiter Ledergürtel. Weißes Hemd, rotes Halstuch und dazu das kurze Schürztuch, aus reiner uruguayischer Wolle.

Armando hatte die gleiche Kleidung an, etwas bescheidener. Ein dunkler Mulatte. Die 50 bereits überschritten. Große Augen, platte Nase. Im Grunde ein eher gemütliches und freundliches Wesen, Akkordeonspieler. Jedesmal, wenn 'seine' Stiere dem Preisrichter vorgeführt wurden, stand er aschfahl dabei. In seine dicken Lippen kam dann ein nervöses Zucken. Sein spanischer Akzent wurde stärker.

"Wenn mich dieser Kerl vorm Herrn Silvestre blamiert, mach ich ihn zur Sau, daß er nicht mehr weiß, wo bei ihm hinten und vorne ist."

"Ruhig, Armando. Großvater meint, daß man mit der eigenen Nervosität die Tiere ansteckt. Guck rüber. Der Espada wird schon ganz rappelig. Halt ihm den Eimer unter, er wird Wasser lassen."

Der Lautsprecher unterbrach die Musik für eine erneute Ansage: "Wir bitten um die Aufmerksamkeit der Aussteller der Rasse Hereford! Diejenigen, deren Tiere noch in den Stallungen stehen, werden gebeten, ihre Tiere sofort auf die Hauptbahn zu bringen. In fünf Minuten beginnt die Bewertung."

Silvestre stand an der weiß gestrichenen Umzäunung und sah auf die Uhr. Es scheint so, als ob Armando mit den beiden Jungen Mühe hat. Aber mit diesem aufdringlichen Menschen hier, der nur über Politik quasselt, komme ich selbst zu gar nichts. Ein Abgeordneter kann scheint's über nichts anderes reden, so'n Blödmann.

"... das Beste ist, man wählt Jânio Quadros. Den Militärs fehlt die Berufung zur Politik. Und dieser General Lott sieht aus wie ein Esel, meinst du nicht auch?"

"Was?"

"Silvestre, träumst du?"

"Äh, nein! Mir geht's nur um meine Stiere. Die sollten doch schon längst hier sein. Was ist denn da bloß los?"

"Du hast nur die Viehzucht im Kopf!"

"Na und, an was sonst sollte ich jetzt denken? Wir sind hier auf der Ausstellung im Park Menino Deus, Camargo. Vergiß mal ein wenig dein Parlament. Tief durchatmen!"

Der Abgeordnete rückte sich die Sonnenbrille auf der spitzen Nase zurecht und schaute hin zu den Tieren, die auf die Hauptbahn kamen.

"Ich mag den Viehgeruch nicht... Wenn ihr Fazendeiros nicht endlich anfangt, euch weniger um diese Rindviecher und etwas mehr um Politik zu kümmern, wird euch der Brizola bald fertig machen. Wenn wir schon davon reden, was macht denn die Bewegung der Landlosen da drüben an der argentinischen Grenze?"

Der junge José kam pfeifend, Hände in den Hosentaschen, in den Stall. Seine Haut war noch dunkler als die seines Vaters. Ein hochgewachsener, breitschultriger Junge. Nur sein noch bartloses Gesicht wies auf seine jungen Jahre hin. Armando packte seinen Sohn am Arm und zerrte ihn zu dem dritten Stier.

"Wenn wir nachher wieder hier sind, nehm ich dich vor, Bürschlein. Wir zwei unter uns."

Zé Matungo blinzelte hinüber zu Rafael. "Eine Laune hat der Alte mal wieder..."

"Was hast du da gesagt, du Miststück?"

"Nichts, gar nichts. Machen wir, daß wir loskommen. Die andern sind schon alle weg."

Armando musterte ihn von oben bis unten. "Steck das Hemd rein in die Bombachas. Und wo ist das bunte Tuch?"

"Was weiß ich. Bestimmt noch nicht ausgepackt."

"Dann hol's raus, aber schnell, und leg's um. Den Stier ohne das richtige Tuch vorführen. Das bringt Pech."

Drinnen auf der Hauptbahn weckten die roten Tiere mit dem weißen Gesicht die Neugier der Käufer und der Zuschauer. Zwei Veterinäre mit langer Schürze brachten die Tiere in die richtige Reihenfolge, entsprechend ihrer Kennmarken. Im Zentrum der Grünfläche wartete bereits der Preisrichter, ein hochgewachsener Engländer. Sein rötliches Gesicht war von einem leisen Lächeln durchzogen, als er sich das ganze Geschehen ansah. Als er Silvestre am Zaun erkannte, grüßte er freundschaftlich.

"Du kennst diesen Gringo?"

"Mister Phillips. Wir haben uns in England kennengelernt bei der Royal Show."

"Wenn ich der wär, ich würde mich unter den Sonnenschirm stellen. – Silvestre! Du, wer ist denn die tolle Frau, die da drüben kommt?"

Der Fazendeiro war nicht ganz bei der Unterhaltung. Er sah erst den Abgeordneten an, dann blickte er hinüber in die angezeigte Richtung. Dort kam gerade eine Gruppe gutgekleideter Leute an. Vorweg im eleganten moosgrünen Tailleur eine große, schlanke Frau. Hut und Handschuhe waren genau auf die Farbe des Kleides abgestimmt. Silvestre kehrte ihr schnell den Rücken zu, aber Camargo gab nicht auf.

"Silvestre, wer ist die Frau? Warum versteckst du dich?"
"Das ist meine Cousine Lúcia. Die ist nicht dein Typ. Außerdem ist sie schon über 50."
"Nicht möglich."
"Wenn ich es dir sage! Aber das Schlimme ist, daß sie mit Gastão Torres aus Bagé verheiratet ist. Mit dem Glatzkopf dort, der hinter ihr kommt. Die anderen kenne ich nicht."
"Gleich wirst du sie kennen. Sie kommen genau hierher."
"Und wie soll ich dabei meine Stiere...?"
Aus der Nähe gesehen sah man der Frau das Alter an. Die Haare rotbraun gefärbt. Das Gesicht stark geschminkt. Aber immer noch bezaubernd. Camargo rückte seine Krawatte zurecht. Silvestre nahm sie in die Arme und ließ sich auf die Wange küssen. Ein Hauch Parfum. Feste Brüste durch den weichen Stoff.
"Lúcia, blendend wie immer! Laß dich dem Abgeordneten Danilo J. Camargo vorstellen. Wir waren Schulkameraden. Guten Morgen Gastão. Ich habe mir heute morgen deine Stiere angesehen. Jetzt stehen sie dort ganz vorne, stimmt's? Der Preisrichter mustert sie gründlich."
Der Konkurrent lächelte spöttisch, die ausgegangene Zigarre im Mundwinkel. Seine Stimme klang, als hätte er einen Frosch in der Kehle. "Ich hab mir deine auch angesehen. Der kleinere dort wird mir zu schaffen machen. Der stammt doch von dem Sieger von Palermo ab, nicht wahr? Damals in Buenos Aires hast du mich mit ihm geschlagen, du Lümmel."
Der Abgeordnete nahm Lúcias Hand. Sie trug Handschuhe. Er schaute ihr tief in die Augen. "Gnädige Frau, Sie haben eine unwahrscheinliche Ähnlichkeit mit einer

Schauspielerin vom Theater. Warten Sie ein wenig... Der Name ist mir momentan entfallen."
"Meinen Sie vielleicht Maria Della Costa?"
"Genau die! Sie sind ihr ähnlich, aber zu Ihren Gunsten."
Lúcia lächelte stolz und stellte ihn ihrem Mann und den Freunden vor. Camargo witterte Wählerstimmen und merkte sich mit Sorgfalt alle Namen. Anschließend würde er sie in sein Notizheft eintragen, und sein Sekretär könnte dann die Anschriften aus dem Telefonbuch erfahren. Während er Visitenkarten verteilte, hatte sich Lúcia ihrem Vetter zugewandt. Mit prüfendem Blick musterte sie sein ergrautes Haar, voll, leicht gewellt. Die männlichen Gesichtszüge. Dazu den feinen grauen Anzug aus englischem Alpaca. Sie hatte die Unordentlichkeit ihres Gastão satt, und so fiel ihr das gestärkte, blendend weiße Hemd auf. Die rote Krawatte mit der Diamantnadel. Ein bißchen größer müßte er sein, dann wäre er vollkommen. Kein Vergleich mit dem nachlässigen Ehemann.
"Du siehst gut aus, Silvestre. Immer jünger und eleganter!"
"Voll Flecken und Runzeln, wie frischgepflügtes Land."
"Ich meine, du hast dich gar nicht verändert."
"Sechzig bin ich am 16. Juli geworden. Jetzt fehlt mir nur noch die Prostataoperation."
"Red nicht vom Altwerden... Wie machst du es nur, daß dein Haar so gut sitzt! Muß ein ausländisches Shampoo sein!"
"Nichts weiter als Quellwasser, wie immer... Lúcia! Da kommen ja meine Stiere. Gott sei Dank!"
"Der Junge, der den ersten führt, ist das nicht Rafael? Mensch, ist der gewachsen! Wird mal ein hübscher

Mann wie sein Großvater, oder fast so. Rafael! Hier sind wir!"

Lúcia winkte dem Jungen begeistert zu. Rafael war voll damit beschäftigt, das Tier richtig zu führen. So nickte er nur kurz mit dem Kopf herüber. Hinter ihm hatte Armando die Mütze abgenommen und winkte seinem Patron zu. Zé Matungo sah zu Lúcia, blickte aber sofort zu Boden, als er Silvestres verschlossenes Gesicht sah. Hinter den Nachzüglern wurde schnell das Gatter geschlossen.

"Rafael hat rein gar nichts von seinem Vater. Khalil war ein Charmeur. Aber mit so einer Nase..."

"Dafür ist Marcela ganz eine Khalil. Natürlich mit weicheren Zügen."

"Ich habe Marcela seit Jahren nicht mehr gesehen."

"Sie ist in Porto Alegre im Internat. Auf dem Gymnasium Bom Conselho."

"Vor Internaten habe ich einen Horror."

"Von mir aus wäre sie auch nicht dort. Sie selbst hat darauf bestanden, damit sie sich besser auf die Aufnahmeprüfung für die Uni vorbereiten kann. Aber jetzt scheint die Bewertung endlich loszugehen. Das Wetter fängt schon an umzuschlagen."

"Zu dieser Jahreszeit regnet's immer am Nachmittag."

Im Zentrum des Geschehens blickt der Engländer zum Himmel. Schwarze Wolken haben die Sonne verdeckt. Der Wind bringt die Fahnen an der Tribüne zum Flattern. Unter dem Sonnenschirm mitten auf der Bahn fliegen die Papiere der Kommissäre durcheinander. Der Preisrichter atmet tief durch, ungeduldig. Es riecht nach Popcorn und Spießbraten. Kinder rennen unter den Bäumen hin und her. Von ferne Pferdewiehern. Der Preisrichter fragt, zum Dolmetscher gewandt, erneut: "Could we start now?"

"Yes, Mister Phillips, I think so. Leute, kann's losgehen? Der Brite wird schon rappelig."

"Ja, es ist soweit. Der Landwirtschaftsminister ist gekommen."

Armando läßt sich nichts entgehen. Er schiebt die Mütze zurecht und raunt Rafael zu: "Jetzt geht's wirklich los. Versuch, den Kopf deines Tieres ein wenig höher zu halten. Wenn er bockt, gib ihm eine mit dem Stock zwischen die Hufe."

"Das weiß ich, Herr Lehrer. Nur wer Geld sucht, läuft mit hängendem Kopf rum."

Von Lúcia geführt, hatte sich die Gruppe der Fazendeiros auf der Ehrentribüne eingefunden. Es paßte ihm zwar nicht, aber Silvestre hatte sich zu ihnen gesetzt. Er mochte es nicht, der Bewertung an der Seite seines Konkurrenten zuzusehen. Und man konnte es nicht leugnen, Gastãos Stier Red King ist wirklich gut. Das Schwein badet zwar nie, aber er versteht was von der Zucht. Jetzt heißt es, Geduld haben und den Zigarrenrauch ertragen! Ob dieser Fettsack wohl noch mit Lúcia ins Bett geht? Besser nicht dran denken.

Zwei Stunden vergehen für die Volksmasse wie im Flug. Für die Züchter jedoch wird jede Minute zur Qual. Man könnte meinen, der Engländer wolle mit den Nerven der härtesten Konkurrenten spielen. Er ließ die Tiere in großem Kreis gehen und beobachtete sie rund zehn Minuten lang. Dann ließ er die Stiere anhalten und untersuchte einen nach dem anderen. Seine Miene war ernst, und seine Hand fand genau die Schwachstellen bei den Tieren, mochten sie auch noch so unscheinbar sein. Ein etwas krummer Huf, die Knochen zu dünn, der Rücken leicht gewellt. Eins nach dem anderen wurden die schlechteren Tiere hintenan gestellt. Unter ihnen Rafaels Espada. Ganz vorne, unter den Besten, führte Armando stolz den Stier Agraciado. Silvestre versucht, die Ruhe zu bewahren. Gastãos Stier war an den ersten Platz in der Reihe gestellt worden! Ahnungslos stampft das Tier langsam und schwer daher. Viele Besucher winken bereits Lúcias Mann zu. Der Dicke tut, als kümmere ihn das nicht, er qualmt weiter an seiner versabberten Zigarre. Silvestre wird die Luft knapp. Es ist bitter, gegen diesen Kastrierten zu verlieren. Und was ist das jetzt? Zwei weiche Hände halten ihm überraschend von hinten die Augen zu.

"Rat mal, wer gekommen ist, um dir Glück zu bringen?"

"Marcela?! Wie bist du denn hierher gekommen?"

"Mit der Straßenbahn. In der Pause bin ich im Internat abgehauen."

Silvestre erhob sich und blickte seine Enkelin zärtlich an. Sie hatte die schwarzen Haare hochgesteckt. Hohe Stirn. Kurze Augenbrauen. Honigfarbene Augen. Der Abgeordnete hatte schon wieder Haltung angenommen, er sah nur ihre vollen Lippen. Er versuchte, sich die Schönheit ihres Körpers unter der Schuluniform vorzustellen.

"Du bist mir doch nicht böse, Großvater?"

Silvestre gab ihr einen Kuß auf die Wange. Er versuchte, ernst zu bleiben. "Das sehen wir später. Kennst du den Abgeordneten Danilo J. Camargo? Wir waren Klassenkameraden im Anchieta-Gymnasium."

Marcela nahm das Bild schwarzgefärbter Haare flüchtig wahr. Dazu Sonnenbrille.

"Sehr angenehm, Herr. Sieh da, Großvater, da ist ja Tante Lúcia! Hallo, Tante Lúcia! Ich bin's, Marcela. Du siehst aber gut aus!"

Einige Zuschauer ließen sich ablenken und vergaßen für einen Moment den Wettbewerb. Ein paar Männer erhoben sich. Lächelnd ging Marcela an ihnen vorbei. Lúcia umarmte sie liebevoll.

"Marcela, mein Engel! Gastão, sieh mal her, was für eine Schönheit aus ihr geworden ist!"

Gastão richtete seine Glotzaugen auf das Mädchen.

"Türkennase! Die hat sie vom Vater."

Marcela ließ sich nicht einschüchtern. "Onkel Gastão, mir gefällt's, wenn du kein Blatt vor den Mund nimmst. Komm, laß dich umarmen."

"Paß auf, die Zigarre!"

Gleich darauf nahmen die Familien wieder auf der Tribüne Platz. Marcela kam zwischen Silvestre und Camargo zu sitzen. Erst jetzt blickte sie neugierig zur Hauptbahn hinüber. Der Unparteiische hatte inzwischen Umstellungen in der Reihenfolge der Tiere vorgenommen. Doch der Stier von Gastão Torres stand weiterhin an der Spitze.

"Wo ist Rafael, Großvater?"

"Der ist ganz hinten, der Vorletzte."

"Der Ärmste. Und er hatte doch so viel Hoffnung auf den Espada gesetzt... Aber wenigstens ist Armando da vorne, als Zweiter. Sieh nur, wie stolz er sich bewegt."

"Er will die Aufmerksamkeit des Preisrichters auf sich ziehen. Vielleicht bessert es die Position."

"Und wo ist Lord Nelson? Ich seh ihn nicht."

"Er ist der achte in der Reihe. Links neben dem Sonnenschirm. José führt ihn."

"Ist das wirklich der Zé Matungo? Der ist aber gewachsen seit den letzten Ferien... Großvater! Du bist nervös. Komm, ich halte deine Hand."

"Na ja, mich nimmt's halt mit. Mir schmeckt es gar nicht, gegen Gastão zu verlieren."

"Gibt's denn keine Hoffnung mehr?"

Silvestre zuckte mit der Schulter. "Mister Phillips wird uns das gleich mitteilen."

Der Regen schien einen Bogen um das Ausstellungsgelände gemacht zu haben. Die Sonne beherrschte wieder das grüne Feld. Mit raschen Bewegungen entledigte sich der Engländer seines Regenmantels, in dem er wie ein Detektiv ausgesehen hatte. Mit großen Schritten ging er hin zum Tisch der Kommissäre und ließ den Mantel auf einem Stuhl. Armando folgte wie hypnotisiert jeder Bewegung. Der Engländer rief den Dolmetscher zu sich und sagte ihm etwas. Sofort befolgten die Kommissäre in ihren weißen Schürzen die Instruktionen des Unparteiischen. Alle Tiere wurden an den Rand der Umzäunung geführt, bis auf die beiden Erstplazierten. Mister Phillips begab sich in die Mitte der Hauptbahn und blickte auf seine Uhr. Fünf Minuten vor zwölf. Nun war es Zeit für die Vergabe eines der begehrtesten Preise der Ausstellung. Des Siegerpreises der Hereford-Rasse, von den Gauchos liebevoll 'pampa' genannt. Silvestre brach der Schweiß aus unter den Armen. Er versuchte, unparteiisch zu sein, und sah sich beide Tiere konzentriert an. Von weitem gesehen wirkte eines fast wie das andere.

"Was meinst du, Marcela?"

"Unserer gewinnt, Großvater. Da bin ich mir ganz sicher."

"Dann mach dich fertig, da kommt eine Wette."

"Onkel Gastão?"

"Wer sonst?"

Im gleichen Moment erhob sich Gastão Torres schwerfällig und winkte herüber zu Silvestre. In seinen Augen sah man die Freude blitzen. "Was wollen wir dieses Mal wetten, Vetter Silvestre?"

Vetter Silvestre. Dieser Hundesohn ist sicher, daß er gewinnen wird. Solche Geldsäcke machen nur todsichere Geschäfte. Die gehen nur auf Nummer sicher. Und das vor allen Leuten, die mich wie Vollidioten anglotzen.

"Wie wär's, wenn wir den Einsatz Lúcia und Marcela überlassen?"

Bevor noch ihr Mann etwas dazu sagen konnte, hatte Lúcia schon einen Vorschlag. "Ein Essen für zehn Leute in Lajos' Weinkeller."

Marcela konterte. "Für zwanzig Leute, und mit französischem Wein."

In vorgetäuschter Fröhlichkeit wurde die Wette abgeschlossen. Silvestre wandte wieder seine ganze Aufmerksamkeit der Hauptbahn zu. Er streichelte dabei sanft Marcelas Hand. Der Abgeordnete Camargo ließ das Mädchen keine Sekunde aus den Augen. Von der Seite betrachtet hatte ihr Gesicht etwas Orientalisches. Die Haare gefallen mir. Bestimmt hat sie große Brüste, so wie ich es mag. Wenn sie ihre Beine noch einmal übereinanderschlägt, dann verschwinde ich. Im Badeanzug muß sie eine Wucht sein. Und im Bikini? So was trägt sie bestimmt nicht. Silvestre ist ein Hinterwäldler. Ich schau besser auf die Hauptbahn. Wenn der mich beim Flirten mit dem Mädchen erwischt, kastriert er mich.

Der Unparteiische war sich seiner Bedeutung bewußt. Mit äußerster Genauigkeit nahm er weitere Untersuchungen an den beiden Stieren vor. Bei jedem wiederholte er das gleiche Ritual. Er ging in die Hocke und sah sich die gesamte Haltung an, um dann beim Aufstehen mit gespreizten Händen die Beschaffenheit der Hüfte zu ertasten. Dann wieder ein Blick in die Papiere, um Alter, Größe und Gewicht noch einmal festzustellen. Armando hielt das nicht mehr aus. Er stand neben dem Tier und fing an, lautlos ein Vaterunser herzusagen. Der Engländer zeigte keine Eile, als er endlich an den Tisch der Kommissäre ging und die Rosette in die Hand nahm. Sie war aus grünen, gelben und roten Bändern geflochten. Alle Augen richteten sich auf das so heiß begehrte Symbol. Wertvoller als alle Statuen und Silberpokale, die beim Abschluß der Ausstellung vergeben würden. Für ein paar Sekunden hatte sich der Unparteiische bewegungslos vor den beiden Finalisten aufgebaut. Dann eine abrupte Bewegung. Er hielt die dreifarbige Rosette an den Kopf des Stieres Agraciado und wartete nun auf den Beifall, der seiner Entscheidung folgte. Armando nahm die Mütze vom Kopf. Ihm zitterten die Hände, als er die Trophäe in Empfang nahm und dem Stier anheftete.

Auf der Ehrentribüne heftige Bewegung. Marcela hatte sich dem Großvater an den Hals geworfen. Sie weinte vor Freude. Dann ließ sie sich sogar vom Abgeordneten Camargo umarmen, der ebenfalls ganz gerührt schien. Bei so vielen Umarmungen und recht kräftigen Schlägen auf die Schulter wurde Silvestre ganz klein. Lúcia war eine gute Verliererin. Sie lächelte aufrichtig. Gastão sah immer noch hinüber zur Hauptbahn. Er schien noch auf ein Wunder zu warten. Wie der Reporter durch das Gedränge gekommen war, weiß man nicht, aber schon hatte er Silvestre zum Interview.

"War Ihrer Meinung nach die Entscheidung gerecht?"

"Na ja, als Züchter des Siegers kann ich schlecht anderer Meinung sein. Sie müßten diese Frage dem stellen, der an zweiter Stelle blieb."

"Das wird demnächst geschehen, liebe Zuhörer und Zuhörerinnen. Jetzt befragen wir erst einmal den Besitzer des Siegers der Hereford-Rasse, der die Trophäe in die Stadt Uruguaiana..."

"... Alegrete, Cabanha Ibirapuitan."

"Richtig. Der den begehrten Preis ins Land des großen Dichters und Staatsmannes Osvaldo Aranha gebracht hat. Ihr Name, bitte?"

"Silvestre Pinto Bandeira."

"Sie haben es gehört. Dieser Herr ist ein traditionsreicher Züchter, der schon viele Auszeichnungen mitnehmen durfte. Laut Katalog hat er heute drei Tiere vorgeführt. Ist Ihrer Meinung nach von den dreien der beste ausgezeichnet worden?"

Das Interview paßte Silvestre gar nicht. Er schob das Mikrophon ein wenig zur Seite.

"Aus der Sicht des Unparteiischen aus England war das Urteil korrekt."

"Und aus Ihrer Sicht?"

"Ich bin Viehzüchter, mir geht es ums Fleisch. Solange die englischen Rassen den Weltmarkt beherrschen, werden wir edles Protein produzieren. Da ist der Export für unsere Überschüsse garantiert."

"Soll das heißen, daß Sie gegen die Charolais und die Zebus sind?"

"Ich bin gegen keine Rasse. Ich meine nur, man sollte nicht ein halbes Jahrhundert Erfahrung in der Viehzucht wegschieben und ohne Grund die Rasse wechseln."

"Aber die Charolais und die Nelore wachsen schneller und setzen mehr Gewicht an als die Hereford, die Devon oder die Aberdeen Angus."

"Das mag richtig sein. Aber wenn Sie einen Spießbraten aufs Feuer tun, welches Fleisch würden Sie wählen?"

Zustimmendes Gelächter. Der Reporter unterbrach die Sendung für die Werbung. Camargo nutzte die Pause und nahm ihn am Arm.

"Wie geht's dir, Almiro? Kennst du die Freunde nicht mehr?"

"Abgeordneter Camargo! Liebe Hörerinnen und Hörer. Wir begegnen hier auf der Ehrentribüne der Ausstellung im Menino Deus dem bekannten Abgeordneten Danilo J. Camargo von der Nationalen Demokratischen Union. Abgeordneter Camargo, uns war gar nicht bekannt, daß Sie auch ein Förderer der Viehzucht sind..."

"Wieso sollte ich das nicht sein? Der Fortschritt unseres Landes steht und fällt mit der Viehzucht. Leider wird diese jahrhundertealte Struktur jetzt von dem brizolistischen Gesindel bedroht, das... Almiro, du hast doch nicht etwa das Mikrophon ausgeschaltet!"

Silvestre war inzwischen auf die Hauptbahn hinuntergegangen. Er drückte dem Unparteiischen die Hand und ließ sich fotografieren. Der Stier Agraciado wurde nun doch langsam unruhig. Die Blitzlichter irritierten ihn, und Armando mußte ihm seine ganze Aufmerksamkeit widmen. Silvestre ging auf seinen Verwalter zu und umarmte ihn zum Sieg. Dabei raunte er ihm leise ins Ohr: "Da haben wir's dem Gastão wieder einmal gegeben, was, mein Freund?"

"Ich kann's kaum glauben, Patron. Mir lief's kalt den Rücken runter, als dieser rote Gringo mir die Rosette gab. Aber der Agraciado hat's verdient. Sie haben ja schon auf ihn gesetzt, als er noch ein Kalb war. Das einzige, was mich ärgert, ist wegen Rafael. Der hat einfach zu viel auf den Espada gesetzt."

"Wo steckt denn Rafael?"

"Er und José bringen gerade die übrigen Stiere zum Schuppen."

Ein hochgewachsener Mann kam auf Silvestre zu. In seiner Begleitung ein junger Mann, unterwürfig, der den Fazendeiro ansprach. "Dr. Silvestre Bandeira?"

Silvestre lächelte.

"Wenn Sie den Doktor weglassen, dann ist's mein Name."

"Verzeihung. Ich bin der hiesige Filialleiter der American Rural Bank. Darf ich Ihnen unseren Präsidenten vorstellen, Mister Paul Baxter?"

Silvestre sah zu dem Mann hoch.

"Angenehm."

"Angenehm, sage ich, Herr Bandeira. Allerdings glaube ich, wir wurden schon einmal vorgestellt, in Montevideo bei der Ausstellung im Prado."

Der englisch-spanische Akzent war umwerfend, aber man konnte den Mann verstehen. Silvestre sah sich das blasse Gesicht des Amerikaners genauer an. Sauber rasiert. Durchweg weißes Haar, dunkle Augenbrauen. Schmale Nase und Lippen. Ein langer Hals mit deutlich hervorstehendem Adamsapfel.

"Entschuldigen Sie, Mister Baxter, aber ich kann mich nicht erinnern. Diese Rindviecher jagen einen durch die ganze Welt, und ich kann mir schlecht Gesichter merken."

"Spielt keine Rolle. Ich wollte Ihnen nur eine Frage stellen."

"Bitte, fragen Sie."

Der Amerikaner zeigte auf den preisgekrönten Stier, noch immer umringt von Neugierigen.

"Ich wüßte gern, ob er verkäuflich ist. Wir haben drüben in der Provinz Buenos Aires ein Zentrum für Künstliche Besamung. Da könnte dieses Tier uns sehr von Nutzen sein."

Silvestre traf es wie ein Schlag in den Magen. Der Gedanke gefiel ihm nicht, seine besten Zuchtstiere zu verkaufen. Unwillkürlich mußte er zu Agraciado rüberblicken. Dort ließ sich gerade Danilo J. Camargo fotografieren. Die eine Hand auf dem Rücken des Stieres, die andere auf Marcelas Schulter. Ein Bild für die Nachwelt. Silvestre mußte lächeln. Und das war der Typ, der Viehgeruch nicht ausstehen konnte!

Der Amerikaner deutete das Lächeln als günstiges Zeichen für sein Vorhaben und lächelte ebenfalls. Sein Begleiter tat sofort dasselbe. Silvestre atmete erst einmal tief. Immer langsam. Also, setzen wir den Preis einmal hoch in die Wolken, nur um das erschrockene Gesicht dieses Gringos zu sehen.

"Zwei Millionen Cruzeiros, auf die Hand. Für weniger gebe ich den Champion nicht her."

Paul Baxter verzog keine Miene. Er drehte sich um und fragte leise, aber bestimmt seinen Assistenten: "Zwei Millionen Cruzeiros? How much... Wie viele Dollars sind das?"

"So ungefähr..."

"So ungefähr, no! I want to know exactly! Haargenau, Mello."

Eingeschüchtert zog der brasilianische Begleiter seinen Füller aus der Tasche, öffnete ihn und fing an, Zahlen auf einen Notizblock zu kritzeln.

"Es sind genau einhundertundachttausendzweihundert-
undvierzig Dollar und fünfunddreißig Cents."
"One hundred and eight?"
"Yes, Sir."
Der Amerikaner setzte wieder sein Lächeln auf und
reichte Silvestre die blasse Hand.
"Der Stier gehört uns, Herr Bandeira. Wie sollen wir Ih-
nen die zwei Millionen Cruzeiros zukommen lassen?"

Zehn Uhr abends. Das Restaurant ist voll besetzt. Dis-
kreter Geruch von gutem Essen und teurem Parfüm.
Danilo J. Camargo ist in seinem Element.
Müßte ich nicht mit dem läppischen Gehalt eines Abge-
ordneten auskommen, ich würde nur in solch feinem
Lokal speisen. Zwei Millionen Cruzeiros für einen
Stier... Und dieser Silvestre weiß nicht, was er mit dem
Geld anfangen soll! Das ist gerade so, als stopfte man
Speck in den Hintern eines Schweines... Ein vortreff-
licher Wein! Schade, daß Marcela nicht dabei sein kann.
Was bleibt mir übrig? Ich muß mich mit der reifen Dame
trösten.
"Dona Lúcia, wie schade, daß Ihr Mann nicht mitkommen konnte! Zu gerne hätte ich erfahren, wie die Präsi-
dentschafts-Wahlkampagne in Bagé läuft. Sie werden
doch sicher Jânio Quadros wählen?"
Lúcia zog tief an ihrer Zigarette und sah dann mit ihren
blauen Augen dem Abgeordneten ins rote Gesicht.
Dieser Aufdringling hat scheint's noch niemals französischen Wein getrunken. Und ohne seine dunklen Sonnen-
brillen sieht er noch belangloser aus. Dem verschreibe
ich zum Abschied ein neues Haarfärbemittel. Das tu ich
bestimmt!

58

"Gastão wird den Jânio wählen. Ich selbst bin noch unentschlossen."

"Sie werden doch nicht etwa die Arbeiterpartei wählen?"

"Das natürlich nicht. Dieses Gerede von Agrarreformen ist eine Schande."

"Ja, wen denn dann?"

"Das weiß ich noch nicht. Vielleicht gebe ich den Stimmzettel weiß ab. Ich glaube, Vetter Silvestre hat auch für Jânio nicht allzu viel übrig, nicht wahr, Silvestre?"

Silvestre hatte gerade den Mund voll Stroganow, so nickte er nur zustimmend mit dem Kopf. Camargo wies mit seinem dünnen Zeigefinger auf die rote Krawatte des Fazendeiros. "Aber die Befreierpartei steht doch hinter Jânio Quadros."

Silvestre hielt ihm die gestreckte linke Hand entgegen. "Mal langsam. Ich habe nicht gesagt, daß ich deinem Verrückten meine Stimme nicht gebe. Ich sage lediglich, daß ich ihn nicht mag. Der ist genauso ein Demagoge wie der Brizola. Vielleicht sogar noch mehr."

Camargo schlürfte genüßlich den Châteauneuf du Pape, wobei er die Lippen wie zum Kuß formte.

"Jânio Quadros ist der intelligenteste Politiker Brasiliens."

"Tut er sich deswegen Puder auf den Anzug, damit es aussieht wie Schuppen?"

Lúcia sah angewidert hinüber zu Silvestre. Rafael im Sonntagsstaat konnte ein kindisches Lachen nicht verkneifen.

"Stimmt's, daß er sogar einen Käfig voller Mäuse mit auf seine Wahlveranstaltungen nimmt, Großvater?"

Der Abscheu in Lúcias Gesicht wirkte echt. "Schuppen,

Mäuse – um Gottes willen! Hattet ihr denn keinen besseren, der unser Kandidat sein könnte? Hält denn die Befreierpartei nichts mehr auf ihre Tradition? Dr. Assis Brasil wird sich im Grabe umdrehen."

Der Musiker hatte sich wieder ans Klavier gesetzt und spielte eine leise Weise. Das Restaurant des City-Hotels, in dem fast ausschließlich Fazendeiros saßen, wurde langsam leerer. Silvestre nahm einen Schluck Mineralwasser und unterdrückte ein Gähnen.

"Der Politiker hier ist der Camargo. Er habe das Wort."

Der Abgeordnete machte es sich auf dem Stuhl etwas bequemer. "Meine Partei, die Demokratische Nationale Union, wollte eigentlich nicht Jânio Quadros aufstellen. Unser natürlicher Kandidat für die Präsidentschaft ist Carlos Lacerda. Aber dem gibt das Volk immer noch die Schuld am Selbstmord von Getúlio Vargas. Da blieb nichts anderes übrig, als einen volkstümlichen Kandidaten zu stellen, um der Arbeiterpartei Stimmen abzunehmen."

"Dabei haben die Anhänger der Arbeiterpartei einen General akzeptiert, noch dazu einen, der als eisern gilt, nur um den Konservativen ein paar Stimmen abzujagen. Was für einen Salat habt ihr angerichtet!"

"Nehmen Sie es mir nicht übel, Dona Lúcia, aber es war nicht die Jagd auf die Stimmen der Eliten, die den General Lott zum Kandidaten machten. Das war wieder einmal so ein meisterlicher Schachzug von Juscelino."

"Wie das?"

"Juscelino wird sein Amt mit viel Prestige abgeben. Alle Welt möchte sein Werk, Brasília, kennenlernen, Oscar Niemeyers Wagemut und Le Corbusiers Traum! Wen kümmert's da, daß Millionen in den Sand gesetzt wurden? Wen stört's noch, daß die Ohren der Abgeordneten mit rotem Staub verstopft sind?"

"Wobei ihre Taschen von Dollars überquellen. Man sagt, Juscelino habe die Abgeordneten einen nach dem anderen gekauft, damit sie bereit waren, von Rio de Janeiro wegzuziehen."

"Das mag stimmen, Silvestre, es ist wahrscheinlich so gewesen. Aber wahr ist auch, daß Juscelino dem Volk fünfzig Jahre Fortschritt in nur fünf Jahren Regierung versprochen hat und daß das Volk überzeugt ist, daß er es geschafft hat. Dieser Marsch gen Westen wird Juscelino schon bei der übernächsten Wahl 1965 erneut zum Präsidenten machen. Allerdings nur, wenn die Koalition von Sozialdemokraten und Arbeiterpartei die jetzige Wahl verliert. Und zum Verlieren scheint keiner geeigneter zu sein als Lott."

"Soll das bedeuten, Kubitschek will, daß seine Partei diese Wahl verliert?"

"Wenn jetzt Jânio Quadros gewählt wird, so die Rechnung von Juscelino, dann wird die ganze Schuld für die Inflation auf den fallen. Die Gehaltskürzungen bringen dann das Volk zur Verzweiflung. Die Industriebosse in São Paulo werden Sehnsucht haben nach den guten Zeiten, in denen sie ihren Schrott steuerfrei einführen durften. Von den multinationalen Konzernen ganz zu schweigen. Für die war Juscelino wie ein Vater."

Lúcia nahm eine weitere Zigarette aus der Schachtel. Camargo war sofort mit Feuer zur Stelle. Das Moschus-Parfum schien direkt aus dem Ausschnitt ihres Kleides zu strömen. Die hat sich den Busen bestimmt in Rio de Janeiro richten lassen. Ob da eine Narbe bleibt? Wer weiß, vielleicht krieg ich das noch raus.

"Danke, Herr Dr. Camargo, auch für die Lektion in Sachen Politik. Nur eines habe ich noch nicht begriffen. Wenn Lott die Wahl verliert, was ist dann mit João Goulart? Das halte ich nicht für möglich, daß Jango absichtlich verliert, nur um Juscelino zu unterstützen."

"Jango verhält sich still, dann wird er als Vizepräsident wiedergewählt. Er ist sich aller Stimmen aus der Arbeiterpartei gewiß, und die Zwistigkeiten mit dem Ferrari in der Partei berühren ihn nicht. Es wird sehr viele Wähler geben, die durch die Parteien wählen werden. Für das Gespann Jan-Jan, Jânio-Jango, wird schon in der Presse geworben, in São Paulo, aber auch im Nordosten."

"Und wo steckt da in allem die Intelligenz von Jânio Quadros? Noch etwas Wein, Dr. Camargo? Bestellen Sie nur. Er ist in der Wette inbegriffen."

Silvestre schüttelte energisch den Kopf. Sein üppiges und gewelltes graues Haar verlieh ihm den Nimbus eines Poeten. "Keineswegs, liebe Cousine. Das war eine Spielerei mit Marcela."

"Und die Ärmste mußte zurück ins Internat... Diese Schwestern sind fürchterlich. Die hätten doch Marcela ohne weiteres heute hier im Hotel übernachten lassen können."

"Es fiel schon schwer genug, bei der Oberin heute nachmittag zu erreichen, daß sie sie wieder reinläßt. Die Schwester fing damit an, daß sie heimlich rauche und in der Schule Lippenstift auflege. Ich mußte mich ganz klein machen, um sie zu überzeugen."

"Und das zusätzlich zu jener Spende für die Überholung der Kapelle?"

Silvestre setzte ein lausbübisches Grinsen auf. Danilo J. Camargo zeigte dem Ober die leere Flasche und hielt dazu den Daumen hoch. Rafael nahm den Finger aus der Nase. Ihm machte noch die Geschichte mit dem heimlichen Rauchen zu schaffen. Vom Klavier her erklang die Musik aus 'Limelight'. Lúcia blickte dem Vetter auf die Lippen. Das ist nun schon so lange her, aber den Kuß von damals werde ich nie vergessen. Auch nicht seine grobschlächtigen und rauhen Hände. Ja, Silvestre ist wie eine Säule, fest und stets der gleiche. Und den habe ich durch die Lappen gehen lassen für diese Schnecke von meinem Mann.

"Wo ist Gastão geblieben, Lúcia? Der ist doch nicht etwa böse mit mir?"

"Natürlich ist er geknickt. Aber zum Abendessen ist er nur deshalb nicht gekommen, weil er zu einer Versammlung der Farsul mußte. Dr. Saint-Pastous ist sehr besorgt wegen der Landlosen-Bewegung. Die Leute, die in Banhado do Colégio enteignet und vertrieben wurden, die reden jetzt von Waffenkauf..."

Silvestre faßte die Cousine sanft am Arm. "Du sprichst besser etwas leiser, liebe Lúcia. Das ist ein gefährliches Thema. Die Polizei des Gouverneurs Brizola soll ihre Spitzel überall haben, sogar im Ausstellungsgelände."

"Entschuldige, mein Guter. Laßt uns weiter über Politik reden."

Rafael schnitt eine Fratze. "Ich habe genug von diesem Dreck."

Camargo blitzte den Jungen an. Der Wein tat dabei das Seine. Dieser Bastard meint, er dürfe unter Erwachsenen mitreden. Dem werd ich's geben!

"Was du Dreck nennst, garantiert dir die Freiheit, Stiere im Wert von zwei Millionen Cruzeiros zu züchten und pro Tag dreimal gut zu speisen."

Silvestre setzte noch einmal seine Beschwichtigungsgeste ein. "Viermal, Camargo. Rafael wird doch nicht auf den Kaffee am Nachmittag verzichten. Und da wir schon beim Thema sind, wer möchte einen Cafezinho? Ich glaube, der Mann am Klavier ist müde."

Lúcia blickte kurz nach hinten zum Klavier und lächelte. "Der ist immer so. Verschlafenes Gesicht wie Robert Mitchum. Aber wenn er Publikum hat, spielt er bis mindestens vier Uhr morgens."

"Zu der Uhrzeit stehe ich gewöhnlich auf, daheim auf der Fazenda."

Lúcia streichelte wieder die Hand ihres Vetters. "Bleib doch noch ein bißchen. Dr. Camargo ist mir noch eine Antwort schuldig. Wieso ist Jânio Quadros der intelligenteste Politiker Brasiliens? Mir scheint er nur der verrückteste zu sein."

Danilo J. Camargo war wieder in seinem Element. "Gerne, Dona Lúcia. Am besten geht das, wenn ich Ihnen eine kleine Geschichte erzähle. Die ist wirklich geschehen und beweist die fast teuflische Fähigkeit des Jânio zur Improvisation."

"Sie meinen: zum 'jeitinho', wie man die Dinge zu eigenen Gunsten dreht?"

"Genau. In einem Land wie dem unseren hat ein geradliniger und eiserner Politiker wie Lott keine Chance voranzukommen. Da muß man wendig sein, um die Hindernisse zu nehmen, um die Fallen der Gegner sowie die der eigenen Parteigenossen zu umgehen."

Rafael mischte sich wieder einmal ein. "Also, schamlos und nicht zimperlich sein."

Der Abgeordnete goß ein halbes Glas in einem Zug hinunter, riß sich zusammen und lächelte wieder. "Dem einfachen Volk in seiner Ignoranz könnte man solche Ausdrücke zugestehen. Politik, das ist die Kunst derer, die siegen. Und um zu gewinnen, paßt sich Jânio jeder Lage an, wie vor kurzem im Bundesstaat Bahia. Erzählt hat mir's ein Kollege aus Jânios engstem Mitarbeiterkreis, und Sie werden sehen, Dona Lúcia, das Ereignis beweist die überdurchschnittliche Intelligenz unseres Kandidaten."

Nur, um noch ein bißchen länger an Silvestres Seite sitzen zu können, ermutigte Lúcia den Abgeordneten zum Erzählen.

"Ich platze vor Neugier, Dr. Camargo. Und wenn Sie mich überzeugen, können Sie mit meiner Stimme rechnen."

Camargo sprach leiser.

"Im vergangenen Monat war Jânio nach Bahia gefahren, im Präsidentschaftswahlkampf. Er wußte, daß der Erzbischof von Salvador ihn ablehnte, weil er nicht praktizierender Katholik sei. Es gelang ihm, beim Prälaten eine Audienz zu bekommen. Dabei muß man wissen, daß der Erzbischof einen enormen Einfluß auf die Wählerschaft des halben Nordostens hat. Unterwegs vom Flughafen zum Bischofssitz fragte Jânio den Vorsitzenden der Nationalen Demokratischen Union von Salvador, was er alles über den Erzbischof wisse. Eine harte Nuß! Fast achtzig Jahre alt. Kirchliche Laufbahn ohne Makel, ohne Skandal. Auf den ersten Blick sah es so aus, als sei diese Mauer unüberwindbar. Aber Jânio gab nicht auf. Sollte er nicht doch irgendeine Macke haben? Ein kleines menschliches Laster? Nichts. Sollte er wirklich nichts anderes machen als beten? Doch, er liebt auch Poesie. Er hat sogar ein Gedichtbändchen über seine

Kindheit verfaßt. Was! Ein Gedichtbändchen? Und wie kann man an dieses Wunder herankommen? Vielleicht in der Stadtbibliothek. Dann also nichts wie hin! Ich muß mir dieses Büchlein noch vor der Audienz ansehen."

Prüfend achtete Camargo, ob ihm noch die volle Aufmerksamkeit geschenkt wurde. Dann fuhr er fort: "Das Büchlein war so ein Schmarren 'Tempos de Anjo' aus heiler Kindheit. Der Vorsitzende der Nationalen Demokratischen Union lieh sich ein Exemplar in der Bibliothek aus, und Jânio vertiefte sich in die Lektüre, bis sie am Bischofssitz angekommen waren. Dazu dürfte er knapp 15 Minuten gehabt haben. Zur Audienz empfing ihn der Erzbischof mit kühler Zurückhaltung. Ihn hatten jene Fotos, auf denen Jânio in der Kathedrale von São Paulo kniete, nicht überzeugt. Aber schließlich war er wie alle Leute neugierig, ihn persönlich kennen zu lernen. Langsam fand er Gefallen an Jânios Ernsthaftigkeit. Obwohl er verrückt aussah, schien er doch ein echter Christ zu sein. Seine Ansichten über den Wert der Familie, der Tradition und des unantastbaren Eigentums waren eindeutig. Beim Abschied bat Jânio den Erzbischof, ihm etwas anvertrauen zu dürfen. Dann sagte er ihm, daß er nicht nur zu ihm gekommen sei, um den Kirchenmann zu besuchen, sondern auch als Bewunderer der Poesie. Und dann zitierte er fließend, dem Erzbischof kamen die Tränen, ganze Strophen aus 'Tempos de Anjo', seiner Nachtlektüre, seiner Wiederbegegnung mit der eigenen Kindheit. Der Erfolg war umwerfend. Am darauffolgenden Tag brachten alle Zeitungen Salvadors die Nachricht in fetten Buchstaben. Der Erzbischof empfahl, Jânio zu wählen, und ließ sich dazu Seite an Seite mit ihm fotografieren, was er noch bei keinem Politiker getan hatte."

Silvestre winkte dem Ober und wollte zahlen. Lúcia zündete sich eine weitere Zigarette an und blies, fast ohne es zu wollen, dem Abgeordneten den Rauch ins Gesicht. Rafael wollte seinen Kommentar dazu geben, aber ein deutlicher Blick des Großvaters genügte. Noch ein paar förmliche Worte, und man erhob sich vom Tisch. Nach der allgemeinen Verabschiedung ging Danilo J. Camargo die Treppen hinab in die Halle des Hotels. Er war mit sich unzufrieden. Verflixt noch mal. Ich glaube, ich habe zu dick aufgetragen. Jânio ist eben zu genial für die Köpfe dieser Bourgeoisie. Pech für sie. Und diese Herbstblume will ja nichts weiter als mit Silvestre ins Bett. Ich nehm schön brav mein Auto und werde die Nacht bei Monika verbringen. Warum nur gehen mir die Beine der Marcela nicht mehr aus dem Sinn?

4 Uhr morgens. Im Schuppen der Ausstellung herrscht Stille. Einige der Viehhirten schlafen auf Futterballen gleich neben den Tieren. Es riecht nach Stroh und frischem Mist. Vereinzelt gelbe Glühbirnen. In der hintersten Ecke trinken zwei Männer ihren Mate-Tee und unterhalten sich mit gedämpfter Stimme.
"Immer sind Sie als erster auf, Herr Armando."
"Ich mag halt dieses Schwätzchen mit Ihnen. Muß hart sein, die ganze Nacht wach zu bleiben. Ohne mit jemandem reden zu können."
"Man gewöhnt sich dran. Aber die Ausstellungshallen habe ich ständig im Blick. Da geht's früh immer zuerst los."
"Ich will die Pferde waschen, sobald es hell wird. Später gibt's bei den Duschen immer so ein Menschengedrängel wie im Kino."

In der Kalebasse ist der Tee zu Ende. Eine Sirene bricht die allgemeine Stille. Der Wächter nimmt seine Teekanne aus Gußeisen und füllt langsam Wasser nach.

"Da wir schon vom Kino reden – Sie scheinen sich überhaupt nicht während der Ausstellung zu vergnügen. Den ganzen Tag sitzen Sie bei diesen Viechern rum und gehen mit den Hühnern schlafen."

Armando lächelt. Gesunde Zähne werden sichtbar.

"Nicht mit den Hühnern, mit den Stieren. Und zum Bummeln genügt einer, mein Junge, der José. Ich glaube, der steigt sogar den Straßenmädchen der Botafogo-Straße nach. Stellen Sie sich vor, Herr Calixto, der Kerl ist mir diese Nacht erst nach eins heimgekommen!"

Calixto spuckt ein Holzstückchen aus, das mit dem Tee in seinen Mund gekommen war. Das Gesicht eines Indianers. Etwa 60 mochte er sein. Die Wollmütze bis tief über die Ohren gezogen. Die alte Militärjacke aufgeknöpft.

"Bei uns zu Hause, meine Alte dankt Gott, wenn unser Moacir vor dem ersten Hahnenschrei daheim ist. In diesem Alter ist das so. Er hurt eben rum, aber bei der Arbeit fehlt er nie. Die haben ihn sogar befördert, bei der Stadtbusgesellschaft Carris. Sorge bereitet mir unser Jüngster, der Calixtinho. Nichts als Fußball hat er im Kopf."

"Mein José ist ein richtiges Arbeitstier. Daheim auf der Fazenda hat er sich letzten Frühling vier junge Pferde zum Zähmen vorgenommen. Zwei davon haben wir schon in der Arbeit. Und dabei ist der Junge gerade fünfzehn."

"Was, erst fünfzehn? Dieser Riesenlümmel?"

"Er und Rafael, der Enkel unseres Patrons, sind gleichaltrig. Wie Brüder sind sie aufgewachsen."

Calixto nahm die Teekalebasse wieder und versuchte, das Zugröhrchen richtig anzusetzen. Der Teekessel stand auf einem Rost mit Holzkohle, die fast zu Asche verglüht war. Er goß Wasser nach und wurde nachdenklich.

"Wenn die erst einmal erwachsen sind, werden sie kaum noch Freunde bleiben."

"Und warum das, Herr Calixto?"

"Warum? Ein Reicher und ein Armer können nie echte Freunde sein. Irgendwann wird einer dem anderen todfeind."

Armando rückte sich die Mütze auf dem Kopf zurecht und rollte sich in die Wolldecke ein.

"Ich und der Herr Silvestre sind doch auch Freunde von klein auf. Mein verstorbener Vater war jahrelang der Vorarbeiter bei seinem verstorbenen Vater. Der Herr Silvestre achtet mich als Knecht, und ich achte ihn als Patron. Natürlich sind wir nicht so Freunde, daß wir zusammen am selben Tisch essen. Wir sind eben Freunde bei der Arbeit."

Calixto konnte unter seinem grauen Schnurrbart das Lächeln nicht verbergen.

"Für wieviel hat dein Patron diesen Champion verkauft?"

"Den Agraciado? Für zwei Millionen Cruzeiros. Aber er hatte ihn so gern, daß er ihn nie verkaufen wollte. Darum hat er einen so himmelhohen Preis genannt, um den Gringo abzuschrecken. Aber die Gringos haben ihn übertrumpft. Da mußte er das Tier abgeben."

"Was, die haben ihn schon mitgenommen? Und der Aufmarsch der Preisträger? Der Stier ist verpflichtet dabeizusein."

"Sie haben ihn heute nachmittag mitgenommen, aber ihn

dann gegen Abend wieder hergebracht. Ich glaub, die Tierärzte sollten ihn untersuchen. Das machen Gringos so. Aber der Stier ist bereits bezahlt. Herr Silvestre hat es mir gesagt."

"Zwei Millionen Cruzeiros... Und wieviel bekommen Sie pro Monat?"

"Na ja, ich habe meinen Unterhalt. Zwei Löhne, wenn man das von meiner Zuleica mitrechnet. Dazu Wohnung und Essen. Unser Ältester arbeitet in der Stadt als Maurer. Der José verdient schon etwas Geld mit den jungen Pferden. Die Clotilde mit ihren dreizehn Jahren hilft schon in der Küche aus. Die Kleinen gehen noch zur Schule, gleich neben der Fazenda. Und dann haben wir noch ein Baby."

"Wieviel Kinder habt ihr eigentlich?"

"Nur sechs. Meine Mutter hatte zwölf. Die Familien werden langsam kleiner."

"Ich habe vier Kinder und sechs Enkel. Irgendwie wird die Familie doch größer, so oder so. Aber ich und meine Alte, wir haben zu Hause nur für den kleinen Calixto zu sorgen. Sie sind schlimmer dran, Sie müssen mit zwei Löhnen sechs Kinder großziehen."

"Jetzt mal langsam. Die Kinder sind ganz allein unser Problem. Ich bekomme mein Geld, um für die Tiere von Herrn Silvestre zu sorgen, und Zuleica bekommt ihrs für die Küche. Vielen geht's schlechter als uns, Herr Calixto. Ein Bruder von mir, der Amantino, ist von der Fazenda abgehauen, um bei der Eisenbahn zu arbeiten. Jetzt beklagt er sich ständig."

"Gut, ich verdiene auch wenig hier bei der Ausstellung. Trotzdem meine ich, Ihnen steht ein Anteil am Geld für den Stier zu. Es ist genau, wie der Brizola immer sagt:

Der Reiche frißt das Huhn, der Arme darf den Teller ab-
lecken."
Armando machte ein finsteres Gesicht. "Ich wußte gar
nicht, daß Sie Anhänger von Brizola sind. Daheim auf
der Fazenda schalten wir das Radio freitags aus, nur um
ihn nicht anhören zu müssen."
"Ich verpasse keins seiner Programme. Er ist einer von
den wenigen, die an die Armen denken. Er ist der einzige
Gouverneur, der den Bauern Land gibt, damit sie arbei-
ten können."
"Land, das er anderen raubt."
"Ganz so ist das nicht, Herr Armando. Und Raub hin und
Raub her, das gesamte Land Brasiliens wurde den Indianern geraubt. Der Brizola hat das gesagt."
"Bleiben Sie doch bei Ihrem Brizola, ich bleib bei mei-
nem Silvestre. Der braucht das Geld vom Stier für eine
Menge Ausgaben, das kann ich Ihnen sagen. Benzin und
Kraftfutter, Ersatzteile für den Traktor, Lagerkosten,
Ausgaben ohne Ende. Die Zuleica kocht für fünf oder
sechs Männer in den Stallungen, und dazu kommen noch
wir sieben zu Hause sowie Herr Silvestre und Rafael, der
wie ein Hamster ißt. Stellen Sie sich nur den Berg Geld
vor, alle die Leute satt zu kriegen. Schlachten wir ein
Schwein, dann ist am Tag drauf davon nichts mehr
übrig."
"Soll das heißen, daß Zuleica für fünfzehn Leute kochen
muß, sie allein?"
"Zwei Öfen hat sie dazu. Den im Haus hat unsere Clotilde schon allein im Griff."
"Aber bekommen tut sie dafür nichts?"
"Na ja, noch nicht. Sie ist ja auch erst dreizehn. Und niemand zwingt sie zu arbeiten. Aber sie hat schon immer

gern in der Küche mitgemacht, schon von klein auf. Die verstorbene Frau vom Herrn Silvestre hatte unsere Clotilde einfach zu gern. So jung ist sie gestorben, die Dona Florinda. Ich mag nicht daran denken. Nächsten Monat wird's schon zehn Jahre, daß sie tot ist. Mir läuft's immer noch kalt über den Rücken, wenn ich daran denke. Ach, die Kalebasse. Entschuldigen Sie meine Zerstreutheit, Herr Calixto."

"Das macht nichts. Ist sowieso kein Wasser mehr heiß. Sollen wir noch etwas aufsetzen?"

"Meinetwegen nicht nötig."

Calixto stellte die Kalebasse im Drahtständer ab und zog einen Zigarettenstummel hinterm Ohr hervor. Er nahm ein Stück Kohle, blies es an, bis es glühte, brannte die Zigarette an, zog mit spitzem Mund und qualmte.

"Eure Dona Florinda, ist die an einer bösen Sache gestorben?"

"Flugzeugunglück."

"In ein Flugzeug bringen mich keine zehn Pferde."

"Mich auch nicht. Ich kann gar nicht verstehen, daß Herr Silvestre immer wieder den Mut aufbringt. Fast die gesamte Familie hat er bei dem Absturz verloren."

"Fast die ganze Familie? Furchtbar ist das, Herr Armando!"

Das offene Gesicht des Verwalters bekam plötzlich Falten.

"Umgekommen ist die Dona Florinda und ihre Tochter, die Dona Martinha, und deren Mann, Herr Khalil. Nur die kleine Marcela und der Rafael sind übriggeblieben. Und Herr Silvestre zieht sie groß."

"Furchtbar! Einfach furchtbar ist das."

"Wer ein schwaches Herz hat, hält's nicht durch... Und

dann, wer brachte es übers Herz, den beiden Kleinen zu sagen, daß ihr Vater und ihre Mutter tot waren? Und dazu noch die Oma, die mit ihnen ein Herz und eine Seele war. Zwei so niedliche und fröhliche Kinder, sieben das Mädel, fünf der Junge... Nehmen Sie's mir nicht übel, Herr Calixto, wenn so einem alten Mann wie mir die Tränen kommen bei so einer bösen Geschichte. Aber es ist... Also gut, ich bin nur ein Schwarzer, aber die zwei sind wie meine Kinder. Auf einer Fazenda, da lebt man wie... da lebt man eng miteinander verbunden. Ich und der Herr Silvestre, wir wollten nie in der Stadt wohnen! Er zog es vor, seine Kinder jeden Tag mit dem Wagen in die Stadt zur Schule zu schicken. Als die Marcela nach Porto Alegre ins Internat ging, mußte ich direkt eine Aspirin nehmen. Vor lauter Angst, sie würde überfahren oder überfallen, habe ich tagelang Kopfweh gehabt. Als sie mich heute sah, kam sie gerannt und hat mir einen Kuß gegeben. Sie hätten das doofe Gesicht sehen sollen, mit dem die Journalisten mich angeglotzt haben!"
Calixto schniefte durch die Nase und schwieg. Dann hüstelte er und nahm das vorherige Thema wieder auf. "Ich sehe zwar ein, daß Sie mit dieser Familie so verwachsen sind, aber wenn alle Menschen so wären, dann würde es den Arbeitern nie besser gehen. Und mancher Patron ist ein Blutsauger bei seinen Arbeitern. Die meisten sind's."
"Beim Herrn Silvestre ist das eben nicht der Fall. Der drückt zwar hart bei der Arbeit, aber er selbst ist auch mit dabei. Und kaum ein Knecht fliegt bei uns raus. Bloß die Nichtsnutze... Der Antenor zum Beispiel, das war so ein Verdorbener. Immer hatte er irgendeine Erkältung. Kaum schlug das Wetter um, fing er an zu husten und wollte von Arbeit nichts mehr wissen. Sie hätten sehen

sollen, wie wir den gefeuert haben. Und dann hat er die Frechheit besessen, den Herrn Silvestre beim Arbeitsgericht zu verklagen. Ich wollte sofort in die Stadt und diesem Saukerl meine Peitsche kreuz und quer drüberziehen, aber der Herr Silvestre hat's nicht gelassen. Aber der Antenor hat bei der Sache nichts für sich herausgeschlagen. Dem Herrn Silvestre hat er zwar einen Brocken Geld abgeluchst, aber sein Rechtsanwalt soll fast alles für sich genommen haben. Und jetzt... jetzt kriegt er nirgendwo mehr Arbeit als Knecht. Die Fazendeiros erzählen's sich untereinander im Club, und der Mann ist erledigt."

Calixto hatte seinen Kopf gesenkt. Er wirkte traurig. "Ich meine, Sie hätten sich nicht mit einem Arbeitskollegen anlegen sollen, um den Patron zu verteidigen."

"Arbeitskollegen! Nun machen Sie mal langsam, Herr Calixto! Arbeit, das hat der Antenor nie im Leben gemacht. Seine Kollegen sind die Vagabunden. Da gehör ich nicht dazu."

"Lassen Sie's gut sein, Herr Armando. Ich glaub's Ihnen ja, daß außer der miserablen Bezahlung dort auf eurer Fazenda die Arbeiter gut behandelt werden. Aber wenn eines Tages euer Patron stirbt?"

"Da sei Gott vor, Herr Calixto. Malen Sie doch den Teufel nicht an die Wand!"

"Aber sterben tun wir doch alle mal."

"Ist wahr. Dann arbeite ich eben für den Rafael."

"Und wer garantiert Ihnen, daß der Rafael genauso gut sein wird wie der Herr Silvestre?"

Nun kam ein zufriedenes Lachen auf Armandos Gesicht. "Ich garantiere das. Für den Jungen halte ich beide Hände ins Feuer."

"Gott hat's gehört. Zu Ihrem Wohl wünsche ich es Ihnen. Hoffentlich haben Sie recht!"

Der Himmel fing an, sich zu verfärben. Durchs Zimmerfenster sah Silvestre nach dem Wetter. Heute werden wir nicht vom Regen verschont bleiben. Bloß gut, daß nur noch die Bewertung der Pferde fehlt. Noch zwei Tage, dann geht's nach Hause auf die Fazenda, Gott sei Dank. Und da soll's Leute geben, die das Landleben verabscheuen. Der Gastão hat sich sogar ein Flugzeug gekauft, um schneller von seiner Fazenda wegzukommen. So etwas Absurdes. Da überlassen sie ihr Hab und Gut anderen und spielen Karten im Club. Manche verspielen Unsummen bei dem blöden Spiel. Ich muß auf den Rafael achten, damit der sich nicht auf die Spielerei einläßt. Mit dem Streichholzspiel im Schuppen fängt's an, und dann kommen sie den Karten auf den Geschmack. Mensch, kann der Rafael tief schlafen. Den muß man zweimal rufen.

"Mach, daß du rauskommst, Rafael. Ich bin schon ganz grün vom vielen Tee."

"Was ist los? Ist etwas passiert, Großvater?"

"Seit zwei Stunden bin ich schon wach. Jetzt warte ich nicht mehr auf dich."

Rafael schob die Decken zur Seite und setzte sich im Bett aufrecht hin. Er gähnte in einem fort. Dann suchte er die Schlappen, gab das Suchen auf und kam barfuß auf dem weichen Teppich. Auf dem Weg ins Bad fiel rein zufällig sein Blick auf die offene Zeitung auf Großvaters Bett. In großen Lettern stand da als Schlagzeile obenan: Preisgekrönter Stier für Rekord-Summe verkauft: zwei Millionen Cruzeiros.

"Schau her, Großvater, der Agraciado ist gut geworden auf dem Foto. Schade, daß der Armando nicht mehr aufs Bild gekommen ist. Man sieht nur seinen Arm."

"Die Reportage ist gut gelungen, nur sind fünf Fehler drin."

"Ich werde sie auf dem Klo lesen."

"Nichts da! Her mit der Zeitung, es ist schon fast sieben Uhr."

Rafael sauste ins Bad, die Zeitung unterm Arm, und schob den Riegel vor. Im gleichen Augenblick klingelte das Telefon. Silvestre ließ sich im Sessel nieder und nahm den Hörer ab. "Hallo! Ja, am Apparat. Wer? Dr. Fernando Mello? Kenn ich nicht. Doch, stell trotzdem durch... Hallo! Ja, hier spricht Silvestre Bandeira. Ich garantiere Ihnen, daß ich es selbst bin... Was? Natürlich erinnere ich mich. Wie geht's Mister Baxter? Ja, stimmt, der sitzt noch im Flugzeug... Um acht Uhr? Da kann ich nicht. Um neun gehen zwei meiner Pferde zur Bewertung. Ist es denn so eilig? Sagen Sie mir doch, was los ist. Gut, Sie wollen es am Telefon nicht sagen. Ich versteh das, natürlich. Trotzdem meine ich, Sie sollten per Telefon auspacken. Wie? Natürlich bin ich nervös! Einen Rechtsanwalt mitbringen? Ich weiß nicht, ob das klappt... So reden Sie doch langsamer! Ja, ich weiß, wo die Ecke der Uruguay-Straße ist. Aber für höchstens eine halbe Stunde, keine Minute länger! Ja! Ja! Wenn ich es Ihnen doch sage, es ist alles in Ordnung! Sie sind entschuldigt. Natürlich. Ich weiß, Sie sind nur ein Angestellter. Und jetzt legen Sie besser auf. Natürlich. Bis gleich."

Silvestre wartete den Signalton ab, um dann den Hörer langsam aufzulegen. Verflixt noch mal. Was mag da

76

Schwerwiegendes vorliegen? Ich muß sofort den Camargo ausfindig machen. Der muß mir einen Rechtsanwalt besorgen.

Rafael hatte die Tür zum Badezimmer geöffnet und stieß mit strahlendem Lächeln auf das verbissene Gesicht des Großvaters. "Tut mir leid, Großvater. Ich wollte doch nur den Bericht in Ruhe lesen..."

"Das ist es doch nicht. Ich bin sauer wegen dieses Anrufes."

"Wer hat denn angerufen?"

Silvestre machte seinen Bademantel auf. Und ohne sich dessen bewußt zu werden, band er ihn gleich wieder zu.

"Die Gringos, die den Agraciado gekauft haben, waren am Apparat. Besser gesagt, der Lakai der Gringos, dieser Mello. Will unbedingt mit mir um acht Uhr reden. Und einen Rechtsanwalt soll ich mitbringen."

"Einen Rechtsanwalt um diese Uhrzeit? Was ist da nur passiert?"

Silvestre hatte sich seines Bademantels endlich entledigt und begann, sich anzuziehen.

"Hol mal das Telefonbuch und schau nach, welche Nummer Camargo hat. Ich kann diese kleine Schrift noch nicht einmal mit Brille lesen."

"Was, dieses Rindvieh willst du anrufen?"

"Danilo J. Camargo. Er wohnt in der Marques-do-Herval-Straße im Stadtteil Moinhos de Vento."

"Was bedeutet denn dieses Jot, Großvater?"

"J von José."

"Mehr nicht? An dem Kerl ist alles blöd."

"Such jetzt mal rasch die Nummer und knurr nicht so viel rum."

Viertel nach acht traf Camargo im Hotel ein. Er war noch immer am Gähnen, als er seinen Simca-Chambord einfach neben die parkenden Autos mitten auf der Straße abstellte. Als er in die überfüllte Hotelhalle trat, fing draußen ein Taxi an zu hupen, weil die enge Straße nun dicht war. Der Abgeordnete blickte nicht einmal hin. Mit langsamen Schritten ging er auf Silvestre zu, der ihn bereits stehend bei der Anmeldung erwartete. Der Fazendeiro gab kaum merklich den Guten-Morgen-Wunsch zurück.

"Es scheint, als ob diese Gringos das Geschäft mit dem Stier rückgängig machen wollen. Ich verstehe nur nicht, warum so viel Geheimnistuerei dabei ist... Hast du einen Rechtsanwalt mitgebracht?"

Camargo warf sich in Positur. "Der Rechtsanwalt steht hier vor dir."

Silvestre versuchte ein Lächeln. "Stimmt ja. Bei all der Nervosität habe ich doch glatt dein Abendstudium vergessen. Dann also los. Ich möchte die Sache hinter mich bringen. Dieser Mello ist aalglatt. Am Telefon habe ich nichts aus ihm rausgekriegt. Was ist denn jetzt los? Wo steckt denn Rafael?"

"Da vorne steht er, genau vor uns. Da bei den Zeitschriften."

"Dann nichts wie los!"

Camargo hielt Silvestre am Arm zurück. "Wär's nicht besser, den Jungen hier warten zu lassen? Die Gringos können oft fies sein bei den Geschäften."

Der Fazendeiro nickte und ging auf Rafael zu. Der guckte kurz von seiner Lektüre hoch.

"In Ordnung, Großvater. Ich warte hier. Aber vergiß nicht: Die Bewertung der Pferde ist um neun."

Eine Stunde danach. Es regnet leicht, und der Regen ist kalt. Nervös wartet Rafael immer noch am Hoteleingang. Mit seiner Gaucho-Kleidung fällt er ziemlich auf. Dazu belästigen ihn die Lotto-Verkäufer, die ihm unbedingt ein Los andrehen wollen. Ein Schuhputzer zeigt ihm von der anderen Straßenseite her die Zunge. Rafael muß an sich halten, um ihm nicht nachzujagen.

"Sieht so aus, als hätte hier noch niemand je einen Gaucho gesehen, mit Bombachas und Stiefeln..."

Der Portier macht gerade einen tropfenden Regenschirm zu und grinst. "Als ich damals von Jaguarão das erste Mal hierher kam, haben sie mich an der Bushaltestelle verprügelt. Gestiefelter Ochse haben sie mich gerufen. Zu viert oder zu fünft waren sie."

"Gemeinheit so was."

"Danach bin ich ins nächste Geschäft, habe mir eine Jeans-Hose gekauft und meine Dorfklamotten versteckt."

"Aber ich finde es absurd, daß man in der Hauptstadt von Rio Grande do Sul nicht als Gaucho rumlaufen darf. Guck dir diesen Lümmel da drüben an. Hat gelästert, der Folklore-Sänger Teixeirinha wäre wieder da."

Gleich hinter dem Straßenjungen sah Rafael Silvestre und Camargo auf das Hotel zukommen. Der Abgeordnete gestikulierte mächtig mit der einen Hand, während er sich mit der anderen Hand eine Zeitung als Schutz über den Kopf hielt. Der Großvater hatte sich den Hut tief in die Stirne gezogen. Ein schlechtes Zeichen. Der Straßenlümmel bleibt für's nächste Mal.

Unterwegs zur Ausstellungshalle lauschte Rafael dem Gespräch der beiden Männer. Er hatte gemerkt, daß die Sache ernst war, und fand nicht den Mut zu Zwischenfragen. Das würde den Großvater irritieren. Doch als sie an einer Ampel hielten, nutzte er die Gesprächspause.

"Großvater, nimm mir nicht übel, wenn ich frage. Gab's ein Problem mit dem Agraciado?"

Silvestre antwortete laut, deutlich und knapp: "Der Agraciado ist unfruchtbar. Er taugt nicht für die Zucht."

"Unfruchtbar? Und wie haben die das so schnell rausgekriegt?"

Der Wagen fuhr scharf an. In der Mitte der Avenida Getúlio Vargas standen die Kaiserpalmen in Reih und Glied. Rafael schaute noch immer verständnislos auf die Schultern des Großvaters. Ihm fielen wieder die grauen Haare auf, die unter dem Hut hervorguckten. Es roch nach Mitsuko-Parfum. Lauter als sonst fuhr dieser fort: "Sie haben den Stier am Nachmittag zur Untersuchung gebracht. Das Resultat der Samen-Untersuchung war niederschmetternd. Der Tierarzt der Gringos hat Scheinsperma diagnostiziert. Er sagt, der Agraciado habe Hypoplasma in den Samendrüsen."

"Und was zum Teufel ist das?"

"Ein Teufel, der uns zwei Millionen Cruzeiros kosten wird."

Danilo J. Camargo schüttelte seinen schmalen Kopf.

"Nur, wenn du sie zurückgeben willst, Silvestre. Ging's nach mir, würden wir die Sache vor Gericht aushandeln."

"Die Sache ist gegessen, Camargo. Ich behalte kein Geld, das mir nicht zusteht."

Ein wenig zu plötzlich riß der Abgeordnete den Wagen zur Seite, um einer Straßenbahn auszuweichen, und bog dann bei der nächsten Straße ein. Rafael sah das

80

Straßenschild und spürte ein kaltes Gefühl in der Magengegend: Rua Botafogo. Hier also hat Zé Matungo ein Mädchen angemacht. Ob er mich heute abend mitnimmt? Camargo schaltete den Motor aus und sah schräg zu Silvestre herüber. "Ich habe es dir doch schon erklärt. Nach dem Gesetz steht dir das Geld zu. Der Stier war zur Ausstellung offiziell zugelassen. Wenn es jetzt jemanden treffen soll, dann nur das Landwirtschaftsministerium."

"Jeder weiß doch, daß diese Zulassung bei der Ausstellung im Menino Deus nur pro forma ist. Da fragt doch niemand nach Samen und Zeugungsfähigkeit. Seit Jahren beklage ich mich darüber beim Bauernverband. Die Leute sagen, das wäre alles Blödsinn. Aber ich sage dir, ab heute wird das anders. Da kommt mir kein Stier mehr von der Fazenda ohne den Nachweis, daß er zeugungsfähig ist. Den Agraciado werde ich schlachten. Das Geld wird zurückgegeben, und damit hat's sich."

Rafael schnellte auf dem Rücksitz hoch. Starker Regen schlug gegen die beschlagenen Wagenfenster. "Den Agraciado schlachten? Das ist nicht möglich, Großvater."

Silvestre zuckte nur mit den Schultern.

"Sobald wir auf der Fazenda sind, kommt er dran."

Rafael senkte den Kopf und sah in Gedanken die Szene. Der Stier auf der Schlachtbank. Ein Knecht tritt mit dem Schlachtmesser hinzu. Armando dreht dem Ganzen den Rücken zu und blickt in Richtung Schuppen. Anarolino ist's, der den Todesstoß versetzt. Bei der Revolution 1923 soll der wer weiß wie viele abgemurkst haben. Grausam ist der Kerl. Ein genauer Stich, und das Blut schießt in Strömen hervor. Rafael schließt die Augen, aber er sieht trotzdem weiter. Ein verzweifeltes Aufbrüllen des Stieres, der nicht versteht, was vor sich geht. Er taumelt, verdreht die Augen und fällt in die Knie. Nein. Das darf nicht sein. Das ist zu grausam. Rafael spürt, wie ihm die Tränen übers Gesicht rollen.

"Bitte, Großvater... Bitte nicht!"

Silvestre schüttelte nur den Kopf. Sein Entschluß war gefaßt. Camargo drehte das Fenster nur einen kleinen Spalt herunter und zündete sich eine Zigarette an. Wenn der seinen Dickkopf aufgesetzt hat, lohnt kein Reden mehr. Stell dir vor: ein Prozeß um zwei Millionen Cruzeiros! Zweihunderttausend würden da wenigstens für mich rausspringen. Plus die Publizität, die so ein Prozeß mit sich brächte. Aber es ist noch nicht alles verloren. Natürlich. Daß ich da nicht eher dran gedacht habe.

"Silvestre! Mir ist da gerade etwas Geniales eingefallen."

"Woran ich zweifle. Außerdem regnet es wieder stärker. Kannst du nicht diese Zigarette ausmachen?"

Camargo warf die Zigarette durch den Spalt und drehte das Fenster wieder hoch.

"Willst du dir's nicht wenigstens anhören? Ernsthaft anhören, meine ich."

"Ach, entschuldige bitte, Camargo. So leg schon los."

"Wie sieht es dort bei euch mit den Landlosen aus?"

Silvestre holte tief Luft. "Schlecht, wie überall. Brizola hat sie aufgewiegelt, und jetzt haben die armen Schlucker einen Nachteil nach dem anderen. Das Seil reißt immer an der schwächsten Stelle."

"Und wenn es in der Hand von Brizola reißen würde?"

"Was soll das heißen?"

"Die Sache ist ganz einfach. Du gibst das Geld vom Stier zurück, und alles bleibt geheim, wie mit den Gringos ausgemacht. Aber die Zeitungen haben doch aus diesem Verkauf die reinste Sensation gemacht. Wenn die Leute jetzt erfahren, daß dein Stier impotent ist..."

"Impotent keineswegs. Der deckt problemlos jede Kuh. Er ist nur nichts für die Zucht, weil er keinen Samen mehr hat."

"Ich verstehe das ja. Aber das einfache Volk meint trotzdem, daß er ein Lahmarsch ist, und damit ist die gesamte Ausstellung blamiert. Ich sehe direkt schon die Karikatur von SamPaulo im Magazin 'Folha da Tarde'."

Silvestre hob den Hut und wischte sich über die nasse Stirn.

"Es wär nicht das erste Mal, daß ein unfruchtbares Tier auf der Ausstellung prämiert wird. Hier bei uns wie sonstwo in der Welt. Irgendwie hat das mit Inzucht zu tun. Die reinrassigen Tiere sind doch alle miteinander blutsverwandt."

"Mir brauchst du keine Erklärung zu geben. Was ich dir klarmachen will, ist, daß die Arbeiterpartei diese Sache nur zu leicht gegen euch Züchter ausspielen könnte. Doch wir drehen den Spieß um. Ich kenne da so einen Kerl beim Jockey-Club, der uns helfen könnte. Der kommt heute nacht mit uns und vergiftet den Stier."

"Was? Bist du verrückt geworden?"

"Laß es dir erklären: Morgen früh liegt da der tote Stier. Wir schieben die Sache den Landlosen in die Schuhe, den von Brizola gedrungenen Handlangern."

Rafael war auf dem Rücksitz ganz in sich gesunken. Jetzt meldete er sich leise. "Erlaub das nicht, Großvater. Die geben bestimmt dem Armando die Schuld. Und der kommt ins Gefängnis."

Silvestre blies die Backen auf und ließ dann die Luft mit lautem Geräusch los.

"Rafael hat recht. Hören wir auf mit diesem blöden Gerede, und gehen wir zur Ausstellung!"

"Aber, Silvestre... Meinst du wirklich, daß ein alter Knecht so viel wert ist?"

Der Fazendeiro sah dem Abgeordneten fest in die Augen.

"Du bist eine versaute Kopie deines Jânio Quadros... Doch hören wir auf damit. Schick bitte jemanden, der dein Honorar für den Rechtsbeistand einfordert."

"Es gibt kein Honorar, das weißt du doch."

"Dann also: Danke schön!"

Die drei waren ausgestiegen und standen auf dem Bürgersteig. Der Regen hatte plötzlich aufgehört. Ein zarter Regenbogen begann sich in Richtung des Flusses zu bilden. Silvestre legte seinen Arm dem Enkel um die Schultern.

"Nimm es nicht so schwer, Rafael. Wir verlieren zwar den Agraciado, aber wir haben immer noch den Espada. Es ist eben an der Zeit, neues Blut in die Cabanha Ibirapuitan zu bringen. Der König ist tot – es lebe der König! Dein Espada wird jetzt Vater für neue Generationen in unserer Cabanha sein!"

"Ist das wirklich dein Ernst, Großvater?"

"Gewiß. Unsere Hereford werden noch bedeutender werden als die Charolais. Und wenn es sein muß, dann kleben wir ihnen einen Höcker auf wie einem Zebu. Die kennen uns noch nicht, Rafael Pinto Bandeira Khalil."

"Prima, Großvater. Wie sagt Armando immer? Du bist wie Eischnee."

84

"Ich, wie Eischnee?"

"Ja. Je mehr man ihn schlägt, desto größer wird er."

Silvestre mußte lachen und ging Arm in Arm mit dem Enkel aufs Haupttor zu. Die Fahnen flatterten im starken Wind. Danilo J. Camargo schloß den Wagen ab und trottete hinter den beiden her.

DREI

Südwestliche Grenze Brasiliens
Herbst 1964

"Soldat 342!"
"Zu Befehl, Herr Feldwebel!"
"Erzähl mal dem Leutnant, wie man Bananen pflanzt!"
Willy grinste ein wenig verlegen, er stand noch immer
stramm.
"Ach nein, die Geschichte ist doof. Dem Herrn Leutnant
wird sie nicht gefallen."
"Aber mir hat sie gefallen, und ich bin nicht doof."
"So war es doch nicht gemeint, Sergeant Acácio, ver-
stehen Sie mich doch bitte nicht falsch."
"Wer ihn nicht kennt, meint, dieser Gringo sei ein Heiliger, aber in ihm steckt ein Schlitzohr. Nun mach schon
und erzähl die Geschichte, der Leutnant hat's eilig."
Willy war immer noch verlegen, ganz rot war er im
Gesicht, und er schwitzte, als er begann, das Ding zu erzählen. Über seine Aussprache mit deutschem Akzent
und rollendem "r" wollte sich der Sergeant totlachen.
Leutnant Fraga, der gerade die Ausbildung auf der Aka-
demie abgeschlossen hatte, riß sich zusammen.
"... und wußten nicht, wie man die brasilianischen Sor-
ten pflanzt. Werkzeug hatten sie auch keins. Der Kaiser

86

hatte ihnen zwar welches versprochen, es aber nicht gegeben. Also ging mein Urgroßvater, gerade frisch aus Deutschland angekommen, zu den Nachbarn, um abzugucken. In einer riesigen Bananenplantage traf er einen Mulatten, der dort arbeitete. Das war bei mir zu Hause in Três Forquilhas, dicht am Meer. Der Mulatte hat ihn angesehen und todernst gesagt: 'Du willst also Bananen pflanzen, Alemão? Komm her, ich bring dir's bei. Du säuberst zuerst mit der Hacke den Boden, so als würdest du Mais pflanzen. Dann machst du ein Loch, als würdest du Bohnen pflanzen. In dieses Loch legst du dann eine reife Banane und setzt dich drauf. Und dann brauchst du nur noch warten. Die geht bestimmt auf.'"

Der grauhaarige Sergeant lachte herzhaft. Der Leutnant lächelte nur. Man merkte ihm an, daß er vor einer Woche noch Fähnrich gewesen war. Willy stand noch immer stramm. Hinter ihm der Korridor, an dessen beiden Seiten die Pferdebuchten waren. Scharfer Geruch von Mist und Urin. Durch die Fenster warf die Sonne ihre Strahlen. Von den Pferden sah man lediglich die Köpfe mit den gestutzten Mähnen. Einige scharrten den Boden mit den beschlagenen Hufen. Andere wieherten, was weiteres Wiehern im Hintergrund weckte.

Die Stimme des Leutnants war laut, als er sich an den Soldaten vom Dienst wandte. Schrille Stimme, der Akzent verriet die Herkunft aus Rio de Janeiro. "Warum habt ihr noch nicht mit dem Füttern begonnen? Die Tiere sind hungrig. Das sieht doch jeder Depp."

Willy wuchs um einen weiteren Zentimeter in seiner strammen Haltung. "Genau jetzt fangen sie mit dem Füttern an, Herr Leutnant. Mit Ihrer Erlaubnis. Kann ich jetzt dort helfen mit meiner Karre?"

Sergeant Acácio, noch mit lachendem Gesicht, zeigte dorthin, wo ein paar Soldaten Futterballen aufschnitten und Mais in die Schubkarren schütteten.

"Sag mal, Willy, weißt du, ob Zé Matungo heute Dienst hat? Der Leutnant will ihn sprechen."

Willy rümpfte die sommersprossige Nase, um eine Fliege zu verscheuchen. "Er hilft gerade dem Gefreiten beim Beschlagen. Wenn der Herr Leutnant hingehen will, dann fege ich ihm schnell den Weg frei."

Der Sergeant unterdrückte einen erneuten Lachanfall.

"Der Herr Leutnant braucht doch seine Stiefel nicht schmutzig zu machen. Los, saus schnell hin und bring den Pferde-Sepp her!"

"Sofort, Herr Feldwebel."

Willy nahm die Hand an die Mütze und drehte auf den Hacken. Man hatte ihm das blonde Haar überkurz geschoren, dadurch sahen die Ohren noch größer aus. In der Uniform, die ihm zu weit war und die er aufgeknöpft trug, sah er fast aus wie eine Vogelscheuche. Der Sergeant blickte ihm nach, während Willy mit den Schlappen über den Steinboden klapperte.

"Dieser kleine Alemão sieht aus wie ein Heiliger, aber wir mußten ihn schon zweimal in Arrest stecken. Das erste Mal ging's um ein Foto seiner Schwestern. Ein Soldat von der Artillerieabteilung hatte das Bild geklaut, und der 342 hat ihm dafür einen Eimer mit Mist ins Bett gekippt."

Der Leutnant warf einen Blick auf seine blitzsauberen Stiefel.

"Na ja, an Mist fehlt es ja hier nicht. Wer hat in der 3. Schwadron das Kommando?"

"Hauptmann Peçanha."

"Aha! Ich werde später mit ihm über diese Schweinerei in den Pferdebuchten reden."

Für einen Moment hielt sich der Sergeant zurück. Dann bildeten sich Falten auf seiner Stirn über dem runden Gesicht. "Äh... wenn ich Sie wäre, ich würde dem Hauptmann Peçanha nichts sagen."

Vor Zorn bekam der Offizier ganz rote Ohren. Sein junges und sauber rasiertes Gesicht wurde hart. "Sauberkeit ist oberstes Gesetz in einem Kavallerieregiment! Und der Kommandant der Schwadron ist für alles, was in seinem Dienstbereich geschieht, verantwortlich. Ich sehe nicht ein, warum ich vor dem Hauptmann Peçanha die Schlamperei seiner Untergebenen verbergen sollte."

Acácio schien davon nicht beeindruckt. Er verjagte eine Fliege von der Stirn. "Damals bei der Sache mit der Mohrrübe hatte ich es dem Leutnant Silva auch gesagt, er solle nicht mit dem Hauptmann darüber reden. Aber er hat's doch getan."

Dem Leutnant drohte der Kragen zu platzen. Er trat auf der schmutzigen Stelle von einem Bein aufs andere. "Was hat das jetzt mit Mohrrüben zu tun? Sind wir hier in einer Kaserne oder auf dem Marktplatz?"

Der Sergeant beugte den Kopf. "Tut mir leid, Herr Leutnant. Ich habe ja nur gemeint, Sie sollten nicht mit dem Hauptmann darüber reden, denn... na ja... weil... ach, das ist doch nicht so wichtig. Ich halt mich besser an meine Schwiegermutter. Die meint immer: In einen geschlossenen Mund kommen keine Fliegen."

Die demütige Haltung des Sergeanten besänftigte Leutnant Fraga. Er mußte nun an Hauptmann Peçanha mit ein bißchen Furcht denken. Er hatte den Mann nur zweimal im Offizierskasino gesehen. Ein verschlossener und häßlicher Typ, wie Jack Palance im Film. Ich sollte mich vielleicht doch noch besser über den Mann informieren. So alte Feldwebel sind meist nicht dumm.

"Laß es gut sein, Sergeant. So, und nun erzähl die Sache mit dem Kohlkopf."

"Mohrrübe, Herr Leutnant."

"Stimmt. Erzähl. Ich war nur deshalb verärgert, weil ich den Dreck nicht ausstehen kann. Nimm's nicht tragisch." Die alte Fröhlichkeit stand sofort wieder im Gesicht des Sergeanten.

"Es scheint, Sie kennen die Schweineställe noch nicht, Herr Leutnant. Ich hab da, weiß ich wieviel Jahre, auf der Masgrau-Farm gearbeitet. Wenn der Schweinegestank erst einmal in der Uniform sitzt, dann gibt's keine Seife, die den wieder raus kriegt. Wie sagte doch meine Schwiegermutter..."

"Die Sache mit der Mohrrübe, Sergeant."

"Richtig. Die Sache mit der Mohrrübe geschah auch mit diesem kleinen Alemão, dem 342. Kaum war er aus dem Gefängnis wegen der Sache mit dem Foto, hat ihn Leutnant Silva dabei erwischt, wie er dem Pferd vom Hauptmann Mohrrüben zu fressen gab. Ob Sie es glauben oder nicht, einen ganzen Eimer voll, voll bis hier."

"Und Leutnant Silva hat ihn eingesperrt?"

"Auf der Stelle. Er hat ihn eingelocht und ist dann ab zum Hauptmann. Stellen Sie sich das vor, einem Pferd Mohrrüben zu füttern..."

"Aber schaden tut das nicht. Soll sogar gut für das Fell sein. Was der Soldat falsch gemacht hat, war, die Mohrrüben zu klauen."

"Bueno, so ganz richtig ist da die Geschichte nicht erzählt: Scheinbar war es die Frau vom Hauptmann Peçanha, die dem 342 die Mohrrüben gegeben hat."

"Und wie ging es weiter, Sergeant?"

"Da war Leutnant Silva im Arsch, bei allem Respekt, der ihm gebührt. Hauptmann Peçanha wurde wild und meinte, der Leutnant solle aufs Polizeirevier gehen, dort seien die Diebe zu suchen. Da war was los! Wer's miterlebt hat, wie dem der Kopf gewaschen wurde, erzählt's am besten nicht weiter."

Für einen Moment wurde der Leutnant nachdenklich.

"Und der Soldat?"

"Der Hauptmann gab Order, ihn auf der Stelle aus dem Arrest zu holen."

Fraga wollte noch etwas dazu sagen, als zwei Soldaten auf dem Korridor erschienen. Der sommersprossige Deutsche sah neben dem hochgewachsenen und korpulenten Schwarzen noch kleiner aus, als er war. Beide bauten sich vor dem Vorgesetzten auf.

"Bist du der Pferde-Sepp?"

"Soldat 385, José Maria dos Santos, zu Befehl."

Der Leutnant wurde schärfer.

"Bist du nun der Zé Matungo, ja oder nein?"

"Ja, Herr Leutnant. Man nennt mich so."

"Na also, warum nicht gleich! ... Sagen Sie's ihm, Sergeant!"

Acácio legte Freundlichkeit in die Stimme.

"Bueno, Soldat, es geht um folgendes. Der Leutnant hier will morgen um 10 Uhr beim Springturnier dabei sein. Er will den 45 reiten."

"Den störrischen Bock. Nehmen's mir nicht übel: Das geht daneben. Der Gaul bockt eine Stunde lang und wird nicht schlapp."

"Aber danach ist er zahm und springt brav über jedes Hindernis, stimmt's?"

Zé Matungo sah grinsend den Leutnant an. Blendend weiße Zähne kamen zwischen den dicken Lippen zum Vorschein.

"Verstanden, Herr Leutnant. Ich reite das Biest zu, bis es ruhig wird, dann setzen Sie sich drauf und gewinnen den Wettkampf... Da wär nur noch eine Sache..."

Fraga ermutigte ihn weiterzureden. Er war fasziniert von der Aussicht, den Wettkampf zu gewinnen. Bisher war er dem Sergeanten nur gefolgt, weil er wirklich kein gutes Tier für den Wettkampf hatte. Und den 45 so ohne weiteres zu besteigen, wäre verrückt gewesen. Im Regiment galt das Pferd als Tabu. Nur was für schwarze Gefreite, ein Mischling. Stellt euch vor, ich gewinne den Wettkampf! Ich muß Marcela anrufen. Ich weiß, daß ihr Großvater sich das Turnier ansehen wird. Erst wollte ich ja nicht, daß sie mitkommt. Aber jetzt muß sie dabei sein.

"Eins muß klar sein, Soldat. Ich zwinge niemanden, dieses Pferd zu besteigen. Du bist dazu nicht verpflichtet, verstanden?"

"Alles klar, Herr Leutnant. Ich hab's schon lange auf diesen Gaul abgesehen. Ein Jammer, daß so ein wunderschönes Tier nicht zu gebrauchen ist. Lassen Sie das nur meine Sache sein, ich krieg das Biest schon für Sie zahm. Aber, mit Verlaub, da wäre eine Bedingung."

Willy blickte überrascht schräg zu seinem Kameraden hin. Der Leutnant schlug sich mit der Peitsche an den Stiefel.

"Ich bin nicht gewohnt, daß Bedingungen gestellt werden..."

Der Sergeant versuchte zu schlichten.

"Du willst Ausgeherlaubnis, Zé Matungo? Also, wenn du den 45 zähmst, dann werden der Leutnant und ich dir drei Urlaubstage besorgen."

"Für mich und für meine beiden Helfer?"

Fraga machte ein nachdenkliches Gesicht.

"Wer soll das sein?"

"Zwei Soldaten, die an meiner Seite galoppieren sollen, damit der Gaul sich nicht an einen Zaun wirft oder in ein Loch springt. Einer könnte der Willy und der Rafael der andere sein."

Der Offizier sah im Geist das häßliche Gesicht von Hauptmann Peçanha vor sich.

"Gleich drei Soldaten freigeben, wird schwierig werden."

Wieder griff Acácio in die Unterhaltung ein. "Überlassen Sie das nur mir, Herr Leutnant. Ich weiß da Bescheid, kenne die Hintertüren... Wir sollten uns nur beeilen, Herr Leutnant. Ich gehe schon mal mit dem Zé Matungo den 45 holen, während der Willy den anderen Soldaten ruft. Wir treffen uns dann in einer halben Stunde auf dem Auslauf. In Ordnung so?"

Zé Matungo und Willy standen noch immer stramm, wenn auch ihre Haltung schon zu wünschen übrigließ. Der schwarze Reitkünstler hustete nur kurz zweimal. Der Sergeant verstand das Zeichen.

"Was ist jetzt noch, Zé Matungo? Komm nicht auf die Idee, noch mehr rausschlagen zu wollen. Das ginge zu weit."

"Ich wollt nur noch wissen, ob der Leutnant im Wettkampf gegen den Sergeanten Boris antreten wird."

"Natürlich nicht. Der Wettkampf der Sergeanten ist getrennt von dem der Offiziere."

Fraga warf dem Soldaten einen bösen Blick zu.

"Und warum darf ich nicht gegen den Sergeanten Boris antreten? Was ist an dem so besonderes?"

"Herr Leutnant, das ist so: Ich hab das Pferd vom Sergeanten Boris zugeritten, den Paraná. Wir haben ihn wild vom Weideland geholt. Jetzt ist er zahm und springt höher als ein Frosch. Ich könnt's nicht verwinden, wenn der 45 ihn besiegen tät. Aber wenn die beiden nicht gegeneinander antreten..."

Der Sergeant sah auf seine Armbanduhr.

"Wir täten gut daran, uns zu beeilen. Mit Verlaub, Herr Leutnant."

"Ihr könnt gehen. Ich muß noch ein eiliges Telefongespräch führen. Ich treffe euch an der ausgemachten Stelle."

Acht Uhr morgens. Die Tageshitze beginnt bereits. Kein Tau auf den Wiesen. Ein Schwarm Quero-Quero fliegt auf mit durchdringendem Geschrei. Vor dem Pferd erstreckt sich weit die baumlose Ebene. Der Leutnant öffnet das weißgestrichene Gatter und reitet zum Fluß weiter. Jetzt hat er bereits das Übungsgelände des Regiments betreten.

Zu dieser Stunde ist niemand da, alle machen sich zurecht für das Turnier. Offiziere und Unteroffiziere sind eingeladen. Alte Rivalitäten gibt es zwischen dem 6. Kavallerieregiment und der Artillerie von der Nachbarkaserne. Gilson Fraga gibt dem Braunen kurz die Sporen. Das wird eine Menschenmenge bei dem Turnier geben! Und ich habe Marcela nicht erreicht. Schade. Wenn ich vor ihren Augen das Turnier gewinne, dann gehört das Mädchen mir! Dann gehe ich auf sie zu, und vor aller Augen überreiche ich ihr die Trophäe.

Sogar vor dem General! Marcela geht mir einfach nicht aus dem Kopf. Die Leute sagen, ihr Großvater sei stinkreich. Noch besser. Ich wäre ja nicht der erste arme Offizier, der in Alegrete reich einheiratet. Und bei dem Mädchen lohnt sich's, selbst wenn es arm wäre. Was kann ich dafür, daß sie reich ist!

Links am Reitplatz führte eine Landstraße vorbei. Auf der anderen Seite der Straße das sauber gepflegte Polo-Feld und die Eukalypten der Masgrau-Farm. Rechts vom Pferd fiel das Gelände leicht ab bis hin zum Zaun der Eisenbahnschienen. Fraga atmete tief durch. Heute ist mein Tag, da bin ich mir sicher. Gut, daß die drei Soldaten schon da sind. Ein hübsches Tier, dieser Braune! Ob dieser Nigger den ohne Sattel reiten wird? Ich sehe keinen Sattel.

Sergeant Acácio sah seinen Vorgesetzten lächelnd an.

"Alles in Ordnung, Leutnant?"

"Alles o.k. Es kann losgehen."

"Noch einen Moment, der Rafael kommt gleich. Er mußte rüber zur Farm, den Großvater holen. Das ist der Schwager vom General. Sieh, da kommt das Auto."

Fraga blickte vom Sergeanten weg hinüber zur Straße. Der Volkswagen hatte mitten in einer Staubwolke am Stacheldrahtzaun Halt gemacht. Der uniformierte Fahrer stieg aus und mit ihm ein Mädchen ganz in gelb. Sie kletterte durch die Drähte des Zauns. Der Leutnant machte große Augen.

"Marcela!? Wie hast du mich denn hier gefunden?"

Das Mädchen sah dem Leutnant fest in die braunen Augen. Ihr sonnengebräuntes Gesicht war ohne jede Schminke. Das volle Haar fiel ihr über die Schultern. Sie trug Reithosen und Stiefel. Noch bevor er vom Pferd sprang, blieb Fragas Auge am Blusenausschnitt hängen, wo die Brustansätze zum Vorschein kamen. Er spürte den ihm schon bekannten Duft ihres Parfums. Avant la Fête, persönlich, diskret. Marcela streckte ihm die Hand entgegen. Damit ging sie Annäherungsversuchen aus dem Weg.

"Wie geht's dir, Gilson? Ich bin sofort los, als mein Bruder davon erzählte. Großvater haben wir gerade eben in der Kaserne abgesetzt. Ein schönes Tier, dieser Braune. Der sieht ja gar nicht wild aus... Wie geht es dir, Zé Matungo? Deine Mutter hat dir frische Wäsche mitgeschickt. Guten Morgen, Sergeant Acácio, wir haben uns lange nicht mehr gesehen... Und du bist der Willy, stimmt's? Die Geschichte mit den Mohrrüben finde ich prima."

Willy gab Marcela die Hand, und es ging ihm durch und durch. Um seine Verlegenheit zu überspielen, drehte er sich um und tat, als müßte er den Sattelriemen zurren. Doch niemand schenkte ihm Beachtung. Der Leutnant und der Sergeant folgten unter den spöttischen Blicken Rafaels jeder Bewegung des Mädchens. Rafael näherte sich dem braunen Pferd.

"Man sagt, der bockt und bäumt sich wie ein Teufel, wirklich, Zé?"

"Gleich seh'mers. Hat dir der Alemão von der Ausgeherlaubnis erzählt?"

"Drei Tage. Kaum zu glauben. Ich denk, ich werd nach Rivera fahren und im Kasino mein Glück versuchen."

"Und ich werd die Tage auf der Farm aushelfen. Meinem Vater macht das Rheuma zu schaffen."

"Keine üble Idee, aufs Land zu fahren. Wir sollten Willy

mitnehmen. Der Gringo kennt keinen Menschen in der Stadt."

Sergeant Acácio schreckte sie aus ihren Träumereien.

"Heilige Mutter Gottes, es ist schon Viertel vor neun, Herr Leutnant."

"Dann fangt endlich an. Du, Marcela, wartest hier mit mir am Zaun. Der 45 soll beißen, wenn er böse ist. Da halten wir besser Abstand."

Das Mädchen sah sich den Braunen des Freundes an.

"Darf ich auf ihm sitzen und von da zuschauen, wie der Zé das Pferd zähmt? Darf ich, Gilson?"

"Natürlich, Marcela. Der ist ganz zahm."

Zé Matungo zog seine riesigen Füße aus den Stiefeln und zog sich die Strümpfe glatt. Dann stand er auf und warf dem Pferd die Zügel über den Kopf. Acácio hielt die Zügel ganz kurz unter dem Kinn. Das Pferd schnaubte und weitete dabei die Nüstern. Willy und Rafael waren bereits aufgesessen. Mit einem Satz schwang sich Zé Matungo auf den Rücken des Pferdes. Der Sergeant ließ die Zügel los und sprang zur Seite. Im selben Moment schnellte das Pferd hoch auf die Hinterbeine. Dann sauste es mit bockigen Sprüngen los. Den Kopf fast am Boden schnellte es mit allen Vieren nach oben. Es sprang und wieherte mit offenem Maul, die Augen blutunterlaufen.

"Halt dich fest, Zé Matungo!"

Rafaels Schrei ging unter im Geschrei der Quero-Quero-Vögel. Er hielt sein Pferd ganz dicht an das bockende, jederzeit bereit, dem Freund zu helfen. Auf der anderen Seite machte es Willy ebenso, die blauen Augen leuchteten dabei. Marcela galoppierte hinter den dreien her und spornte dabei ihr Pferd mit Tönen an, die sich wie Küsse anhörten. Untröstlich näherte sich Fraga dem Sergeanten.

"Das Mädchen ist total verrückt!"

Das wär 'ne Frau für 'nen Kavallerieoffizier, was, Herr Leutnant? Und ihr Großvater besitzt meilenweit Land. Allein an Rindern soll er mehr als viertausend Stück haben. Wie sagt doch meine Schwiegermutter..."

Da vorn ging der Kampf weiter. Das störrische Pferd war mit Schweiß bedeckt. Zé Matungo hielt durch, mit beiden Händen in die schwarze Mähne verkrallt. Den Körper hielt er nach hinten gestreckt. Die langen Beine klammerten sich an die Flanken des Tieres.

"Halte durch, Zé. Er gibt bereits auf!"

Davon konnte keine Rede sein. Das Tier hatte lediglich seine Taktik geändert. Ein Ruck nach vorne, und schon preschte das Tier davon in wilder Raserei. Rafael erkannte sofort die Gefahr da vorne.

"Paß auf, Zé, der Teich. Wir rasen direkt auf den Damm zu!"

Marcela ritt nun an Willys Seite, mit wehendem Haar, glücklich. Der blickte zu ihr rüber und suchte Zuflucht beim Ave-Maria, das er im Rhythmus des Galopps hersagte. Der 45 raste blindlings auf den Weiher zu, genau in Richtung des Damms aus rotem Stein. Irgendwie muß er doch von dieser Richtung abzubringen sein. Zé Matungo riß die Zügel mit aller Kraft. Rafael schrie Willy zu aus vollem Hals: "Drück von der Seite, dein Pferd ist das stärkere! Drück stärker! Zwäng dein Pferd ganz an das andere!"

Ein Schwarm weißer Vögel flog am Teichufer hoch. Willy warf sein Tier gegen das wilde. Es mußte doch nach links zu kriegen sein! Zé Matungo schrie auf das

Tier ein. Erd- und Grasfetzen flogen durch die Luft. Der Damm des Teiches wuchs vor den Reitern auf und kam immer näher. Auf der anderen Seite des Wassers erschien ein Güterzug. Die Lokomotive malte ihre Rauchkringel in den Himmel. Der Maschinist sah die stürmischen Reiter. Begeistert ließ er die Pfeife erklingen. Der Pfiff schreckte den 45 hoch. Er sah den Zug und stoppte mit einer Bremsspur, daß Zé Matungo sich kaum halten konnte. Er saß dem Tier fast schon auf dem Hals. Eiligst sprang er ab und stand keuchend neben dem Tier. In seiner Bescheidenheit nahm er die Lobsprüche Marcelas und der anderen kaum wahr.

"Los, Leute. Waschen wir das Pferd gleich hier im Teich und bringen's dem Leutnant. Wenn dieser Gaul so gut springt, wie er bockt, dann kann keiner gegen den 45 gewinnen."

Halb zehn. Dem General war es gelungen, im Kommandozimmer mit Silvestre allein zu sein. Der Fazendeiro stellte seine Tasse zurück auf die Untertasse und machte es sich im Sessel bequem. Er trug einen hellen Anzug, die Bügelfalte war exakt. Wie immer, eine rote Krawatte. Der General sah ihn bedrückt an. Dann stand er auf und drehte den Schlüssel in der Tür um.

"Sieht es so schlecht aus, Sarmento?"

"Sehr schlecht, Schwager."

Und fast flüsternd: "Die Revolution wartet nicht bis morgen."

Der General setzte sich und zündete eine Zigarette an. Silvestre wurde ernst. Sein Blick streifte über die Bildergalerie früherer Kommandanten an der Wand. Rechts standen die Fenster offen, man hörte Autoreifen über den

Kies knirschen. Von ferne Wiehern von Pferden. Besorgnis lag in seinem Blick, als der Fazendeiro den General ansah. Der Kaffeegeschmack weckte in ihm den früheren Raucher.

"Nimm schon eine, Silvestre. Eine amerikanische Zigarette, mild."

"Ich habe seit Jahren nicht mehr geraucht. Seit Florinda gestorben ist. Sie bat mich immer, es sein zu lassen..."

Ein Schatten kam über Sarmentos Gesicht. "Zu früh ist sie gestorben, meine kleine Schwester."

Silvestre nahm das vorige Thema wieder auf. Fast flüsternd sagte er: "Danke, daß du es mir gesagt hast, das mit der Revolution. Kann ich dir irgendwie nützlich sein?"

"Vorläufig noch nicht. Alles ist streng vertraulich. Nicht einmal Oberst Marques weiß etwas darüber."

"Kann man ihm trauen?"

"Anfangs stand er loyal zu João Goulart, aber dann packte ihn die Wut auf dessen Schwager, den Brizola, wie bei uns allen. Mit so einer Schlamperei kommt ja keiner mehr zurecht. Hast du das Bild in der Zeitung gesehen? Einfache Marinesoldaten tragen einen Admiral auf den Schultern, als wär's ein Fußballstar... Geht die Rangordnung flöten, gehen die Streitkräfte unter. Sogar in die Kirche haben sich Kommunisten eingeschlichen."

"Ob Jango wirklich Kommunist ist? Ein so reicher Fazendeiro wie der?"

"Ein Präsident darf sich nicht mit dem einfachen Volk gemein machen. Mit jener Kundgebung auf der Bahnstation der Central do Brasil hat sich João Goulart den Totenschein ausgestellt. Jetzt haben in Brasilien die

100

Kommunisten das Sagen. Aber das wird sie teuer zu stehen kommen."

Silvestre verjagte eine Fliege aus seinem Gesicht.

"Ich meine noch immer, der Hauptschuldige ist Jânio Quadros. Von uns hat er sich wählen lassen, um dann mit den Linken anzubändeln. Und obendrein verleiht er dem Che Guevara noch einen Orden. Dann dankt er ab und hinterläßt uns den ganzen Schlamassel mit dem Regierungsantritt vom Jango."

"Und wir waren uns nicht einig genug, um das zu verhindern. Aber jetzt haben wir es den Kommunisten zu danken, daß wir endlich zusammengefunden haben. Und die Amerikaner werden uns die Stange halten."

Silvestre blieb in Schweigen gehüllt. Der General hatte seine Zigarette im Aschenbecher vergessen und zündete sich eine neue an. Sein weißer Schnauzer war gefärbt vom Nikotin. Tiefe Falten unter den Backen. Aber für sein Alter war er noch recht sportlich. Zu den schwarzen Stiefeln trug er olivgrüne Gamaschen. Das weiße Unterhemd war deutlich abgezeichnet auf dem etwas zu üppigen Oberkörper. Sein graues Haar, das er im Bürstenschnitt trug, entsproß gleich oberhalb der Augenbrauen.

"Das war es, was ich dir sagen wollte. Mehr darf ich nicht."

"Und da gibt es kein Zurück mehr?"

"Nein. Ich wollte dich warnen, denn es kann gut sein, daß die Landlosen reagieren und die Fazenda angreifen. Und da gibt es noch diese Elfer-Gruppen. Die ersten, die sie umbringen wollen, sind die Grundbesitzer."

Silvestre lächelte. "Da brauchten die doch bloß nach dem Mittagessen in den Club zu gehen..."

"Du nimmst die Sache nicht ernst. Wir haben zuverlässige Informationen über Waffeneinfuhr an der Grenze zu Uruguay. Kannst du dich auf deine Leute auf der Fazenda verlassen?"

"Den Verwalter Armando kennst du ja. Die Knechte sind alle altgedient. Der Traktorist ist neu, aber scheint in Ordnung."

"Feuer ihn sofort! Und jetzt ist es besser, wir gehen. Komm, wir sehen uns das berühmte Springturnier an!"

Silvestre und der General erhoben sich. Ein Bem-te-vi sang ganz nah am Fenster sein Lied. Der General rückte sich sein Käppi mit den Rangabzeichen zurecht. Der Fazendeiro konnte ihm seine Bewunderung nicht verschweigen. "Deine Ruhe imponiert mir."

"Wir mißtrauen jedem, Silvestre. Besonders den Sergeanten. Aber wir müssen den Schein wahren, als herrsche Normalität."

Zehn Uhr fünfzehn. Von der Tribüne aus ist das Turnierfeld gut zu überblicken. Feuchter, glattgewalzter Sand. Die Hindernisse rot-weiß bemalt. Ein Trompetenzeichen ertönt. Der erste Reiter kommt von rechts ins Feld. Über den Lautsprecher wird er vorgestellt: "Sergeant Mathias auf Araucano". Der Rappe wirkt sehr nervös. Der Reiter versucht, ihn im Zügel zu halten. Dann läßt er ihn in weitem Bogen galoppieren und steuert das erste Hindernis an. Das Tier nimmt die waagerechten Barren in leichtem Sprung. Applaus der Zuschauer. Rings um das viereckige Feld stehen sie teils in Zivil, teils in Uniform. Ein paar Zuspätgekommene versuchen, auf Zehenspitzen über die Köpfe der vorderen etwas zu erhaschen. Beim vierten Hindernis macht der Rappe den ersten Fehler. Mißfälliges Raunen geht durchs Publikum.

"Den schlägt Sergeant Boris bestimmt."

"Keiner schlägt Sergeant Boris heute, Rafael."

"Ich weiß nicht, Willy. Der Paraná ist noch nicht allzu lang zahm... Wo mag nur Zé Matungo stecken?"

"Der paßt bestimmt noch auf den 45 auf. Der Leutnant steht dort auf der Tribüne neben... neben deiner Schwester."

Willy hatte den Kopf gesenkt. Nun blickte er auf, als erneut das Trompetensignal ertönte. Der Ansager stellte den nächsten Konkurrenten vor, Sergeant Cipriano auf Flor-de-Liz. Rafael nahm das Käppi ab und wischte sich mit dem Handrücken die Stirn.

"Die kleine Stute schlägt den Paraná auch nicht."

Nun endlich kam Sergeant Boris Cabrini ins Feld. Der Apfelschimmel tänzelte leicht über den weichen Sand. Aufrecht im Sattel ließ der Reiter eine regelrechte Ovation über sich ergehen. Unter der Plane der Ehrentribüne raunte der General Silvestre zu: "Das wird der erste sein, den wir aus dem Verkehr ziehen."

"Dann wartet wenigstens ab, bis das Turnier vorüber ist. Der Apfelschimmel stammt aus meinem Stall."

Der General mußte schlucken. Er senkte die Stimme zu einem leisen Raunen: "Und woher kennst du diesen Kommunisten?"

"Ich hatte ihn bisher noch nie gesehen. Rafael hat ihm das Pferd verkauft. Fast geschenkt, so billig hat er es ihm abgegeben."

Das Gesicht des Generals verfinsterte sich noch mehr. Silvestre wandte seine ganze Aufmerksamkeit dem Turnierfeld zu. Das Publikum begrüßte jeden neuen Sprung mit doppeltem Beifall. Ob Kommunist oder nicht, dieser Sergeant ist ein guter Reiter.

Diesen Wettkampf wird mein Apfelschimmel nicht verlieren.

Gerade hatte das Pferd Paraná das schwierigste Hindernis genommen, eine Serie von drei Sprüngen in engstem Abstand. Damit war der Lauf beendet, fehlerfrei. Ein sauberer Durchgang. Der erste an diesem Vormittag. Marcela klatschte begeistert in die Hände. Fraga schwitzte. Unter den Armen war seine Uniform feucht. Die Lippen trocken.

"Ich geh nach unten, Marcela. Gleich beginnt das Turnier der Offiziere."

"Kann ich mitgehen?"

"Besser nicht. Tschüß, Mädel! Wenn ich dürfte, würde ich dir jetzt einen Kuß geben."

Marcela sah ihm tief in die Augen. Dann flüsterte sie mit leiser Stimme: "Dann geh und gewinn!"

Verwirrt stieg der Leutnant von der Tribüne, weitere Offiziere begleiteten ihn. Der Wettkampf der Sergeanten war vorbei, und das Feld wurde wieder auf Hochglanz gebracht. Ein paar Soldaten beseitigten mit Schaufel und Schubkarre die Pferdeäpfel. Andere begossen die trockenen Stellen der Sandbahn. Zwei Walzen wurden die Bahn hinauf und hinunter gezogen. Nach ein paar Minuten war vom vorherigen Wettkampf keine Spur mehr zu sehen.

Über den Lautsprecher wurde der erste Konkurrent angesagt: Leutnant Silva auf Minuano! Großer Beifall auf der Ehrentribüne. Die Soldaten standen schweigend.

"Diesen Wettkampf gewinnt Hauptmann Peçanha."

Erstaunt sah Rafael Willy an. Ihm war der harte, heiße Tonfall aufgefallen.

"Und Leutnant Fraga?"

"Hoffentlich verletzt der sich nicht, ich bete darum."
Halb zwölf. Das Publikum verfolgte das Ende des Turniers schweigend. Sowohl Peçanha als auch Fraga hatten einen fehlerfreien, sauberen Ritt hingelegt, in gleicher Zeit. Beide mußten im Stechen die Entscheidung suchen. Dem Hauptmann gelang zum zweiten Mal ein perfekter Ritt. Jetzt war Fraga dran: Der Braune war über und über mit schäumendem Schweiß bedeckt. Beim Gongschlag gab Fraga dem Tier leicht die Sporen und preschte auf das erste Hindernis zu: Die Barren lagen jetzt zehn Zentimeter höher. Das Tier schaffte den Sprung knapp. Die Hinterhufe streiften den Barren. Silvestre nahm einen Schluck Guaraná und wandte sich zum Schwager. "Der Braune ist müde. Und der Leutnant zu nervös."
"Ich bin gespannt, ob die beiden durchhalten. Dem Hauptmann Peçanha trauen wir auch nicht so recht."
"Das heißt, uns verbleiben nur die Schlappschwänze?"
Fraga sah sich mitten im Rennen gezwungen, die Peitsche zu gebrauchen. Mit zischendem Schnauben beschleunigte der Braune den Galopp. Gigantisch wuchs das Hindernis vor dem Reiter hoch. Der stemmte sich fest in die Steigbügel, sprungbereit. Aber in diesem Moment verweigerte der Braune das Hindernis. Er stoppte, und der Leutnant flog über den Kopf des Tieres hinweg mitten in die Barren.
Gerenne von Soldaten. Die einen fingen das Pferd ein, das herrenlos herumtrottete. Andere halfen dem Leutnant auf die Beine, und wieder andere bauten das Hindernis wieder auf. Fraga humpelte sichtbar auf dem einen Bein. Silvestre sah den General an.
"Die Sonntagshure hat sich in die Hosen gemacht."
Der Leutnant aber saß erneut auf unter großem Beifall

des Publikums. Ein zweiter Versuch – und ein zweites Verweigern. Wütend schlug der Leutnant auf sein Tier ein. Vereinzelt wurden Buh-Rufe laut. Marcela senkte den Kopf und sah nicht mehr hin. Sie hörte nur noch das Knallen der Peitsche und das enttäuschte Raunen, das durchs Publikum ging. Zum dritten Mal verweigerte der Braune den Sprung. Ein Trompetensignal, der Leutnant war disqualifiziert. Einige Frauen umarmten und küßten die Frau des Hauptmanns Peçanha.

Wenige Minuten danach beginnt die Zeremonie der Siegerehrung. Die senkrechte Sonne quält das ermüdete Publikum. Aus den Händen von Oberst Marques erhält Sergeant Boris seine Trophäe. Auf der Tribüne verhaltenes Klatschen, stürmischer Beifall unter den Soldaten. Der Sergeant geht ans Mikrophon, um sich zu bedanken. Aufrechte Haltung. Eine gute Erscheinung. Das braune Gesicht schmückt ein eleganter Schnurrbart. Nervös beißt er die Lippen zusammen, sein Mund ist trocken. Seine Stimme klingt rauh. Man merkt den leicht italienischen Akzent.

"Exzellenz, Herr General Euclides de Morais Sarmento, Kommandant der 3. Kavallerie-Division! Herr Oberst Erasmo Marques, Kommandant des ruhmreichen 6. Kavallerie-Regimentes! Hochwerte Vertreter ziviler und militärischer Einrichtungen! Kameraden! Sehr geehrte Damen und Herren! In meinem eigenen Namen und im Namen der Klasse der Sergeanten möchte ich..."

"Im brasilianischen Heer gibt es keine Klassen!!!"

Der scharfe Zwischenruf des Generals war unüberhörbar. Totenstille trat ein. Der Sergeant stand stramm, leichenblaß. Der General war rot angelaufen. Die Unterlippe zitterte. Er nahm die zweite Trophäe aus den

Händen des Adjutanten und übergab sie grob dem Hauptmann Peçanha. Allgemeine Beklommenheit. Und wieder ertönte laut die Stimme des Generals.

"Im Namen des brasilianischen Heeres! Einig, dem Vaterland ergeben und ohne Klassenschranken! Ich erkläre die Feierlichkeiten dieses Tages für beendet. Ich lade alle ein, gemeinsam das Lied der Kavallerie zu singen!"

"Menschenskinder, Willy. Ich verstehe nur nicht, wieso Onkel Sarmento den Sergeanten Boris nicht gleich ins Gefängnis gesteckt hat."

Willys Blick war die Straße entlanggegangen. Auf beiden Seiten grüne Wiesen, auf denen Rinder und Schafe weideten. Das blaue Auto hatte gerade eine schmale Brücke passiert. Auf der Seite des Fahrers neigte sich die Sonne dem Horizont zu. Willy atmete tief durch. In der Luft lag Staub vermischt mit dem Duft reifer Marcela-Blumen.

"Der General ist dein Onkel, Rafael?"

"Großonkel. Aber sonst ist der nicht so grob. Das muß mit der Politik zusammenhängen."

Auf dem Rücksitz lachte Zé Matungo. "Guckt da, wie die Strauße komisch rennen!"

Der Wagen bog ab in einen Nebenweg durch niedriges Gehölz. Gleich darauf kam er an den steinigen Capivari-Bach. Rafael legte einen kleineren Gang ein. Das Wasser flach und glasklar. Willy mußte an die Mühle daheim denken und seufzte. Heimweh kam auf. Wie geht es wohl der Anna und den anderen zu Hause? Der Wagen rumpelte über die Steine.

"Hierher müßte man wiederkommen. Da gibt's bestimmt Weißfische!"

Zé Matungo legte seine Riesenhand dem Freund auf die Schulter. "Hier auf der Fazenda nehmen wir Weißfische nur als Köder. Im Ibirapuitan-Fluß gibt's Hechte und Forellen – so groß!"

Auf der anderen Seite des Baches begannen die Ländereien von Silvestre Bandeira. Nur zehn Kilometer von der Stadt entfernt. Auf beiden Seiten des Weges rotbraune Kühe mit weißem Fleck im Gesicht. Dann rechts, auf einer der seltenen Bodenerhebungen in der weiten Ebene, das Hauptgebäude der Fazenda. Hell von der Abendsonne erleuchtet stand es da. Rafael erklärte seinem Freund den gesamten Komplex.

"Das große Gebäude, ganz links, das sind die Stallungen für Rinder und Schafe. In dem langgezogenen niedrigen da drüben sind zehn Buchten für die Pferde."

"Zwölf sind's, Rafael. Vergiß nicht, daß die Restaurierungsarbeiten fertig sind."

"Richtig, Willy, Zé Matungo hat recht."

"Und wie viele Pferde habt ihr im ganzen auf der Fazenda?"

"Wenn man die Fohlen mitrechnet, rund zweihundert."

"Unvorstellbar!"

Rafael fuhr noch etwas langsamer.

"Rechts von den Pferdebuchten steht der große Schuppen. Der ist Wohnzimmer, Eßraum und Schlafstätte für die Angestellten. Und das letzte Haus da drüben, gleich neben dem großen Umbau, das ist unser Haus. Armando bewohnt mit seiner Familie ein kleines Häuschen gleich hinter unserem. Von hier kann man's nicht sehen. Hinter dem Schuppen sind die Garagen und die Werkstatt."

Willy bestaunte jede Einzelheit. Die saubere, grüne Weide wie ein englischer Rasen. Die perfekte Symmetrie der

Zäune mit sieben Drähten. Die Rinder alle gleich, eins so schön wie das andere. Eine Schafherde ging, eins hinter dem anderen, auf den Teich zu, in dessen Wasser sich die violett-rosa Farben des Sonnenuntergangs spiegelten.

Der kleine PKW bog rechts ein und hielt vor einem Gatter. Willy stieg aus, um es aufzumachen, aber er verhedderte sich. Zé Matungo beeilte sich, ihm zu helfen. Auf der Fazenda waren bereits einige Lichter angegangen. Hoch über die Baumkronen hinausragend drehte sich bedächtig die Wetterfahne.

Der VW-Käfer fuhr etwas an, stoppte aber erneut, um eine Gänseschar durchzulassen. Auf der linken Seite sah Willy eine große, frisch gepflügte Fläche. Den Traktor konnte man nicht sehen, aber man hörte ihn deutlich brummen.

"Ich dachte, ihr habt nur Viehzucht. Was pflanzt ihr denn?"

"Hafer und Mais für die Zuchttiere. Aber das meiste Vieh läuft frei auf der Weide. Ich kann mir gar nicht vorstellen, was das kosten würde, mehr als dreitausend Stück Rind im Stall."

"Ohne die Schafe, noch einmal über fünftausend."

Willy wurde fast schwindlig, er kam ins Stottern. "Wie groß ist das Ganze hier?"

"Ungefähr viertausendfünfhundert Hektar. Für Rio Grande do Sul ist das eine ganze Menge. Aber im Mato Grosso ist das noch gar nichts. Man sagt, Jango hat dort eine Fazenda, viermal so groß wie diese hier."

Willy mußte an die 27 Hektar bei der Mühle denken und lächelte. Wie viel Mühe hatten sie, um dieses kleine, sandige Stück Land zu erhalten! Der ständige Streit mit Onkel Klaus. Immer an der Arbeit von Sonnenaufgang bis Sonnenuntergang, und sonntags der Obst- und Ge- müsestand am Straßenrand. Das Feilschen mit den Tou- risten. Könnte man doch nur einen Traktor kaufen... Die Anna ist vernarrt in Maschinen; die würde schnell lernen, damit umzugehen. Wer weiß, dann könnte ich sogar wieder zurück aufs Seminar. Aber was soll's? Wir sind immer knapp bei Kasse. Und ohne Geld ist eben nichts zu wollen. Unser Ochse Alegre ist schon zu alt geworden. Und der arme Queimado muß allein mit dem Pflug fertig werden. Bloß gut, daß der Boden leicht ist. Aber der Agronom von der Beratungsstelle ASCAR hat es Gisela schon gesagt: Ohne mehr zu düngen, werden wir immer weniger ernten.

Armando wartete vor dem Schuppen. In der linken Hand die Sturmlaterne. Hunde bellten und sprangen gegen die Autotür. Rafael versuchte, sie abzuwehren. Der Verwal- ter drückte Willy die Hand. Sein Sohn fiel ihm um den Hals. Ein Knecht war dabei, einem Schimmel das ver- schwitzte Geschirr abzunehmen. Nur der schwache Schimmer der Sturmlaterne brach das nun eingekehrte Dunkel.

"Ist Großvater schon zurück, Armando?"

"Schon längst. Er ist mit Marcela zusammen gekommen. Von der Genossenschaft haben sie einen riesigen Ein- kauf mitgebracht."

"Wieso? Ist Marcela nicht zum Ball gegangen?"

"Hast du mir Rolltabak mitgebracht, José? Deine Mutter kriegt vor Staunen den Mund nimmer zu. Drei Tage Sonderurlaub, nur weil ihr so einen alten Gaul noch ein bißchen nachgeschliffen habt."

"Alter Gaul!? Man merkt, du kennst den 45 nicht. Der bockt schlimmer als das Wildpferd von Amabílio! Dann legt sich das Mistvieh widerspenstig auf den Boden. Schade, daß der Leutnant wenig geübt ist. Sonst hätte er..."

Willy nahm seinen Rucksack und folgte Zé Matungo. Rafael nahm ihn beim Arm. "Du kommst zu uns ins Haus."

"Wäre es nicht besser, ich bliebe beim Zé? Oder hier im Schuppen?"

"Kommt nicht in Frage! Bei uns gibt's genügend Zimmer. Und Großvater säh's nicht gerne. Weißt du eigentlich, daß er ein paar Brocken Deutsch kann? Das hat er früher einmal vom Hausmädchen gelernt, als er noch klein war. Dona Carola hieß sie."

Rafael öffnete die Gartentüre und ging auf den Hof. Seine Stiefel knirschten im groben Sand. Willy atmete voll durch. Es roch nach Holzfeuer und verbrannten Eukalyptusblättern. Das Haus umgab eine Veranda. Es war dunkel geworden. Silvestre tauchte im erleuchteten Türeingang auf. Eine kräftige Gestalt mit breiten Schultern und einladenden Gesten.

Im Schreibzimmer hingen die Wände voll alter Waffen und Gerätschaften. Auf zwei Wandbrettern aufgereiht die Trophäen vieler Ausstellungen. Das gelbe Licht der einzigen Lampe drang nicht bis in die hinteren Ecken des Raumes. Im Kamin flackerte ein niedriges Feuer. Es roch nach gegerbtem Leder und nach Talg.

"Nimmst du einen Mate-Tee, Willy?"

"Ja... besser nein, ich kann nicht daraus trinken. Ich bin das nicht gewohnt. Danke."

"Ich ohne Mate-Tee, das wäre wie ein Auto ohne Benzin. Vielleicht nimmst du einen Whisky? Schnaps haben wir keinen."

"Ich trinke nichts, Herr Silvestre. Vielen Dank."

Marcela kam zur Tür herein und gab Willy zwei Küßchen ins Gesicht. Die frisch gewaschenen Haare fielen ihr in schwarzen Locken über die Schultern.

"Ich habe mich gefreut, als ich hörte, daß Rafael dich mit eingeladen hat. Ißt du gerne Huhn mit Reis?"

"Ja... Gerne... sehr gerne sogar, Dona Marcela."

Marcela stemmte die Hände in die Hüften. Sie trug ein altes, blaues Kleid im Sacco-Stil. "Dona!? Was fällt dir ein, mich zu siezen? Ich bin nur zwei Jahre älter als Rafael, damit du's weißt."

Willy lief rot an und stotterte eine Entschuldigung. Marcela mußte lachen. Der Großvater hatte sie in die Arme genommen.

"Setz dich ein wenig zu uns und trink einen Tee mit uns."

"Kommt nicht in Frage, Großvater. Ich muß Clotilde beim Tischdecken helfen. Und die beiden Soldaten hier machen, daß sie unter die Dusche kommen."

"Dann zeig unserem Besuch das Gästezimmer. Ich hab noch was mit Rafael zu bereden."

Marcela nahm den Rucksack, ohne auf Willys Protest zu achten.

Silvestre machte es sich auf der Ofenbank bequem und schenkte seinem Enkel Wasser in die Teekalebasse.

"Sarmento sagte mir heute, Sergeant Boris sei Kommunist."

Der Junge setzte das Teeröhrchen vom Mund ab.

"Mein Pech, einen General als Großonkel zu haben."

"Aber wenn es um Sonderurlaub geht, dann gefällt es dir, was?"

"Stimmt nicht, Großvater. Den Sonderurlaub verdanken wir dem Sergeanten Acácio."

"Trink lieber deinen Tee und hör mir mal gut zu: Die Kommunisten tun immer sehr freundlich ihren Untergebenen gegenüber. Das ist ihre Taktik, mit der sie Leute für sich gewinnen wollen. Aber damals, 1935, da haben sie die Offiziere sogar im Schlaf umgebracht... Ab jetzt sprichst du mir nicht mehr mit diesem Sergeanten Boris, Rafael."

"Aber Großvater... Er ist mein Vorgesetzter. Selbst, wenn ich wollte... Wir gehören doch zur selben Einheit. Zum gleichen Regiment."

"Das ist kein Problem mehr. Sarmento hat bereits deine Versetzung in eine andere Einheit eingeleitet. Rafael! Wo willst du hin? Komm sofort zurück!"

"Was soll ich hier noch, Großvater? Ihr habt doch schon alles beschlossen. Ich wußte schon, warum ich meinen Militärdienst nicht in dieser Dreckskaserne machen wollte!"

Es ging auf Mitternacht zu. Rafael hatte den Wagen nahe am Bordstein geparkt und die Handbremse gezogen. Nichts bewegte sich auf der Dr.-Lauro-Straße. Aus der Ferne leises Hundegebell: Eine rote Lampe zeigte an, was es mit dem Haus auf sich hatte.

"Hier treffen wir die Dame. Wenn der Sergeant Boris nicht hier im Puff zu finden ist, dann wüßte ich nicht, wo man ihn sonst suchen sollte."

"Vielleicht ist er schon eingesperrt."

"Auch möglich... Wollen wir nachsehen?"

"Ich bleibe lieber hier draußen und paß auf die Streife auf."

"In Ordnung, Alemão. Bin gleich wieder da."

Der Junge zog das Käppi über das Ohr und stieg aus. Am

sternenklaren Himmel ein paar wenige Wolken. Entschlossen ging er auf das Haus zu und drückte auf die Klingel neben der Tür. Nach kurzem Warten ging ein Fensterladen auf. Die Frau mit Indianergesicht guckte den Soldaten durchs Fensterglas an. Rafael machte ihr ein Zeichen, sie solle die Tür öffnen. Die Frau schüttelte nur den Kopf und schloß den Laden wieder.

"Scheiße! Die Alte wird immer schlimmer... Aber die kennt mich wohl noch nicht! Ich halt den Finger auf der Klingel und laß erst los, wenn sie aufmacht."

Er mußte nur ein paar Sekunden lang draufdrücken, dann ging die Tür mit einem Ruck auf. Der riesige Mulatte versperrte dem Soldaten den Eintritt. Hinter ihm tauchte die Besitzerin auf. Runzliges Gesicht, ohne jede Schminke. Ihre Stimme trocken und von oben herab. "Unfug willst du anstellen? In meinem Haus, du Bengel? Soll ich das mal deinem Großvater erzählen?"

"Ich hab keinen Unfug im Sinn, Dona Chininha. Ich muß nur wissen, ob der Sergeant Boris da drinnen ist. Kasernenangelegenheiten."

"Der ist beschäftigt. Wenn du willst, wart vor der Tür."

Rafael wurde freundlicher. "Jetzt laß mich doch rein! Ich warte in einem deiner Zimmer. Bei einem Glas Bier."

Das Runzelgesicht verzog keine Miene. "Also gut. Aber du zahlst das Zimmer im voraus. Ich sag der Silvana, sie soll dir Gesellschaft leisten."

"Silvana und Glorinha. Ich hab einen Freund dabei, der kommt mit."

"Dann zahlst du zwei Zimmer. Schweinereien dulde ich nicht in meinem Haus, das weißt du."

Rafael zog den Geldbeutel aus der Uniformtasche und

zählte Geld hin. Er gab ihr mehr, als sie verlangte, und dem wachenden Mulatten ein ordentliches Trinkgeld. Ein breites Lächeln gelber Zähne erntete er dafür.

"Schaff dein Auto in die Garage. Die Streife erkennt es an der Farbe."

In der Garage mußte Rafael den Willy fast mit Gewalt aus dem Wagen ziehen. Schwache Lichtfetzen, gedämpfte Musik. Der Mulatte pfiff den Hund zurück und band ihn dann in der Holzkammer fest. Rafael erhielt die Zimmerschlüssel und öffnete die erste Kammer. An der Wand tastete er sich zum Lichtschalter. Der Raum wurde fast gänzlich von einem Ehebett eingenommen. Daneben auf einem Dreifuß eine primitive Schüssel. Es roch nach feuchtem Schimmel und nach billigem Puder.

"Du wartest hier, Alemão. Ich geh die Damen holen und bin gleich wieder hier."

Rafael schob den Freund einfach in das Zimmer und schloß die Tür. Da kamen auch schon die beiden Frauen. Laut klapperten die Absätze ihrer Schuhe auf dem Pflaster.

"Rafael! Siehst du komisch aus mit deinem fast nackt geschorenen Kopf."

"Richtig nackt wäre er bestimmt angenehmer, Glorinha." Der Soldat gab beiden einen Kuß auf die Wangen. Dann nahm er gleich die kleinere der beiden beiseite und gab ihr leise flüsternd Instruktionen.

"... gerade frisch vom Priesterseminar. Wirklich, Glorinha, darfst es glauben. Geh vorsichtig ran, verschreck ihn nicht. Und du nimmst nichts von ihm. Ich bin's, der zahlt."

Die Frau nahm den Zimmerschlüssel in Empfang und rückte sich das Kleid zurecht. "Überlaß das nur mir! Der kommt bestimmt morgen wieder wie ein junges Kalb, das nach mehr blökt."

Silvana legte ihren Arm um Rafaels Hüfte.

"Vor Sehnsucht bin ich fast gestorben, Schatz. Komm doch endlich. Mach schon..."

"Sofort, Silvana. Zuvor muß ich noch mit dem Sergeanten Boris reden. Das kann nicht warten."

Die Frau seufzte übertrieben. Den rot geschminkten Mund dabei ganz nah am Gesicht des Soldaten. Mit den Händen fummelte sie inzwischen unter seiner Jacke herum. "Sonst warst du nicht auf Männer aus, Schatz."

"Scher dich zum Teufel, Silvana."

"Auch gut. Mit dir gehe ich überall hin, Schatz."

Rafael nahm das braune Mädel bei der Hand und zog sie ins Zimmer. Sie war gerade achtzehn. Also gut, Sergeant Boris kann warten!

Drei Uhr morgens war es geworden. Nur drüben am Schuppen blökte ein Kalb. Im Haus herrschte absolute Stille. Auf einem Bett saß Rafael, die Beine übereinandergeschlagen, und kaute auf einem Stück kalten Fleisch. Neben ihm saß Willy im ausgeliehenen Schlafanzug, der ihm viel zu groß war. Das sommersprossige Gesicht hatte einen ernsten Ausdruck.

"Stört's dich, Rafael, wenn ich bete?"

Der Freund antwortete mit vollem Mund. "Natürlich nicht. Heute hast du ja besonderen Bedarf."

"Ich hab dir doch schon gesagt, daß wir die ganze Zeit nur miteinander geredet haben."

"Zwei Stunden lang willst du mit der Glorinha bloß geredet haben? So viel Gesprächsstoff hat die doch niemals."

Auf dem Heimweg von der Stadt zur Fazenda hatte es

Willy immer wieder versucht, den Freund zu überzeugen. Jetzt beschloß er, die Taktik zu ändern. "Und du, wie ist es dir ergangen?"

Rafael gähnte, ohne die Hand vor den Mund zu nehmen. "Mir? Fast die ganze Zeit habe ich mit dem Sergeanten gesprochen. Du, das ist ein feiner Kerl. Was der mir alles über Brasilien erzählt hat. Nein, ein Kommunist ist der nicht. Aber er hat ein soziales Bewußtsein. Das Elend im Nordosten kann er einfach nicht mit ansehen. Die Ausbeutung durch die USA. Er war dankbar für meine Warnung, aber er meint, Onkel Sarmento gehe nicht auf Revolution. Er ist sicher, das Heer hält sich streng an die Verfassung."

"Sergeant Boris wird inhaftiert und aus dem Heer ausgestoßen werden!"

Rafael erschrak über den harten Ton der Stimme und blickte den Freund erstaunt an. "Wieso weißt du so etwas, Willy? Heute... heute früh wußtest du auch, daß der Leutnant Fraga vom 45 fallen würde."

Willy versuchte ein Lächeln. "Ich kann das auch nicht verstehen, Rafael... Doch jetzt möchte ich beten, wenn du nichts dagegen hast."

Rafael mußte tief Luft holen. Dann streckte er sich im Bett und drehte sich zur Wand. Willy kniete nieder und schlug das Kreuzeszeichen. In der Nähe krähte ein Hahn. Dem Jungen standen Tränen in den Augen. Plötzlich drehte sich Rafael wieder um und sah den Freund an. "Warum gehst du eigentlich nicht wieder zurück ins Seminar, Alemão? Für wen betest du denn jetzt?"

Willy trocknete sich mit dem Pyjamaärmel die Augen. "Für Glorinhas Seele."

Rafael nahm sich vom Nachttischchen eine Zigarette.

"Ich versteh dich nicht, Alemão. Du bist doch grad so alt wie ich. Heute morgen, als wir die Pferde zähmten, warst du dabei wie ein echter Gaucho. Vor nichts hast du Schiß. Nur vor Frauen."

Willy kniete noch am Boden. Seine Stimme war sanft. "Ich habe keine Angst vor Frauen. Ich hab meine eigne Art in Sachen Liebe. Glorinha, die macht Liebe, ohne zu lieben... Doch heute hat sie einen neuen Weg angefangen, eine Umkehr. Stell dir vor, Rafael, sie hat mir versprochen, zur Beichte zu gehen. Und dann hat sie gesagt, daß sie... ja, daß sie doch noch an Gott glaubt."

Rafael drückte die Zigarette aus. Dem Freund war nicht zu helfen. "Laß es gut sein, Alemão. Gute Nacht. Amen." Er machte das Licht aus und schnarchte bald regelmäßig.

VIER

Am Strand bei Torres
Sommer 1968

Rafael wachte mit Kopfschmerzen auf. Im Halbdunkel des Zimmers suchte er tastend auf dem Nachttischchen die Packung Tabletten. Dann setzte er sich, nahm das Glas und versicherte sich, daß noch Wasser drin war. Er riß die Verpackung auf und ließ mit zitternden Händen die Tablette ins Wasser. Ungeduldig wartete er, bis sie sich zischend aufgelöst hatte. Im Mund ein bitterer Geschmack. Er leerte das Glas in einem Zug und ließ sich wieder aufs Bett fallen. Fast schlief er schon wieder, als die Tür knarrte und er die rauhe Stimme des Großvaters vernahm.
"Mach, daß du rauskommst, Faulpelz! In diesem Zimmer stinkt's ja wie nach nassem Köter... Wie kannst du es nur hier drin aushalten!"
Rafael ahnte Schlimmes. Er zog das Bettlaken über den Kopf. So konnte ihn das grelle Licht nicht blenden. Aber die Meeresbrandung hörte er nun doch ganz deutlich.
"Gilson und Marcela sind schon seit acht am Strand... Mensch! Hast du etwa die ganze Flasche Whisky ausgetrunken?"

Rafael tauchte langsam unter dem Laken hervor. Die Augen hielt er geschlossen.

"Ich hab Ferien, Großvater. Laß mich in Ruhe!"

"Dieses Mädchen, die Nichte von Gastão, säuft auch wie ein Loch. Bist du etwa mit der ins Bett, du Lümmel?"

Jetzt öffnete Rafael die Augen. Gegen das Licht des weit geöffneten Fensters wirkte die Gestalt des Großvaters verschwommen.

"Mach mal 'nen Punkt, Großvater... Nur weil ihr, du und Onkel Gastão, euch nicht ausstehen könnt, mußt du doch nicht gleich die Laura eine Hure nennen."

"Gesicht wie Hure, bemalt wie Hure, Badeanzug wie Hure. Also, was soll sie sonst sein?"

Rafael rieb sich die Augen und setzte sich wieder aufrecht im Bett. Nun konnte er Silvestre richtig erkennen im hellbraunen Safari-Anzug, zu dem die leichten Leinenschuhe paßten.

"Du bist eben von gestern. Da gingen die Frauen noch in Bombachas baden. Laura hat sich den Bikini in Punta del Este gekauft. Da ist nichts zu viel dran."

"Genau. Da fehlt alles dran. Die darf sich nicht beklagen, wenn ihr jemand am Strand an den Hintern faßt. Und wenn – ich glaube, die würde sich nicht beklagen."

"Aber wer sich beklagt, das bin ich... Wozu weckst du mich eigentlich so früh und auf diese Art? Das scheint bei dir krankhaft zu sein."

Silvestre mußte lächeln. Sein sauber rasiertes Gesicht zeigte ein paar Falten mehr. Aber das eckige Kinn hatte noch immer den gleichen Ausdruck von Kraft. Und die braunen Augen schienen eher jünger geworden zu sein.

"Da kannst du recht haben. Es macht mir echt Spaß,

Faulpelze morgens rauszuschmeißen. Doch heute brauche ich dich wirklich."

Rafael stand nun doch auf, entledigte sich des Pyjamas und zog die ausgeblichenen Jeans-Shorts an. Sein Kraushaar stand zu Berge. Der Körper braungebrannt von der Sonne. Breite Schultern wie der Großvater, jedoch etwas schlanker.

"Und wohin soll es dieses Mal gehen?"

"Clotilde hat mir eine meterlange Einkaufsliste gegeben. Lúcia und Gastão werden heute mittag bei uns essen."

"Und warum fährst du nicht mit Zé Matungo mit dem Lieferwagen?"

"Der konnte doch noch nie richtig Auto fahren. Und ich selbst mag nicht in Torres am Steuer sitzen, seit mich damals das Motorrad gerammt hat... Nun wasch dir das Gesicht und geh nach unten."

Zehn Minuten später kamen die beiden Männer die Treppe im Strandhaus herunter, immer noch im freundlichen Disput. Vom Erdgeschoß aus gaben die Fenster einen weiten Blick aufs Meer frei. Nur eine kleine Straße verlief zwischen dem Haus und dem Strand. An diesem Dienstag standen nur wenige Sonnenschirme am Strand. Rechts lag der Felsenkomplex direkt am Wasser, der mit seinen von der Natur geformten Türmen, den Torres, dem Ort den Namen gab. Möwen und Fischreiher segelten über dem grünlichen Atlantik.

"Das Meer ist heute prima. Ich glaube, ich zieh die Badehose an und kühl mich schnell noch vor dem Kaffee ab."

"Auf keinen Fall! Clotilde braucht den Einkauf bis um zehn. Du weißt ja, wie Gastão sein kann. Der wird unausstehlich, wenn er nicht Punkt zwölf sein Mittagessen hat."

"Nicht nur Onkel Gastão ist so... Ihr habt die Manie, ständig Uhrzeiten einhalten zu müssen. Am Strand schaltet man ab, Großvater!"

"Nichts da! Abschalten tut man Maschinen."

Silvestre wartete im Wohnzimmer. Er blätterte die Sonntagszeitung noch einmal durch. Der Kaffeetisch war im Vorzimmer gedeckt. Aus der Küche kam ein schwarzes Mädchen mit hübschem Gesicht. Es roch nach frischem Kaffee und geröstetem Brot. Das Mädchen trug eine hoch geschlossene blaue Bluse mit weißem Rock, der bis über ihre Knie ging. Mit freundlichem Lächeln stellte sie das Tablett auf den Tisch. Zwei hübsche Grübchen in den runden Wangen.

"Guten Morgen, Rafael. Heiß ist das heute schon in der Früh."

"Selber schuld, Clotilde. Wann endlich ziehst du die Shorts an, die ich dir zum Geburtstag geschenkt habe?"

"Am Sankt-Nimmerleins-Tag."

"Aber dem Ataíde zeigst du deine Beine ganz gerne, du scheinheiliges Etwas."

"Ataíde ist mein Verlobter. Nur wenn er dabei ist, darf ich im Badeanzug herumlaufen."

"Kannst du den Kaffee nicht etwas stärker aufbrühen? Ginge es nach mir, ich würde lieber eiskalte Cola trinken. Aber dann rennst du ja gleich zum Großvater und erzählst es ihm brühwarm."

Clotilde goß Kaffee nach und schob ihm die Butter hin. "Genügt das?"

"Das soll alles sein? Wo ist der Käse?"

"Da ist keiner mehr da. Ihr geht ja nicht los zum Einkaufen... Wenn du nicht bald deinen Kaffee austrinkst, gibt's heute nichts zu Mittag."

122

"Und wo ist Zé Matungo?"

"Der ist heute in der Früh losgezogen, um Süßmais aufzutreiben. Der hat sich bestimmt beim Erzählen mit den Händlern vergessen."

"Weißt du, ob er den Kharman gewaschen hat?"

"Heute morgen gab's kein Wasser. Eben erst ist es wiedergekommen."

Silvestre preßte sich mit etwas Mühe in den engen Sportwagen. Der aufheulende Motor irritierte ihn zusätzlich.

"Kannst du nicht endlich einmal den Auspuff flicken lassen?"

"Nichts zu machen. Aber wenn ich zweiundzwanzig bin..."

"In deinem Alter war ich schon verheiratet und mußte die Fazenda verwalten."

"Ich weiß, ich weiß... Und mit dreiundzwanzig hast du in der Revolution gegen Borges de Medeiros mitgekämpft und gewonnen... Und heute ist der bloß noch ein Viadukt in Porto Alegre."

Vom Strand kam Marcela gelaufen. Der laute Motor hatte sie angelockt. Sie trug einen weißen Badeanzug ohne Träger. Ihr schwarzes Haar hatte sie straff zum Pferdeschwanz gebunden. Eine Gruppe Jungen sah dem braungebrannten Mädchen aufmerksam nach. Gleich hinter ihr zeigte Gilson Fraga seine Muskeln im winzigen Badehöschen.

"Dein zukünftiger Schwiegersohn trägt knappere Bikinis als Laura."

"Ich finde es auch schamlos, Rafael. Aber ich darf ja nichts sagen."

Marcela bückte sich und gab dem Großvater einen schmatzenden Kuß auf die Wange.

"Vergeßt die Krabben nicht. Ich brauche sie für die Vorspeise, die Tante Lúcia so gerne mag. Weißwein haben wir noch genug. Laßt mich doch noch schnell die Liste durchsehen, Großvater... Sonst gibt es in der letzten Minute ein großes Durcheinander."

In der Glasschale steckten drei große Krabben zur Hälfte in einer orangenfarbenen Creme. Darunter eine rosa Flüssigkeit mit Eiswürfeln. Gastão zog sich mit seinen dicken Fingern eine der Krabben heraus und kaute sie mit Genuß. Lúcia schüttelte verzweifelt den Kopf. Sie trug jetzt die Haare ganz kurz, immer noch im rötlichen Braunton. Die Bluse gab ihre Schultern und die sommersprossige Haut frei. Sie hatte etwas zugenommen, was sich auf ihr Gesicht günstig auswirkte. Nur um die Hüften wirkte die Hose reichlich eng.
"Gastão benimmt sich unmöglich, wenn er Hunger hat. Warte doch wenigstens anständigerweise, bis alle am Tisch sind."
"Laß ihn doch, Tante Lúcia. Ich freu mich, wenn er sich bei uns zu Hause fühlt."
Der Fazendeiro langte erneut zu und schleckte die Creme von der Krabbe. Dann verschlang er sie nach dreimaligem Kauen. Seine Glatze glänzte im Schweiß. Ein altes Unterhemd modellierte den Bauch, den die Bermudas kaum noch fassen konnten. Marcela plazierte einen Aschenbecher neben den Teller und bedeutete Gastão, dort seine besabbelte Zigarre abzulegen. Lúcia mußte wieder Silvestre ansehen, der sich mit Gilson und Rafael unterhielt. Sie bewunderte den Safari-Anzug und dazu die grauen gepflegten Haare. Alles am Äußeren des Vetters stand im Kontrast zur Schlampigkeit ihres Mannes.

"Komm, Silvestre, setz dich! Sonst hat dieser Vielfraß alles verputzt, was auf dem Tisch ist. Ich wollte Laura noch entschuldigen. Sie schläft anscheinend noch im Hotel."

Rafael und Gilson hatten rechts Platz genommen, das Meer im Rücken. Ihnen gegenüber Lúcia und Marcela. Gastão hatte sich schon vorher am Tischende breitgemacht. Er kaute bereits an der dritten Krabbe. Am anderen Tischende saß Silvestre. Er faltete eine Serviette auseinander und legte sie sich fein säuberlich auf den Schoß. Alle taten's ihm gleich, nur Gastão nicht. Von oben verbreitete ein Ventilator eine angenehme Brise über den Tisch.

"Etwas Wein, Lúcia? Der hat gerade die richtige Temperatur. Ein deutscher Liebfrauenmilch, wie du ihn magst."

"Danke, Vetter. Marcela, deine Krabbenspeise ist ein Gedicht. Wen wundert's, daß Gastão sie schon verputzt hat."

"Das ist dein Verdienst. Ich bin nur deinem Rezept gefolgt."

Dann wandte sie sich der Küchentür zu: "Clotilde! Bring bitte noch eine Vorspeise für Onkel Gastão."

Clotilde hatte sich eine weiße Schürze umgebunden. Frisch gestärkt. Das Häubchen auf dem Kopf verlieh ihr ein puppenhaftes Aussehen. Gastão beobachtete die Bewegungen ihrer Hüften, dabei ließ er seine Zunge über die dicken Lippen gleiten. Er nahm die Zigarre wieder in den Mund und tastete seine Taschen nach Streichhölzern ab.

"Wenn du die Stinkqualme hier am Tisch anzündest, ich schwör's dir, dann steh ich auf und hau ab."

"Laß es gut sein, Lulu. Ich war ganz in Gedanken."

"Und hör auf, mich Lulu zu nennen! Ich habe mich damals so sehr geschämt... General Garrastazu war bei uns auf der Fazenda. Der dachte, Gastão hätte ein Hündchen gerufen. Dabei war ich gemeint. Furchtbar für mich."

Während des Essens begann der Wein, die Unterhaltung ein wenig anzuheizen. An den Speck mit Schinken machte sich nur noch Gastão, nachdem er sich bereits die halbe Schüssel Nudeln nach Pariser Art einverleibt hatte. Sein verschmierter Mund unterbrach das Kauen lediglich für ein paar Züge an der Zigarre. Lúcia achtete nicht mehr auf ihn, ihre blauen Augen hingen an den Lippen des Vetters. Silvestre warf mit politischen Sätzen um sich, nur um den zukünftigen Schwiegersohn zu ärgern.

"... ich sag's dir ja, Gilson. Präsident Costa e Silva taugt nur fürs Kartenspiel. Für mich ist der ebenso dämlich wie früher Präsident Dutra. Eher noch dämlicher."

"Wie kann der dämlich sein, wenn er in allen militärischen Fortbildungskursen immer den ersten Platz hatte?"

"Ich versuche, mir den Intelligenzquotienten der übrigen vorzustellen."

Rafael schaltete sich in die Unterhaltung ein. "Kennt ihr die Geschichte von Costa e Silva auf der Schiffswerft? Was, die kennt ihr nicht? Er war einmal mit seiner Frau, Dona Yolanda, zu einer Schiffstaufe. Man reichte ihm die Flasche Champagner, aber er wußte nicht, was er damit sollte. Sein Adjutant flüsterte ihm zu: 'Dranhauen, bis sie zerbricht!' Costa e Silva stellte die Flasche vor sich hin und hätte um ein Haar versucht, sie mit dem Stiefel kaputtzukriegen."

Gilson und Gastão beteiligten sich nicht am allgemeinen Gelächter. Lúcia tat geheimnisvoll und vertraute Marcela an: "Daheim in Bagé erzählt man sich die unmöglichsten Geschichten über seine Frau. Seit der Zeit, als sie in Pelotas wohnte."

"Na und, Tante Lúcia, von Jangos Frau erzählte man auch jede Art von Geschichten. Das ist der Preis, wenn jemand in die Politik geht. Und jetzt, seitdem Jango in Uruguay im Exil lebt, spricht keiner mehr von Dona Maria Tereza. Jetzt kommt sie nur noch im Spottlied des Juca Chaves vor."

Gastão brach sein Schweigen. "Jango trinkt zuviel. Und aus dem Kasino von Carrasco ist er nicht zu kriegen."

"Er und Brizola sollen gar nicht mehr miteinander reden. Ist doch so, Onkel Gastão?"

Silvestre hob beschwichtigend die gespreizte Hand. "Sei du bitte still, Rafael. Wir wollen doch keinen Streit am Tisch. Und auch du, Gilson, brauchst hier nicht so ein beleidigtes Gesicht zu machen, wenn wir schlecht von den Militärs reden. Wir haben eben etwas gegen Generäle in der Politik. Gegen die, die in der Kaserne bleiben, haben wir nichts."

Rafael nickte zustimmend, während er sein Glas austrank. "Die Militärs haben Brasilien einfach in Besitz genommen. Sie sind jetzt Minister, Gouverneure, Staatssekretäre, Abgeordnete. Alles. Es gibt keinen multinationalen Konzern mehr, in dessen Vorstand nicht ein General der Reserve sitzt. Selbst in meiner Fakultät ist der Rektor ein Oberst."

Lúcia hatte gemerkt, das Gilson drauf und dran war, den Tisch zu verlassen. Sie versuchte, auf Marcelas flehenden Blick einzugehen.

"Ich glaube, es wäre besser, wenn wir über Blumen reden... Wann soll denn die Hochzeit stattfinden, Herr Leutnant?"

Silvestre schien sich auf den Nachtisch zu konzentrieren. Gilson war rot geworden bis über beide Ohren. Dadurch wirkte sein breites Gesicht jünger. Seine großen Augen suchten Marcelas Gesicht.

"Wir warten nur noch auf meine Beförderung. Marcela möchte nicht eine Wohnung in Quaraí einrichten, um dann gleich wieder umziehen zu müssen."

"Schön wär's, wenn ihr nach Bagé kommen würdet. Kann Sarmento ihn nicht einfach dorthin versetzen lassen, Silvestre?"

"Sarmento ist jetzt nur noch General der Reserve, Lúcia, seit einem Jahr."

"Stimmt, und in der Zeitung stand sogar, daß er einen Direktorenposten bei der Petrobrás übernehmen soll."

Rafael grinste boshaft. "Beim Erdöl ist genau der richtige Platz für einen Kavallerie-General!"

Gilson konnte nicht mehr an sich halten. Der rauhe Ton in seiner Stimme erinnerte Rafael an seine Militärzeit.

"Und was ist da falsch an einem Kavallerie-General?"

Alle warteten, ob Silvestre etwas sagen würde. In der Stille hörte man jetzt das Brummen des Ventilators. Draußen hupte laut ein Auto. Aber es war Gastão, der zuerst das Wort ergriff. Seine glasigen Augen fixierten dabei Silvestre.

"Ich sehe nur Gutes an ihm. Endlich hört in Rio Grande do Sul das Gerede um die Agrar-Reform auf. Seit der Revolution von 1964 habe ich schon mehr als tausend Hektar Land von Kleinbauern aufgekauft. Mit dem günstigen Kredit der Staatsbank pflanze ich Soja. Unsereins wird doch nicht so verrückt sein, schlecht von den Militärs zu reden. Sogar die Trauerklöße der untergegangenen Befreiungspartei haben das spitz gekriegt."

Drei Uhr nachmittags. Die Sonne hüllt das Strandhaus in heißes, glitzerndes Licht. Ruhe ist eingekehrt. Sogar in der Küche. Marcela ist nach oben in ihr Zimmer gegangen und hört gedämpft Großvaters Schnarchen. Obwohl das Zimmer durch die geschlossenen Rolläden und Vorhänge verdunkelt ist, erkennt sie deutlich den großen Schrank und das unordentliche Frisiertischchen. Sie liegt auf dem Bett, Schweiß bricht an Hals und Beinen aus. Der kleine Ventilator kann gegen die drückende Hitze nichts ausrichten. Sie setzt sich im Bett hoch und knöpft den BH auf. Ihre Brüste sind groß und fest. Ein wenig heller als das Gesicht und die von der Sonne braungebrannten Schenkel. Auch das blaue Höschen zieht sie aus und gibt das Dreieck gerollter Härchen frei. Sie hebt die Beine dem leichten Luftstrom des Ventilators entgegen. So langsam schläft sie ein. Als sich die Tür öffnet, vernimmt der Mann ein gleichmäßiges Atmen.

Gilson schließt sachte die Tür. Er sucht nach einem Schlüssel, um abzusperren, aber er findet keinen. Für einen Moment überfällt ihn Angst. Er sieht das wütende Gesicht, den harten Blick Silvestres vor sich und versucht, das Bild zu verscheuchen. Rafael bedeutet keine Gefahr. Der ist losgezogen, um sich mit Laura zu treffen. Die liegen jetzt bestimmt irgendwo an diesem riesigen Strand, der sich unendlich in den Süden hinzieht, und lieben sich. Der Leutnant schließt die Augen, um sich an die Dunkelheit zu gewöhnen. Er spürt seine Aufregung in den zitternden Händen, dem trockenen Mund, dem bis zum Hals klopfenden Hals. Er öffnet die Augen wieder und kann nun Marcelas Körper deutlich wahrnehmen. Auf dem bernsteinfarbenen Körper ist deutlich zu sehen, wo der Bikini saß. Leicht geöffnet die Beine. Perfekt die Rundungen der Hüften.

Der Mann streift die Badehose ab und nähert sich dem Bett. Ein Bodenbrett knarrt unter seinen nackten Füßen. Erschrocken hält er inne, sieht auf das Mädchen und versucht, die Schnarchtöne des Großvaters zu hören. Alles ist still. Wieder verspürt er Angst. Aber dann setzt das Schnarchen wieder regelmäßig ein.

Marcela wachte auf, als der schwere Körper sie fest auf die Matratze preßte. Ein knochenhartes Bein drückte auf ihrem Schoß. Sie wollte etwas sagen, aber ihr Mund wurde ihr durch einen stürmischen Kuß verschlossen. Eine feste Zunge suchte einen Weg durch ihre zusammengebissenen Zähne. Die Luft wurde ihr knapp, und mit aller Kraft drückte sie die muskulöse Brust des Mannes weg. Für einen Moment wurde ihr Mund frei.

"Nicht, Gilson, bitte nicht. Ich... ich möchte ja auch. Aber so nicht. Großvater könnte aufwachen. Gilson, bitte..."

"Dieses Mal gehe ich nicht, Marcela. Ich schwöre dir, ich gehe nicht."

"Bitte, Gilson... Mach doch mal langsam... Schatz. Du weißt doch, daß... Nicht doch... laß dich doch erst streicheln."

"Nein, Marcela. Heute nicht. Ich hab's satt... Ich will nicht mehr warten."

Marcela schließt die Augen, und ihr Körper gibt nach. Mit beiden Händen drückt Gilson ihre Brüste. Marcela spürt den Mann mit einem stechenden Schmerz. In ihrem Stöhnen vermischt sich Schmerz und Erfüllung. Mit schweißfeuchter Hand hält er ihr den Mund zu. Dem Fluß, der in ihm war, läßt er freien Lauf.

Sechs Uhr war es geworden, und die Sonne stand noch hoch am Horizont. Rafael drückt in seinem Sportwagen aufs Gas, während Marcela schimpft.

"Wozu diese Raserei? So schnell wird es doch nicht dunkel. Und Willys Haus kann nicht mehr weit sein."

"Ich fahr schnell, weil es mir Spaß macht! Du bist doch nicht der Großvater!"

Marcela dachte an Silvestre, und sie bekam ein schlechtes Gewissen. Da schlief der Großvater nebenan, praktisch neben mir... Wie konnte ich nur... Aber Gilson hat einfach nicht nachgelassen. Ich bin immer noch ganz benommen, und am ganzen Körper blaue Flecke. Badezeug kann ich ein paar Tage nicht anziehen... Wie schön doch der Itapeva-See daliegt! Ein Bild wie eine Postkarte! Bloß gut, daß wir morgen abreisen, nach Alegrete. Ich will nicht, daß Gilson es wieder riskiert. Großvater wäre imstande – ich weiß nicht, was anzustellen... Er ist zu eifersüchtig auf mich. Aus Sorge, daß eine zweite Frau uns vielleicht nicht möchte, hat er nicht wieder geheiratet. Armando hat mir's erzählt. Und dann Tante Lúcia, die ist noch immer in ihn verliebt... Mein Gott, wenn nur Rafael nicht so rasen würde!

"Rafael, halt an, sofort!"

"Wieso? Mußt du pinkeln?"

"Zum Teufel mit dir! Langsamer sollst du fahren, bitte. Du weißt doch, daß ich vor Angst umkomme."

Rafael minderte die Geschwindigkeit, weil er von der Hauptstraße abbiegen wollte. Ein schmaler, sandiger Weg stieg leicht auf die Gebirgswand hin an. Wenn man vom Meer herkommt, wirken die Berge gewaltiger. Rafael fuhr nun langsam, er mußte ständig den Schlaglöchern ausweichen. Die Zäune an den Seiten wirkten vernachlässigt. Dahinter kleine Maisfelder, Ananas, etwas Zuckerrohr. Vieh war kaum zu sehen. Zwei Zugochsen und ab und zu eine Milchkuh. Aber den Hang hoch Bananenpflanzungen, so weit das Auge reichte. Rafael stoppte den Wagen unter einem wilden Feigenbaum. Er öffnete das Handschuhfach, gab aber schnell das Suchen auf.

"Sieh mal nach, Marcela, ob du das Stück Papier findest. Die Karte, die uns Willy gezeichnet hat. Ab hier soll der Weg nur noch aus Kurven bestehen... Das muß da drin sein. Ein ziemlich großes Stück Papier."

Marcela band sich das Seidentuch über die Haare und fing an, den Krams aus dem Fach zu nehmen.

"Ist das ein Dreck! Ich würde mich nicht wundern, wenn's da Mäuse drin gäbe."

Rafael zündete sich eine Zigarette an. Er versuchte, mit dem Rauch Kringel in die Luft zu blasen.

"Mäuse weiß ich nicht. Aber die Pille, Kondome und alles, was ein junger Mensch wie ich braucht."

"Früher hast du vor mir nicht so freche Reden geführt! Ist das jetzt deine neue Masche...? Dieses Blatt Papier, hier ist es auch nicht. Ich kram noch einmal weiter unten. Das hier müßte es sein."

Rafael faltete das Blatt über dem Steuer auf und prägte sich den Rest des Weges ein. Der große Feigenbaum war eingezeichnet. Er hatte sich richtig erinnert. Jetzt müßte es an einer Ziegelei vorbeigehen, dann nach links und gleich wieder nach rechts. Danach würde man den Fluß zum ersten Mal sehen. Aber ganz unten im Tal. Nach einem weiteren Kilometer geht's dann rechts leicht bergan. Die Mühle war mit viel Sorgfalt gemalt. Mit kleinsten Einzelheiten. Marcela mußte darüber lachen, daß jedes

Tier seinen Namen hatte. Da war die Stute Pitanga. Der Hund Joli. Die Kuh Miguelina, die man von Herrn Miguel Schultz gekauft hatte.

"Deinen Willy würde ich gerne einmal wiedersehen. Wie er sich wohl im Priesterseminar macht?"

"Wie ein Fisch im Wasser. Dieser komische Alemão betet doch sogar im Puff."

Rafael startete den Motor wieder und schaltete das Radio ein. Die bekannte Stimme des Sängers Simonal erklang zum Rhythmus der Schlaglöcher.

"Ich lebe... in einem tropischen Land... das von Gott reich gesegnet... und von... Grund auf... schön ist... wie schön ist's doch... im Februar... beim Karneval..."

"Gehst du dieses Jahr zum Karneval, Marcela?"

"... sitze ich in meinem Käfer und spiele Gitarre..."

"Ich darf nicht. Gilson würde vor Eifersucht sterben."

"... beim Fußball bin ich Flamengo, mein Schatz ist die Tereza..."

"Sag mal, geht dir der Blödmann nicht auf den Wecker?"

"Ich lebe... in einem tropischen Land..."

"Blödmänner seid ihr, die ihr ihn immer anmacht. Der Gilson ist mit ganzem Herzen Offizier."

"... das von Gott reich gesegnet..."

"... kann er denn etwas dafür, wenn es in Brasilien so viel Elend gibt?"

"... und von... Grund auf... schön ist..."

"Ach, mach doch das Radio aus, Rafael. Da kann man sich ja gar nicht unterhalten."

An der Mühle hatte sich in den letzten zehn Jahren kaum etwas verändert. Zweimal mit Altöl gestrichen, war sie wieder von der Sonne ausgebleicht. Nur die Blumenkästen waren üppiger. Und neben der Küche war eine Garage gebaut worden. Das Zinkblech paßte nicht zum Dach, an dem Willy sich früher immer runtergelassen hatte. Die Wiesen und Felder standen grüner. Dadurch sah es jetzt ganz anders aus als in jenem trockenen Sommer.

Vor dem Haus saß Gisela und beobachtete das rote Auto. Sie hielt die Hand zum Schutz gegen die Sonne über die Augen. Wer könnte das wohl zu dieser Abendstunde noch sein? Aus Três Forquilhas stammt dieses Auto nicht.

Marcela war ausgestiegen, um das Gatter zu öffnen. Sie winkte herüber zu der großen, kräftigen Frau. Gisela nickte nur leicht mit dem Kopf. Sie hatte die Arme herunterhängen. Dann betrachtete sie ihre ausgediente Schürze und überlegte, ob sie sie abband. Keine Sorgen! Ich bin bei mir zuhause, und außerdem weiß ich gar nicht, was das für Leute sind.

"Ich bin Marcela, und das ist mein Bruder Rafael. Wir sind Freunde von Willy. Sie müssen Dona Gisela sein..."

Ein vorsichtiges Lächeln ließ das bedächtige Gesicht freundlicher werden.

"Doch, die bin ich. Ihr seid aus Alegrete, stimmt's? Schade, daß der Willy nicht da ist."

"Er ist auf dem Priesterseminar in São Leopoldo. Das wissen wir."

Marcela trat herzu, um Gisela einen Kuß zu geben, aber sie wurde unsicher. So drückte sie wortlos ihre große, rauhe Hand. Auch Rafael war befangen, als er ihr die Hand gab.

"Es freut mich, Sie kennenzulernen. Wir wollten nicht stören... Aber... Nun ja, wir machen Urlaub in Torres, und der Alemão... der Willy wollte doch so gerne, daß wir die Mühle sehen sollten. Aber wir können auch

134

ein anderes Mal wiederkommen. Es ist schon recht spät heute..."

Gisela schien aus ihrer Befangenheit aufzuwachen. "Das kommt nicht in Frage! Ich freue mich, daß ihr gekommen seid. Ich hab nur nicht damit gerechnet. Ich war dabei, das Brot aus dem Ofen zu nehmen."

Marcelas braune Augen wurden rund. "Frisches Hausbrot? Willy hat immer gesagt, Sie machten das beste Brot der Welt, Dona Gisela."

"Der übertreibt."

"Darf ich beim Brot helfen? Zu Hause helfe ich immer Dona Zuleica. Das ist die Mutter von Zé Matungo, der auch mit Willy beim Militär war."

"Das ist der, der Pferde zähmt, ja? Der Willy mag ihn sehr. Könnt ihr ein wenig hier auf der Veranda warten? Ich gehe die Anna rufen."

"Gerade wollte ich nach ihr fragen."

"Sie ist dabei, ein Stück Land hinter der Mühle zu pflügen. Sehen Sie da drüben, wir wollen dort pflanzen."

"Sagen Sie doch bitte nicht 'Sie' zu mir."

"Ich werde Marcela sagen. Das Du ist am Anfang nicht so leicht."

Am Brunnen hatte Rafael gemerkt, wo der Traktor war. Dort, hinter dem kleinen Weiher im Tal.

"Kümmert ihr euch ums Brot, wenn ihr wollt, ich ruf schon die Anna."

Gisela zögerte noch kurz, dann hatte sie sich gefangen. "Also gut. Aber dabei werden die Schuhe schmutzig."

"Mach dir keine Sorgen. Das sind alte Turnschuhe. Aber auf den Joli soll ich aufpassen. Willy hat mir davon erzählt, welchen Schrecken der Hund dem Pater damals eingejagt hat."

Über Giselas ernstes Gesicht flog ein Schatten. "Der Hund ist leider eingegangen... Schade. Vor einem Jahr. Er war sehr alt. Ihr könnt kein Deutsch, nicht wahr?"
"Großvater versteht's, und er spricht ein paar Brocken. Der ist sprachbegabt. Wenn der Spanisch spricht, hält ihn jeder für einen echten Uruguayer. Doch ich hab davon nichts abbekommen. Willy hat versucht, mir Deutsch beizubringen. Wir haben alle Sonntage gemeinsam verlebt. Aber die Sprache ist mir zu schwierig."
"Nein doch! Die Sprache ist sehr logisch. Der Agronom vom Beratungsdienst ASCAR kann schon recht gut sprechen. Die Anna bringt es ihm bei. Doch wir schauen jetzt besser nach dem Brot, bevor es..."
Rafael ging den Sandweg ein ganzes Stück entlang. Jedes Fleckchen Erde, links wie rechts, war bepflanzt. Nur ein kleines Stückchen steiniger Boden am Hang lag brach. Zwischen den Büschen bemerkte Rafael ein weidendes Pferd. Das muß Pitanga sein, wenn nicht auch sie schon verreckt ist. Wie gut das hier instand gehalten ist! Ob die Frauen das alles alleine bewirtschaften? Ich kann keinen Knecht sehen. Der Schuppen dort mit der Mauer drumherum, das muß der Schweinestall sein. Aber ich rieche nichts. Tief atmete er die würzige Luft ein. Inzwischen war er am Acker angekommen. Die untergehende Sonne spiegelte sich in den Metallteilen des Traktors.
"Hallo, Anna! Kannst du mal kurz anhalten?"
Im Geratter des Motors ging Rafaels Stimme unter. Das blonde Mädchen sah nichts als die Arbeit. Er mußte warten, bis sie wendete. Als sie ihn dann sah, schaltete sie den Motor ab.
"Anna! Ich bin's, Rafael! Der Freund von Willy!"

"Der Rafael aus Alegrete? Der damals Soldat war?"

"Genau der."

"Das kann doch nicht wahr sein! Warte, ich komme rüber! Nein, geh nicht aufs Feld. Da kann es Schlangen geben."

Anna stieg behende vom Traktor und sprang über die frischgepflügte Erde. Sie trug ausgewaschene Jeans und dazu ein altes T-Shirt mit Werbung von Ford. Die hellblonden Haare fielen ihr leicht über die Schultern. Sie war schlank, aber nicht sehr groß. Ihre smaragdgrünen Augen leuchteten, als sie Rafael gegenüberstand.

"Darf ich... darf ich dir einen Kuß geben? Ich freue mich ja so, Rafael. Du siehst noch viel hübscher aus als auf den Bildern."

Er erhielt die Küßchen auf beide Wangen und kam gar nicht dazu, ebenfalls Küßchen zu verteilen. Anna war ein wenig zurückgetreten, um ihn besser zu betrachten.

"Ja, aber das Haar ist anders. Der Militärhaarschnitt ist halt doch eine Strafe. Der Willy sah damals furchtbar aus, unser armer Schatz."

Rafael brachte die ersten Worte heraus. "Ich kannte dich auch nur vom Bild her. Aber damals warst du klein. Du standest zwischen Gisela und der anderen..."

"Heidi. Die ist die Schönste von uns dreien. Aber brauchst gar nicht so interessiert zu tun. Sie ist verheiratet und hat zwei Söhne. Der Willy hat dir doch bestimmt vom Hans erzählt. Das ist ihr Mann."

"Ist das der, der bei der Polizei ist?"

"Genau der. Voriges Jahr wurde er zum Sergeanten befördert. Sie wohnen in Santo Antonio da Patrulha. Ihr seid durchgekommen, als ihr von Porto Alegre kamt."

"Ich entsinne mich gut. Dort kauft der Großvater immer

die Erdnußriegel, und Zé Matungo ist ganz wild hinter einem besonderen Schnaps her, den es dort gibt."

"Ist Zé Matungo auch mitgekommen? Ich habe mir vom Willy bestimmt schon tausend Mal die Geschichte von dem Pferd 45 erzählen lassen..."

"Zé ist in Torres geblieben. Aber Marcela ist mitgekommen."

Anna machte große Augen.

"Was! Die Marcela ist hier? Und da sagst du mir nichts davon?"

"Sie ist bei Gisela geblieben. Sie nehmen das Brot aus dem Ofen."

"Und was stehen wir noch hier herum? Ab, nach Hause! Seit Jahren schon träume ich davon, die Marcela kennenzulernen."

Es ging schnell auf den Abend zu. Hoch droben flog ein Entenschwarm hinüber zum Itapeva-See. Rafael fühlte sich gegen Marcela zurückgesetzt.

"Könnte ich nicht vielleicht die Mühle ansehen? Bevor es dunkel wird? Willy hat so viel davon geredet, daß ich..."

"Natürlich, Rafael! Das sind nur ein paar Schritte bis dorthin. Hier liegt alles nah beieinander. Wenn ich an eure Farm denke mit den weiten Entfernungen, wird mir ganz schwindlig."

"Warum kommst du nicht einfach mit uns dorthin? Wir fahren morgen mit zwei Autos. Marcela wäre begeistert."

"Jetzt kann ich nicht weg, wo es so viel zu tun gibt. Aber irgendwann mache ich bestimmt den Gegenbesuch. Ich schwör's."

Mit größter Selbstverständlichkeit nahm Anna Rafaels

Hand, um ihm den Weg zu zeigen. Ihre Hand war rauh, aber sie paßte exakt in seine Hand. Er fühlte sich ein wenig verwirrt.

"Sag mal, Anna, wie alt bist du eigentlich?"

"Siebzehn. Warum? Seh ich älter aus?"

"Ich weiß nicht. Du bist so ganz anders als die... die Mädchen, die ich sonst kenne."

Anna drehte sich zu ihm hin und sah ihm direkt in die Augen. Die Hand ließ sie dabei nicht los.

"Das überrascht mich nicht. Der Willy hat mir von deinen Abenteuern mit Mädchen erzählt."

"Wie bitte?"

"Ich weiß sogar den Namen der Frau, die dort mit dir schläft. Sie heißt Silvana."

Rafael merkte, wie er rot wurde.

"Unverschämter Alemão! Und so was will Priester werden."

"Nimm's nicht tragisch. Der Willy erzählt von dir doch nur Gutes. Ich habe mir den Namen des Mädchens nur gemerkt, weil mich die Geschichte so beeindruckt hat. Der Willy bat mich damals, ich solle für sie und für die Glorinha beten... Brauchst mich gar nicht so anzugucken! Der Willy hat mir immer alles erzählt, so wie ich ihm alles erzähle. Das war schon von klein auf so."

Rafael mußte seufzen. "Ich und Marcela, wir kabbeln uns ständig. Doch wenn's darauf ankommt, dann halten auch wir zueinander."

"Jetzt aber schnell, Rafael. Ich muß unbedingt die Marcela kennenlernen."

Die Mühle war bei weitem größer, als der Junge sich vorgestellt hatte. Ein riesiges, altes hölzernes Rad. Es wirkte gewaltig auf dem Sockel aus Stein, der moosgrün angelaufen war. Aus den Schaufeln blinkten Leuchtkäfer. Die Luft war sauber und feucht. Das Plätschern des Wassers gab dem Ganzen etwas Friedliches.

"Hübsch, nicht wahr? Seit über hundert Jahren steht sie nun da."

"Wer hat sie denn gebaut?"

"Der erste Schneider, der nach Três Forquilhas kam. Eines Tages erzähle ich dir die Geschichte. Er war ein hochgewachsener Mann mit blondem Bart. Stark wie ein Stier. Er soll einmal einen Tiger nur mit einer Axt erlegt haben. Aber ich weiß nicht, ob das wirklich stimmt."

"Das dort muß Willys Schwimmbecken sein..."

"Morgen kommen wir wieder her zum Baden. Und angeln Weißfische. Der Willy war ganz vernarrt in den Ibirapuitan. Er hat mir sogar ein Glas voll Sand mitgebracht. Der ist so goldfarben. Ganz anders als hier."

Rafael verspürte Lust, ein paar Tage zu bleiben. "Leider geht's nicht, Anna. Wir müssen noch heute zurück nach Torres."

"Dummheit... Laß mich mit Marcela reden. Das kriegen wir schon hin. Du kannst in Willys Bett schlafen, und sie bekommt das von der Heidi. Ich werde zusammen mit der Gisela ein Abendessen zaubern, das du nie wieder vergessen wirst."

Es war dunkle Nacht geworden. Die vier saßen im Wohnzimmer, das durch die Gaslampe hell erleuchtet war. Auf dem Tisch lagen Willys Briefe, die sie Marcela zum Lesen gegeben hatten. Es roch jetzt nicht mehr so stark nach frischem Brot. Das Mädchen schüttelte ein wenig mutlos den Kopf.

"Es geht nicht, Anna. Du kennst unseren Großvater

140

nicht. Der würde die Nacht kein Auge zutun. Wenn er nicht sogar losfährt, um uns überall zu suchen."

"Und außer Großvater gibt's da noch ihren Verlobten. Eine unmögliche Type ist das."

"Fang jetzt nicht schon wieder an, Rafael... Ja, ich habe mich selten irgendwo so wohl gefühlt wie hier. Hier ist alles so friedlich. Und diese Briefe haben mir sogar Willy zurückgebracht. Ihr beide seid großartig. Am liebsten sähe ich's, wenn ihr meine Schwestern wäret."

Anna und Gisela sahen einander bewegt an. Marcela stand auf und umarmte sie. Dazu legte sie jeder einen Arm um die Schultern. Rafael war eine Träne gekommen, die er diskret von der Nase wischte. Verflixt noch mal, würde Großvater sagen. Weich wie eine Banane wird man dabei. Fehlte nur noch, daß ich aufs Seminar gehe wie der Willy.

Ein Uhr nachts. Gisela schläft lange. Aber im Dunkel des Zimmers findet Anna keinen Schlaf. Auf dem Rücken liegend läßt sie die letzten Stunden noch einmal an sich vorbeigehen. Sie versucht, sich Rafaels Gesicht in allen Einzelheiten vorzustellen. Da waren die herrlichen schwarzen Haare, in denen am Nachmittag die letzten Sonnenstrahlen kupfern glänzten. Die hohe Stirn. Goldbraune Augen wie Marcela. Wohlgeformte Nase, aber ohne Härte. Eine hübsche Nase hat die Marcela! Sieht aus wie auf den Bildern aus Palästina. Und dann Rafaels Mund. Einfach wunderbar. Zähne wie ein Filmstar. Das eckige Kinn läßt ihn kräftiger, mutiger scheinen. Er ist zwar nur wenig größer als ich, aber ich glaube, der würde mich mit Leichtigkeit tragen können. Der lebt bestimmt immer auf dem Land. Da kann er reiten und in dem herrlichen Fluß baden. Schwarze Steine und weißer Sand. Ich hätte wirklich Lust, den Ibirapuitan kennenzulernen. Im weißen Sand zu waten und dann die Pferde zu baden. Schön wär's, im tiefen Wasser zu fischen und durch den Pitanga-Hain zu gehen. Den Umbu-Baum soll man von da aus sehen können. Dort ist auch das Fohlen Paraná zur Welt gekommen.

Auf einmal tauchte in Annas Gedanken ein anderes Gesicht auf. Reifer und ernster. Das Haar ebenfalls schwarz, aber glatt gekämmt und weich beim Drüberstreicheln. Braune, stets leuchtende Augen. Schmale Nase, voller Schnurrbart, der den Mund fast versteckt, leichtes Doppelkinn. Breites, fröhliches Lachen. Tiefe Stimme, so als käme sie aus der Brust. Unruhige Hände, die immerzu irgend etwas in die Luft malen, um die Worte zu bekräftigen. Schlanke, kräftige Hände mit langen Fingern. Hände, die es gewohnt waren, Pferde zu bändigen. Oder schwere Maissäcke auf die Schultern zu stemmen. Oder mit der Hacke das Unkraut zu bändigen, das sich in den Furchen des Feldes ausbreitete.

"Für heute genügt's, Sergeant Boris. Sie sind doch nicht zum Arbeiten hierher gekommen!"

"Auf dem Land schaffen ist doch kein Arbeiten, Anna. Da wird der Kopf frei zum Denken."

"Und woran müssen Sie so viel denken? An eine Frau etwa?"

Er hielt beim Hacken inne. Die weiche Erde hatte es auch ihm angetan. Ein schelmenhaftes Lächeln kam auf sein Gesicht. Doch Anna sah mehr auf den starken Rücken, ganz in Schweiß gebadet. Die wohlgeformte Muskulatur unter der von der Sonne gebräunten Haut.

"Was gibt es da zu lachen? Das ist das Natürlichste von

142

der Welt. Jeder Mann träumt von einer Frau, die er liebt."
"Aber oft findet er nicht die Richtige. Und jetzt bleibt mir keine Zeit mehr zum Suchen. Hier verläuft zwar mein Leben ganz normal. Manchmal vergesse ich sogar, daß ich auf der Flucht bin. Von der Polizei in ganz Brasilien gejagt als Terrorist."
"Ich mag's nicht, wenn Sie so reden. Man könnte meinen, Sie wollten schon wieder weiterziehen."
"Ich muß, Anna. Die Nachbarn wissen, daß ihr Erntearbeiter einstellt. Aber die Maisernte ist jetzt vorbei. Außerdem muß ich zurück nach Porto Alegre. Dort gibt's Leute, die mich brauchen. Leute, die auch gegen die Diktatur kämpfen. Hier, in Rio, in São Paulo. Ich muß zurück."
Erneut berührte die Hacke den Boden. Sie lag jetzt grober in der Hand. Anna fühlte in sich eine Leere. Fast ein ganzes Jahr hatte sie auf ihn gewartet. Immer wieder war von Verhaftungen berichtet worden. Terroristen waren erschossen worden. Und dann sein Bild, häßlich und dunkel, auf dem Fahndungsfoto am Busbahnhof. Ohne Schnurrbart hätte ich ihn gar nicht erkannt. Nur weil Willy mich darauf aufmerksam gemacht hatte. Als er aus São Paulo zurückkam, sah er sehr gealtert aus. Er arbeitete zwar mit dem gleichen Eifer, aber er sagte fast kein Wort. Abends war dann Anna die Treppe hoch auf den Boden gegangen. Ein Glas Milch in der Hand. Boris hatte sich abgewandt. Trotzdem sah sie die Tränen in seinen Augen.
"Was ist passiert? Haben sie einen Freund umgebracht?"
"Das haben sie. Und zwar den besten von uns allen."
Erst am anderen Morgen, als sie im Radio die Nachrichten hörte, erfuhr Anna vom Tode Ernesto 'Che' Guevaras.

Von da an wuchs sein Bild hinein in ihre Gebete und in ihr waches Gewissen. Sie fing an, sich alle geheim zirkulierenden Bücher über die kubanische Revolution zu besorgen, um sie heimlich zu lesen. Und Willy hatte ihr ein Poster des 'comandante' besorgt. Über Uruguay war es eingeschmuggelt worden. Aber Boris hatte es bei seinem nächsten Besuch zerrissen: Da war die Baskenmütze mit dem Stern, das Gesicht mit den traurigen Augen und dem dünnen Vollbart. Die Bücher nahm er eins nach dem anderen, riß sie in Stücke und verbrannte sie.

In das Bild, das Anna sich in Gedanken von Boris machte, mischte sich das von Rafael. Müßte ich wählen, welcher von beiden würde es sein? Sie mußte über sich selbst lachen. Im Dunkeln drehte sie sich auf die Seite und schlief bald ein.

FÜNF

Porto Alegre
Winter 1970

Das Boot legte vom Kai ab und durchpflügte das erdbraune Flußwasser. Obwohl Juni war, war es an diesem
Morgen nicht kalt. Aber der bedeckte Himmel kündigte
Regen an. Über den Bug sah man die Stadt Guaíba am
anderen Ufer liegen mit den Häusern, die über die Hügel
quollen. Die rote Boje, die die Fahrrinne markierte,
ließen sie links liegen. Spiegelglatt war der Fluß. Überall
schwammen Wasserpflanzen, die das Hochwasser mitgebracht hatte. Der Steuermann schwenkte leicht nach
links, und vor ihnen wuchs langsam die Steininsel em-
por, wie eine gewaltige Faust, deren Zeigefinger etwas
nach links weist.
Im Inneren des Bootes übertönte der Motor beinahe die
Nachrichten im Radio. An diesem Vormittag war alles
auf Fußball gestimmt.
"... es gelingt uns einfach nicht, Everaldo ans Mikrophon
zu bekommen. Aber zur allgemeinen Beruhigung können wir bestätigen, daß der Linksaußen des Gremio
Porto Alegre endgültig in die Nationalmannschaft auf-
genommen ist für das Spiel heute nachmittag gegen die
Esquadra Azzurra. Everaldo Marques da Silva, Gaucho

145

aus Porto Alegre, hat allen Grund, zufrieden zu sein. Brasilien hat die dreifache Fußballweltmeisterschaft noch gar nicht geschafft, da regnet's bei ihm schon Preise. Ein Telefon für seine Wohnung und einen nagelneuen Dodge-Dart. Doch das ist gar nichts im Vergleich zu der Freude, die er und seine Mannschaftskameraden dem brasilianischen Volk schenken. Unsere Mannschaft hat sich das Herz des mexikanischen Volkes erobert. In..."

"Stell das Radio lauter! Man kann fast nichts verstehen!" Der Steuermann ließ mit der einen Hand das Steuer los und drehte den Knopf auf höchste Lautstärke.

"... wo immer man auch geht, auf den Straßen, in den Bars, mit wem man auch spricht, alle wünschen Brasilien den Sieg. Jedes Kind auf der Straße kennt die Aufstellung der brasilianischen Mannschaft im Schlaf. Eben kam die Bestätigung. Die Mannschaft spielt in der Zusammensetzung, wie wir sie bereits durchgegeben haben. Der Trainer Zagalo erklärte, er sei heiser; er war nicht bereit, mit uns vor dem Spiel zu reden. Aber sein Sprecher bestätigte uns, daß die Mannschaft fürs Endspiel dieselbe sein wird, die am letzten Mittwoch Uruguay besiegt hat. Wenn nicht noch in letzter Minute Unvorhergesehenes passiert, dann wird unsere grün-blau-gelbe Mannschaft mit folgenden Spielern den Rasen des Aztekenstadions betreten: Félix, Carlos Alberto, Brito..."

"Stell doch das Radio lauter, du Esel!"

"Geht nicht lauter, Herr Pedro."

"Dann stell den Scheißmotor ab!"

Der Steuermann stellte den Motor aus, und das Boot bremste schnell im Wasser. Sie lagen jetzt knapp vor der Gefängnisinsel. Man hörte nur noch die Stimme des Radiosprechers, der die Stille auf dem Fluß durchbrach.

"... Pelé und Rivelino. Zur Freude des gesamten brasilianischen Volkes wird unsere Mannschaft komplett mit voller Kraft das Spiel beginnen. Die Stürmerreihen voran..."

Eine Maschinengewehrsalve ratterte laut von der Insel her. Alle warfen sich im Boot auf den Boden. Der große Blonde, der vorhin schon den Steuermann angeschrien hatte, hob zuerst den Kopf. Er war vor Wut rot angelaufen.

"Mach das Scheißding wieder an. Diese Idioten werden uns noch treffen!"

Der Motor sprang auf Anhieb an. Der Blonde wandte sich einem Begleiter auf der Vorderbank zu. Auch der trug Anzug und Krawatte.

"Diese Schafsköpfe vertreiben sich die Zeit damit, auf die Wasserpflanzen zu schießen."

Einer der Polizisten traute sich, vorsichtig zu fragen: "Und was... was beabsichtigen sie damit?"

"Die denken, der Lamarca kommt mit so einer Pflanze getarnt hier angeschwommen, um das Gefängnis zu überfallen."

Es war dem Polizeikommissar gelungen, ein allgemeines Gelächter hervorzurufen. Langsam näherte sich das Boot der Insel. Der Steuermann hatte das Radio abgeschaltet. Er hob die Hand und antwortete damit auf die Winkzeichen von der Kasematte. Er zog den Bogen ein wenig mehr nach links, um die schmale Einfahrt zum Landesteg zu nehmen. Ein gefährliches Manöver für den, der den Ring nicht kannte. Schon öfter waren Boote an den Steinen, die unter der braunen Wasseroberfläche liegen, havariert. Der Steuermann stellte den Motor ab und warf das Tau an Land. Ein in einen dicken

Mantel eingehüllter Wachposten nahm es und band es am Kai fest.

"Alles in Ordnung?"

"Alles friedlich, Gott sei Dank."

"Brauchst das andere Tau nicht festzubinden. Wir bleiben nur kurz."

Die beiden Männer in Anzug und Krawatte stiegen aus und gingen den Anlegesteg hoch in Richtung des weiß gestrichenen Gebäudes. Der Steuermann reckte sich und atmete tief durch. Es roch nach Dieselöl, Sumpf und Menschenkot. Aber der Seemann war das gewohnt. Die Untergebenen nutzten die Pause, um ihren Körper einmal zu lockern. Der Rauch der Zigaretten stieg langsam in die Windstille. Jeder der vier Wachposten hatte sich einen Karabiner Kaliber zwölf mit abgesägtem Lauf zwischen die Knie geklemmt.

"Mach uns doch das Radio wieder an."

Der Steuermann hob den Daumen und drehte den Knopf nach rechts. Es erklang ein bekanntes Sambalied.

"... dort auf dem Hügel... kein Mensch weiß, wann es war... da sah's so aus... als wäre der Mond dort am Himmel... ein Teller aus Silber... als wäre der..."

"Such einen anderen Sender. Heute interessiert nur Fußball."

"Laß ihn da! Der Samba ist gut."

"Nichts da! Ich will wissen, wie es um das Spiel steht."

Der Knopf wurde ein wenig mehr nach rechts gedreht.

"... wir berichten Ihnen live aus Mexiko-City. Unser Sponsor: Coca-Cola, die Erfrischung der brasilianischen Familie! Vorwärts, Brasilien! Heute ist endlich der große Tag! Ein paar Stunden vor Spielbeginn herrschen Ruhe und gute Stimmung hier im Quartier der brasilianischen

Nationalmannschaft. Die Spieler und die Mitarbeiter haben mit großem Ernst die Botschaft des Präsidenten Médici gehört. Allen ist voll bewußt, daß Brasilien diesen Titel braucht. Unser internationales Ansehen hat sehr unter der Niederlage von 1966 gegen England gelitten, nachdem wir so brillant die Weltmeisterschaft 1958 in Schweden und 1962 in Chile gewonnen hatten. Damals war uns der heißbegehrte dreifache Sieg knapp entgangen, was sich heute gegen Italien bestimmt nicht wiederholen wird. Ältere Journalisten stellen Vergleiche an zwischen der ruhigen Stimmung heute unter den Spielern und Verantwortlichen in Mexiko und der Hochstimmung, mit der man damals, an jenem unglückseligen 16. Juli des Jahres 1950, den Sieg schon im voraus gefeiert hatte. Damals hatten Zeitungen bereits den Sieg der brasilianischen Mannschaft gedruckt! Brasilien ist dann wegen des Übermaßes an Optimismus und durch den Einsatz der Uruguayer wie Máspoli und Obdúlio Varella besiegt worden. Aber wir haben die Lektion verstanden. Unser Trainer Zagalo, er war damals an jenem bitteren 16. Juli Soldat der Militärpolizei in Rio de Janeiro, erinnert sich noch gut daran, wie er geheult hat bei der Niederlage. Und wie er Rache geschworen hat. Pelé war gerade neun Jahre alt, als..."

"Mach schnell das Radio aus! Die kommen zurück."

Den Gefangenen bereitete es Schwierigkeiten, den holprigen Weg zwischen den entsicherten Waffen der Wachen hinunter zu gehen. Zwischen dem Portal des alten Gefängnisses und dem schmalen Kai mit seinen unregelmäßigen Steinen war eine große Zahl Polizisten aufgeboten. Maschinengewehre und Karabiner zielten auf die beiden schmutzigen Männer in ihren Lumpen. Sie waren aneinander gekettet, und die Handschellen schmerzten bei jeder Bewegung. Die rotumränderten Augen fixiert auf ihre Füße in Schuhen ohne Schnürsenkel. Der größere und magerere der beiden hatte graugeflecktes Haar und trug einen Schnurrbart, der an den Seiten herunterhing. Der kleinere war blond und hatte Sommersprossen. Näher betrachtet erkannte man, daß der große Hagere den linken Arm in Gips trug. Er hing in einer schmutzigen Armbinde. Beide hatten blaue Flecken im Gesicht und an den Armen.

"Stinken tun die Hundesöhne!"

"Wenn Sie wollen, können wir die gleich hier im Guaíba baden."

"Nicht nötig! Steigt ein ins Boot. Beim DOPS gibt's Duschen mit Warmwasser und Riechseife."

Der Kerkermeister gab ein schäbiges Lachen von sich, in das alle an Bord einstimmten. Abscheu stand ihnen im Gesicht, als zwei Wachen den Gefangenen ins Boot halfen. Ein Stoß, der das Boot ins Schwanken brachte, zwang sie, sich auf die Bretterbank zu setzen, mit den Rücken zur Metallwand des Bootes. Die beiden Polizisten nahmen wieder auf der Vorderbank neben dem Steuermann Platz. Dieser zog das nasse Tau ein und sah den Kommissar fragend an.

"Was wartest du noch? Mach die Kiste an, und los geht's!"

Laut heulte der Motor wieder auf. Im Rückwärtsgang verließen sie ganz langsam die gefährliche Einfahrt. Der grauhaarige Steuermann ließ äußerste Vorsicht walten. Sie umfuhren die runden Steine des Nordturms und machten sich auf den Heimweg.

Das erdbraune Wasser lag weiterhin ruhig da. Vor ihnen

auf der gesamten Horizontbreite die Stadt Porto Alegre, vom Schornstein des alten Elektrizitätswerks, dem dahinter liegenden Hafen und den vielen Hochhäusern bis hin zum Ipanema-Strand. Eine herrliche Sicht wie ein ausgebreiteter Fächer. Am Himmel noch immer dunkle Wolken. Der sommersprossige Gefangene senkte den Kopf und flüsterte dem anderen zu: "Bloß gut, daß der Fluß ruhig ist. Bei der kleinsten Schaukelei werde ich seekrank."

"Mit der Ruhe wird's bald aus sein. Die beiden Kommissare sind die größten Folterer des DOPS."

"Der Blonde sieht gar nicht so grausam aus."

"Genau der war's, der mir den Arm gebrochen hat."

"Ruhe, ihr beiden! Und du, schalt endlich das Radio wieder ein, und fahr nicht so schnell. Ich will noch ein bißchen vom Fußballspiel mitkriegen!"

Der dunklere der Kommissare knurrte kaum hörbar: "An so einem Tag sollte keiner arbeiten müssen..."

"Fleury ist daran schuld. Er hat angerufen, daß er morgen den Pudding herschickt, die beiden zu holen. Und dieses Mal soll der Mistkerl mir nicht die Rosinen wegklauen. – Findest du nun die Übertragung des Fußballspiels oder nicht?"

Der Steuermann fummelte am Radioknopf herum, die Augen fest aufs Wasser gerichtet. Selbst bei so langsamer Fahrt könnte die Schraube leicht in ein Fischernetz geraten.

"... es ist wieder so, wie es schon beim Abschied von Guadalajara war. Die Wellen der Emotion schlagen hoch..."

"Bleib bei diesem Sender. So ist's gut!"

"... in jeder brasilianischen Stadt. Alle Spieler der Nationalmannschaft haben das Jalisco-Stadion mit einer Träne im Auge zurückgelassen. Hier hatten die mexikanischen Fans sich für immer auf den brasilianischen Fußball eingeschworen, auf einen Fußball voll Kunst, Genialität und Raffinesse. Eindeutig hat Edson Arantes do Nascimento, unser einzigartiger Pelé, das Herz der Zuschauer in Guadalajara erobert. Hatte er doch auf dem Höhepunkt des Abschieds, als alle nur noch das heutige Entscheidungsspiel gegen Italien im Kopf hatten, seine eigene persönliche Verpflichtung den vielen leidenden Kindern in der Welt gegenüber feierlich erneuert. Genauso, wie er das bei seinem tausendsten Tor schon getan hatte. Der König des Fußballs gab beim Abschied in Guadalajara gerade der Weltpresse ein Interview, als er sah, wie der zwölfjährige Mexikaner Antonio Barajas Gonzales auf Krücken versuchte, näher zu kommen. Pelé ließ die Presseleute, für die seine Worte gleichzeitig in drei Weltsprachen übersetzt wurden, einfach stehen, ging auf den Jungen zu, ein breites Lächeln im Gesicht. Antonio erzählte Pelé, wie er beide Beine bei einem Autounfall gebrochen hatte, als er unterwegs war zum Jalisco-Stadion. 'Kaum konnte ich mich wieder rühren', so erzählte er, 'war ich wieder unterwegs, nur um dich zu sehen.' Pelé ging das sehr zu Herzen, und ihm kamen Tränen, als er sein Autogramm auf eine der Krücken setzte und..."

Eine der Wachen, die neben den Gefangenen saß, flüsterte seinem Nachbarn zu: "Diese Geschichten von Pelé haben's in sich. Ich krieg direkt 'ne Gänsehaut."

"Ich bin sicher, eines Tages wird Pelé noch Präsident von Brasilien."

Während der Radiosprecher weiterhin die Zeit mit Geschichten ausfüllte, sprach der sommersprossige Gefangene im Murmelton zu dem anderen: "Hättest du gerne ein Autogramm von Pelé auf deinem Gips?"

Der Gefangene sah vorsichtig hinüber zu den beiden Kommissaren, dann kam ein Lächeln auf seine verschwollenen Lippen, die vom Schnurrbart verdeckt wurden.

"Lieber hätte ich das von Marighella. Aber den haben sie ja schon fertiggemacht."

Beim alten Assunção-Kai wurde für den Ausstieg der Gefangenen der gleiche Polizeiapparat aufgebaut wie auf der Insel. Mit Karabinerstößen in den Rücken wurden sie in den geschlossenen Polizeiwagen gestoßen. Mit einem dumpfen Schlag fiel hinter ihnen die Tür zu. Drinnen war es stockfinster. Aufgeregtes Hin- und Herrennen. Dazu die gedämpfte Stimme des blonden Kommissars: "Wir fahren durch die Veleros-Straße und dann hinten über den Cristal-Berg. Keine Sirenen! Je weniger wir auffallen, desto besser!"

Drinnen stank es stark nach Erbrochenem und Benzin. Die Gefangenen waren allein im Wagen und lehnten sich eng aneinander. Bei jeder Erschütterung scheuerten die Handschellen tiefer in die wunden Handgelenke. Doch was bedeutete dieser Schmerz gegenüber der Erleichterung, endlich frei reden zu können.

"Was meinst du, Boris? Wohin werden die uns bringen?"

"Zum DOPS. Ginge es zur Militärpolizei, dann hätten sie einen Militärwagen benutzt."

"Eigenartig, diese Eile! Folterungen gibt's doch normalerweise sonntags nicht. Und außerdem, gleich beginnt das Endspiel im Fußball."

"Hast du nicht gehört, was der Kommissar gesagt hat? Der Pudding kommt uns morgen holen."

"Wer ist das?"

"Aber, Willy, das ist die rechte Hand von Kommissar Fleury."

"Das heißt, wir kommen nach São Paulo?"

"Sofort noch nicht. Die wollen uns hier erst einmal richtig fertigmachen. Uns zeigen, daß Gauchos Männer sind. Die wollen aus uns herauspressen, was nur irgend möglich ist, vor denen aus São Paulo."

In regelmäßigen Abständen konnte man jetzt Raketenknallerei vernehmen. Eine scharfe Rechtskurve warf die Gefangenen gegen die Seitenwand. Es ging nun bergab, und der Wagen beschleunigte scharf. Boris gelang es, mit einem seiner langen Beine festen Halt zu finden. Er half auch Willy, sich wieder richtig hinzusetzen. Inzwischen hatten sich ihre Augen an die Dunkelheit gewöhnt, und sie konnten einander sehen.

"Boris, um eins wollte ich dich bitten."

"Was immer du willst, Willy. Alles, wozu ich in dieser Lage fähig bin."

Willy sah den Freund mit seinen hellen und ernsten Augen an.

"Wenn du wieder gefoltert wirst, laß es nicht zu, daß sie dich allzusehr fertigmachen und dir die Knochen zerbrechen... Gesteh irgend etwas. Irgendwas, was sie bereits wissen."

"Ich kann aber nicht sprechen, Willy. Das hat nichts mit Heldentum zu tun, ich schwör dir's. Das macht der Ekel, den ich vor diesen Feiglingen habe. Im Ernstfall... ich meine, in einem Krieg, da wären sie die ersten, die ausreißen. Ich weiß, die Militärs foltern auch. Aber ich werde als Sergeant des Heeres sterben, Willy. Ich weiß nicht, ob du das verstehen kannst?"

"Vielleicht. Aber dieses Mal mußt du etwas gestehen. Nichts, was..."
Wieder nahm der Wagen eine Kurve sehr scharf. Die Gefangenen fielen auf den verschmierten Boden. Dieses Mal entriß ihnen der Schmerz an den Handgelenken ein Stöhnen. Sie sahen sich an und lächelten dabei. Der Wagen fuhr nun wieder geradeaus. Es kostete sie einige Mühe, sich wieder hinzusetzen wie vorher. Boris blickte durch eine winzige Ritze; er versuchte festzustellen, durch welche Straße sie fuhren. Ein über und über mit grün-gelben Bändern geschmückter Wagen fiel ihm auf. Deutlich vernahm er Glockengeläut einer Kirche.
"Ich glaube, wir sind noch nicht in der Avenida Ipiranga. Wenn die nicht alle Ampeln bei Rot durchfahren, dann bleiben uns noch ein paar Minuten zum Reden."
Dann sah er seinem Gefährten ganz fest in die Augen.
"Ich erfülle dir einen Wunsch, Pater. Ich will beichten."
Willy erfaßte sofort die Tiefe dieser Worte und spürte, wie es ihm kalt über den Rücken lief. Mit den gefesselten Händen gelang es ihnen nicht, das Kreuzeszeichen zu schlagen. Aber sie knieten nebeneinander nieder. Bei jeder Kurve konnten sie dabei umkippen.
"Im Namen des Vaters, des Sohnes und des Heiligen Geistes."
"Pater, gib mir den Segen, denn ich habe gesündigt."
"Wie lange ist es her, daß du das letzte Mal gebeichtet hast?"
"So etwa... vielleicht sieben Jahre. Beim Osterfest des Militärs."
"Wir wollen zusammen das Rüstgebet sprechen. Sprich im Stillen meine Worte nach: Ich will mich nicht schämen, die Sünden zu bekennen, die zu begehen ich mich

nicht scheute. Ich will reden, als würde ich sie meinem Gott selbst bekennen..."

Eine erneute Kurve ließ die Reifen quietschen. Wieder lagen beide am schmierigen Boden. Die Zeit eilte. Sie richteten sich auf, und Willy fuhr fort im Gebet.

"... meinem Gott selbst bekennen, der sie kennt und der weiß, daß ich sie begangen habe. Ich bekenne sie meinem Schicksalsgefährten, der mir den Balsam reichen wird, dessen ich bedarf. Ich bekenne sie meinem liebenden Vater, der mit offenen Armen seinen Sohn erwartet und ihm die Vergebung anbietet."

Boris mußte an das Wahrzeichen von Rio de Janeiro denken. Die Christus-Statue mit den ausgebreiteten Armen. Er versuchte, sich wieder auf Willys Worte zu konzentrieren.

"Bekenne also deine Sünden, mein Freund. Tu es so leise, daß nur Gott es hören kann."

Die murmelnde Stimme des ehemaligen Sergeanten wurde vom scharfen Bremsen des Wagens unterbrochen. Mit einem Ruck wurde die Hintertür aufgerissen, und der helle Lichtschein blendete die Augen der Gefangenen.

"Was treibt ihr da so eng beieinander?"

"Ich hab's mir doch gleich gedacht... dieser Pater sieht aus wie ein Schwuler."

"Schluß jetzt mit dem Gequatsche! Holt euch die Schwulen da raus!"

Für einen kurzen Moment erblickten sie einen Hof, auf dem einige Autos standen. Die Hinterwand eines Gebäudes mit vielen Fenstern.

"Stülpt ihnen sofort die Kapuze über den Kopf!"

Unter dem schmutzigen Tuch blaue Finsternis. Willy betete im Stillen weiter um die Absolution des Freundes.

"Ihr zwei bringt den Pfaffen ins Büro! Den Cabrini schaffen wir direkt ins Loch... Macht endlich die Handschellen auf, ihr Deppen."

Willy blieb kaum Zeit, seine schmerzenden Handgelenke zu reiben. Unter Schubsen und Stöhnen tapste er blind voran, bis er an eine Stufe stieß. Er ging die Treppe nach oben und hatte zu tun, die Schuhe an den Füßen zu behalten. Noch ein paar Schritte nach vorne. Dann knarrte eine Tür. Eine feste Hand zog ihn am Arm.

"Setz dich hierher und halt den Mund!"

Der Pater ließ sich nieder und spürte, wie der weiche Sessel nachgab. Es roch nach Zigaretten und Kaffee. In der Ferne knallten Raketen. In der Nähe erklangen Huptöne. Weiche Schritte waren zu hören, und eine ruhige Stimme sagte ganz nah an seinem Ohr: "Sie können die Kapuze abnehmen, Pater Schneider."

Die Hände wollten nicht gehorchen, als Willy die Kapuze vom Kopf nahm. Er rieb sich die rotgeränderten Augen und betrachtete den Mann, der vor ihm saß. Er schien frisch aus dem Bad gekommen zu sein. Marineblauer Anzug, hellblaues Hemd und dazu eine weinrote Krawatte. Makellos rasiert. Helle Brillengläser. Das braune Haar sauber nach hinten gekämmt.

"Guten Tag, Herr..."

"Guten Tag. Sie sind noch sehr jung, Pater Schneider."

"Sie auch."

"Ich heiße Roberto. Ich bin der Assistent des Direktors des DOPS."

"Angenehm."

"Es tut mir leid, daß wir uns unter diesen Umständen begegnen. Nehmen Sie einen Kaffee?"

"Nein, danke."

Der Beamte nahm ein Päckchen Zigaretten aus der Tasche und bot dem Priester eine an.

"Danke, nein. Ich rauche nicht."

"Ich möchte, daß Sie sich wohlfühlen. Ich gehöre einer Familie an, die in der katholischen Tradition steht. In Italien ist sogar ein Onkel von mir Priester. Der trägt allerdings noch die Soutane."

Willy war die Taktik des betont freundlichen Verhörs bekannt. Mit seinen hellen Augen nahm er den Raum wahr. Ein Schreibtisch, wie er in Ämtern üblich war. Von den Wänden löste sich der Putz. Alte Möbel. Auf den Tischen Papiere. Alte Schreibmaschinen.

"Ich mag ebenfalls die Soutane. Aber ich halte es für richtig, sie nicht mehr zu tragen."

Der Polizeibeamte kam ganz nah an sein Gesicht. Er wirkte freundlich.

"Ich meine, da geht etwas vom Ernst der Sache verloren. Das ist wie ein Soldat ohne Uniform."

"Sie sind Zivilbeamter, nicht wahr? Trotzdem werden Sie bestimmt ernst genommen."

Eine harte Falte zog ins Gesicht des jungen Beamten. Die Antwort hatte ihn fast überrumpelt. Aber gleich hatte er sich wieder gefangen und lächelte freundlich.

"Erklären Sie mir doch noch ein bißchen besser, warum Sie die Priesterkleidung nicht mehr tragen. Das ist ein wichtiges Detail, bestimmt."

Willy schluckte den aufkommenden Ärger hinunter. Draußen knallten die Raketen. Autos fuhren laut hupend vorbei. Die hohen Fenster müßten zur Seite der Avenida führen.

"Die Kirche hat sich in den letzten Jahren sehr gewandelt. Dr. Roberto. Nach Papst Johannes XXIII. ...."

"... ein Mann, den ich bewundere, nebenbei gesagt."
"... und unter Paul VI. hat die Mehrheit unter uns die Option für die Armen getroffen. Die Armen sind 90 Prozent der Bevölkerung Lateinamerikas."
Der Polizeibeamte machte es sich etwas bequemer auf seinem Sessel und zündete sich eine Zigarette an.
"Ich meine, Sie tun damit den Priestern von früher Unrecht. Die Armen durften doch immer mit der Barmherzigkeit der Kirche rechnen. Von Kind auf erlebe ich, wie mein Vater für kirchliche Werke, für Altenheime und Waisenhäuser spendet."
Willys Auge blieb an der Kaffeekanne auf dem kleinen Tisch hängen. Seit gestern hatte er nichts mehr zu sich genommen. Er fühlte sich schwindlig, obwohl ihn die Unterhaltung anregte.
"Wünschen Sie nun doch eine Tasse Kaffee, Pater Schneider? Natürlich wollen Sie... Ich kann auch ein Sandwich kommen lassen."
"Das ist nicht nötig, danke. So ist es genug Zucker."
Er staunte, daß der Kaffee noch heiß war. Mit halbgeschlossenen Augen trank er und fühlte sich gleich besser.
"Sie schulden mir noch eine Antwort, Pater Schneider."
"Ja... über die Option für die Armen. Im Anschluß an das II. Vatikanische Konzil hat die Kirche Lateinamerikas beschlossen, die Armut zu bekämpfen. Deswegen haben Priester und Bischöfe angefangen, einfacher und bescheidener zu leben. Sie haben die heiligen Gewänder abgelegt, um sich wie gewöhnliche Menschen zu kleiden."
"Aha, ich verstehe... Sie wollen sich unter das Volk mengen. Aber das Volk, das sind nicht die Armen. Die

Religion darf nicht die ausschließen, die es im Leben zu etwas gebracht haben."

Willy fuhr sich mit der Rechten durch seine struppigen Haare.

"Unsere Option für die Armen setzt Schwerpunkte, aber schließt niemanden aus. Die Kirche ist wie eine Mutter, die alle ihre Kinder liebt, aber ein krankes vorrangig behandelt."

Der Polizeibeamte änderte seine Sitzhaltung im Sessel.

"Ich habe den Eindruck, daß ihr mit den Reichen nicht wie mit Brüdern umgeht. Ganz im Gegenteil. Ihr überfallt Banken. Ihr entführt unschuldige Leute."

"Wir kämpfen nicht gegen die Reichen persönlich. Unser Kampf richtet sich gegen die Diktatur, gegen die politischen Mechanismen, die auf Kosten der Armen einige wenige immer reicher werden lassen."

"Sind Sie... Marxist, Pater Schneider?"

Willy hielt dem harten Blick mit tiefem Ernst stand.

"Wenn Sie sich dabei auf die Bücher beziehen, die Sie in meinem Zimmer gefunden haben, dann werde ich nicht leugnen, daß ich Marx gelesen habe..."

"... und daß Sie ein Bewunderer Che Guevaras sind."

"Ebenso, wie ich den Pater Camilo Torres bewundere, der in Kolumbien ermordet wurde, und zwar von derselben Art Leute wie die, die uns hier gefangennehmen und foltern."

"Ich habe niemals jemanden gefoltert, Pater Schneider. Nebenbei gesagt, ich setze mich dafür ein, daß Sie nicht mehr Gewalttätigkeiten ausgesetzt werden. Für uns gilt als oberstes Gesetz die Nationale Sicherheit. Wir haben noch Vaterlandsbewußtsein, wir denken noch in unseren Nationalfarben grün und gelb. Und wenn Sie hier ans

Fenster kommen würden, dann könnten Sie sehen, daß das Volk auf unserer Seite ist. Dem Fußball ist es gelungen, den Patriotismus des Volkes wieder zu wecken."

"Der Fußball ist das Opium des Volkes... Sollte Brasilien das heutige Spiel gewinnen, dann wird General Garrastazu Médici seine Macht festigen."

"Was für Brasilien das Beste wäre! Stellen Sie sich vor, das Volk würde rauskriegen, daß ihr Terroristen euch wünscht, daß Brasilien diese dritte Weltmeisterschaft nicht gewinnt. Das Volk käme hier reingestürmt und würde euch einen nach dem anderen lynchen."

Willy schlug die Augen nieder. Dabei fielen ihm seine vom Schlamm beschmutzten Schuhe auf. Irgendwie kam ihm das alles plötzlich sehr lächerlich vor. Er blickte wieder hoch und sah dem Beamten mit seinen blauen Augen, die feucht geworden waren, voll ins Gesicht.

"Was wollen Sie von mir, Dr. Roberto?"

Der Beamte mußte zweimal schnaufen, dann schob er sich die Brille über der Nase zurecht.

"Ich halte Sie nicht für einen Kriminellen, Pater Schneider. Eventuell sind Sie nur ein unschuldiger Mitläufer. Aber Sie spielen mit dem Feuer. Daß Sie mit Frei Betto unter einer Decke stecken, ist erwiesen, seit wir in das Priesterseminar Cristo Rei eingedrungen sind. Wir wußten schon vorher, daß Sie Beihilfe geleistet haben, Terroristen zu verbergen und sie nach Uruguay zu schleusen. Wir hatten Sie nicht verhaftet, weil wir von Ihren Verbindungen zu Boris Cabrini wußten und vorzogen, Sie ständig zu überwachen. Jetzt, da wir euch beide haben, wollen wir über euch an euren Chef kommen. Ihre persönliche Sicherheit... ja auch Ihre Freiheit hängen nur von ein paar Worten ab. Ihr Geständnis soll unter uns bleiben. Sagen Sie mir nur ganz einfach... wie kommen wir an Hauptmann Lamarca heran?"

"Ich kenne ihn gar nicht. Ich bin ihm nie begegnet."

"Sie lügen, Pater. Der Cabrini ist der Chef der Volksbefreiungsfront VPR in Rio Grande do Sul, und Sie sind persönlicher Freund und Beschützer des Cabrini. Er wurde militärisch trainiert und wird uns wohl kaum die Wahrheit sagen. Selbst beim Fleury wird der, glaub ich, nicht weich werden. Aber es wird Ihre Schuld sein, wenn er stirbt. Weil er einen Deserteur, einen schmutzigen Verräter und Feigling wie den Lamarca verteidigt. Sie allein können Boris Cabrini noch retten. Sein Leben liegt in Ihren Händen."

Willy ließ den Kopf hängen und stützte seine gespreizten Hände auf die Knie. Der Schwindel war wieder stärker geworden. Zu viele Stunden war es her, daß er das letzte Mal gegessen hatte.

"Ich weiß nicht, wo sich Hauptmann Lamarca aufhält. Da kann ich nichts tun."

"Ich kann es, Pater Schneider. Und ich werde es tun!"

Der Beamte erhob sich und ging hinüber zum nächsten Schreibtisch. Er nahm einen Aktenkoffer zur Hand und öffnete ihn. Er entnahm einige Dokumente und hielt sie in der Hand, als er zum Sessel zurückkam. Er setzte sich, die Beine überkreuzt, und fing an zu lesen.

"In Ausübung Ihres brieflichen und vertraulichen Auftrags und nach Rücksprache mit unseren Vorgesetzten bestätigen wir die heutige Festnahme des Sergeanten der Militärpolizei Hans Dieter Pfeifer, seiner Frau Heidi Schneider Pfeifer und seiner Schwägerinnen Gisela und Anna Schneider. Wir erwarten Anweisung seitens des DOPS darüber, was mit den Inhaftierten geschehen und in welcher Form die militärpolizeiliche Untersuchung eingeleitet werden soll."

Roberto unterbrach das Lesen des Papiers und lächelte, als er sah, wie blaß der Pater geworden war.

"Sie sehen, Pater, das Schicksal Ihrer Angehörigen liegt in unserer Hand. Oder besser gesagt, in Ihrer Hand, Pater Schneider. Ich muß zugeben, daß der Bericht, der dieses Schreiben begleitet, dem Sergeanten Hans ein sehr gutes Zeugnis ausstellt und daß auch seine Frau keinerlei subversiven Aktivitäten angelastet werden. Aber Ihre Schwestern Gisela und Anna sind erwiesene Aktivisten der VPR. Besonders die jüngere der beiden hat sich in Kommentaren, ja sogar in Ansprachen in der Schule, in der sie die mittlere Reife nachholt, gegen die Revolution von 1964 ausgesprochen. Es war längst bekannt, daß Ihre Schwestern des öfteren Boris Cabrini auf ihrem Mühlenhof verborgen hielten. Das allein genügt schon, sie anzuklagen."

Willy war blaß geworden. Seine Stimme klang unsicher.

"Dafür bin nur ich allein verantwortlich. Meine Schwestern wußten von gar nichts. Boris ist auf dem Land geboren und arbeitet gern in der Landwirtschaft. Sie lebten allein und stellten immer Erntearbeiter für die Schwerstarbeit ein. Ich habe ihnen Boris als Arbeiter geschickt. Sie wußten gar nicht, daß er ein... daß er gegen die Diktatur kämpft."

"Sie dürfen ruhig den Begriff Terrorist benutzen mit derselben Festigkeit in der Stimme, mit der Sie von Diktatur reden! Sie werden niemanden von der Unschuld Ihrer Schwestern überzeugen. Ihre Familie wird jetzt noch viel Leid durchmachen müssen. Auch die Kinder, Ihre Neffen, die ohne Mutter dastehen. Zur Zeit hat ein Nachbar

sie in Obhut genommen. Später werden sie ans Jugend-
amt überwiesen. Der Sergeant wird bestimmt aus dem
Dienst entlassen. Ihre Schwestern werden ins DOPS
zum Verhör gebracht werden..."
"Das bitte nicht! Um Gottes willen, nein..."
Roberto stand auf und ging hinüber zum Schreibtisch.
Er legte die Papiere wieder in den schwarzen Koffer
und betätigte den Geheimverschluß. Willy verfolgte aufmerksam jede seiner Bewegungen. Als er wieder vor
ihm stand, fing der Polizist erneut im sanften Ton an:
"Wenn ich mir so Ihr heruntergekommenes Äußeres
ansehe, Ihr unrasiertes Gesicht, Ihr schmutziges Haar,
dann muß ich daran denken, wie alles ganz anders sein
könnte. Heute ist Sonntag, Pater Schneider. Da wird bei
voller Kirche die Messe zelebriert und dann gemütlich
zu Mittag gegessen bei einem Gemeindeglied. Sie sind
Jesuit. Sie gehören einem äußerst disziplinierten und ge-
bildeten Orden an. Sie haben nichts gemein mit den de-
kadenten Dominikanern und Kommunisten."
Willy staunte, als er sich sagen hörte: "Die Jesuiten hat
man doch schon einmal aus Lateinamerika verjagt, weil
sie die Indianer gegen die Eroberer verteidigten."
"Aber sie sind zurückgekommen, als hätten sie nichts
gelernt... Gut, Pater Schneider, wir wollen nicht theo-
retisieren. Sie schulden mir eine Antwort. Ich gebe
Ihnen mein Ehrenwort, daß Ihre gesamte Familie auf
freien Fuß gesetzt wird, sobald Sie mir nur die geringste
Spur zeigen, irgendeinen Hinweis, der uns zu Lamarca
führt."
Willy ließ den Kopf hängen und stammelte: "Aber ich
weiß wirklich nichts. Ich schwöre es Ihnen."
Roberto sah auf die Uhr. Zwanzig Minuten nach zwölf.

Er atmete tief durch, und seine Stimme verbarg seinen Ärger nicht mehr.

"Also gut, Pater Schneider. Sie sind doch jemand, der an den freien Willen glaubt. Sie haben Ihre Wahl getroffen. Stülpen Sie sich wieder die Kapuze über!"

Der Polizeibeamte erhob sich und ging zur Tür. Er öffnete sie und ging über den Korridor ins gegenüberliegende Büro. Dort sah das Mobiliar neuer aus, alles in weiß gehalten. Dort saß gemütlich in einem Sessel der blonde Kommissar und las ein Comic-Heft. Als er den Kollegen sah, hob er die Augenbrauen in stummer Frage. Roberto schüttelte den Kopf, setzte sich und zündete eine Zigarette an.

"Der kleine Pater ist Kommunist bis zu den Haarwurzeln. Aber gläubig ist er auch. Geprägt von religiöser und geschichtlicher Kultur."

"Papperlapapp! Ich will wissen, ob er uns den Lamarca ausliefert oder nicht. Diesen Boris verprügeln sie seit einer Stunde schon im Folterbock, und nicht einmal zum Stöhnen hat er den Mund aufgemacht, dieser Hundesohn."

"Wie habt ihr denn den in den Folterbock gekriegt? Und sein eingegipster Arm?"

Der Kommissar lachte. "Der Nilo hat den Gips mit ein paar Schlägen runtergehauen. Morgen kommt ein Arzt und legt einen neuen an... Na und? Kannst du uns den Pater jetzt überlassen? Meinst du, daß er singen wird?"

"Ich glaube, ja. Der hängt zu sehr an seiner Familie, besonders an seinen unverheirateten Schwestern. Man sollte die beiden möglichst bald von Santo Antonio rüberbringen."

165

Der Kommissar stand auf und warf das Heft auf den Tisch.

"Ich werde sofort dort anrufen. Wir ficken die beiden Schwestern vor seinen Augen, und dann will ich sehen, ob der Pater das durchhält."

"Nun mal langsam, Pedro. Vergiß nicht, daß die Regierung keine neuen Probleme mit dem Kardinal will. Voriges Jahr war der schon einmal hier im DOPS und hat uns eine Menge Scherereien mit der Regierung im Piratini gemacht."

"Trotzdem, Roberto, wenn's darum geht, den Lamarca vor denen aus São Paulo zu erwischen, dann brächte ich sogar den Papst persönlich auf den Folterbalken. Und dann wird bestimmt kein Scheißkardinal mich hindern können."

"Ich meine es ernst, Pedro."

"Ich auch... Obwohl unser Kardinal hier gar nicht der schlechteste ist. Gefressen habe ich den von São Paulo, diesen Arns."

"Und ich, wäre ich Präsident Médici, ich würde Dom Helder Camara auf der Stelle einsperren. Ich meine, der ist der Anführer der ganzen Subversion in der Kirche."

"Mist!"

"Was war denn jetzt?"

"Der 101 kommt nicht an den Apparat! Die Leute der Telefongesellschaft scheinen nur noch auf das Fußballspiel zu warten. Na ja, es ist ja auch fast ein Uhr. Willst du mit uns Mittag essen? Ich habe uns ein paar Pizzas bringen lassen."

"Nein danke! Ich bin heute fertig und gehe nach Hause, um mir das Spiel anzusehen. Mein neuer Fernseher ist gerade noch rechtzeitig gekommen. Willst du vielleicht das Spiel mit uns gemeinsam sehen? Bring deine Frau und die Kinder mit."

"Das wird nicht gehen, Roberto. Ich werd's mir hier im Radio anhören. Der Fleury hat bereits alle Verdienste am Tode Marighellas für sich kassiert. Jetzt sind wir dran."

Halb drei Uhr nachmittags. Eine einzige Lampe wirft ihr starkes Licht auf den Gefangenen der Folterkammer. Boris hängt im Folterbock, der Papageienschaukel. Mit Armen und Beinen angebunden, sieht er aus wie ein mageres Tier am Bratspieß. Die beiden Enden des Balkens, der zwischen seinen Gliedern durchgeht, liegen je auf einem Tisch. Um seine Füße und Hoden sind elektrische Drähte geschlungen. Es riecht nach verbranntem Fleisch. Am nackten Körper neue Blutergüsse. Sein Kopf ist nach hinten gekippt. Aus den Nasenlöchern sickert Blut in zwei dünnen Linien.

"Der Saukerl ist schon wieder ohnmächtig geworden! Kannst das Radio wieder einschalten."

"Sofort, Herr Pedro."

"Und du gehst jetzt den Pfaffen holen! Höchste Zeit, daß der auch mal vermöbelt wird."

Der Kommissar sah mitgenommen und erschöpft aus. Jacke und Krawatte hatte er abgelegt. Sein weißes Hemd hatte Blutspritzer abbekommen. Er zog einen Stuhl ans Radio und zündete sich eine Zigarette an. Auch die Gehilfen kamen näher. Ihre ganze Aufmerksamkeit galt den feurigen Worten des Radiosprechers.

"... und nun die Nummer 10, Pelé. Wie wird er wohl vom Publikum empfangen werden?... Wie erwartet, kommen Ovationen von den mexikanischen Zuschauern für den größten Fußballspieler aller Zeiten! Die Nummer 10,

Brasiliens Pelé! Sie hören das brasilianische Sportnetz in der Verantwortung des Senders Guaíba aus Porto Alegre und des Continental-Rundfunks aus Rio, verbunden mit Radio Jornal do Brasil aus Rio, Radio Diário da Manhã aus Florianópolis sowie den Sendern Radio Metropolitana, Vera Cruz und Carioca aus Rio, Alvorada aus Brasília, Independência und Monte Carlo aus Montevideo, Atalaia aus Belo Horizonte, Universidade aus Rio Grande do Sul und einige hundert Sender mehr, die über ganz Brasilien verstreut sind! Die Seitenwahl ist bereits erfolgt. Brasiliens Mannschaft steht links von unseren Senderkabinen im Aztekenstadion. Italien wird also von rechts spielen. Blaue Hemden, weiße Hosen und blaue Strümpfe. Die brasilianische Nationalmannschaft kommt wie üblich mit gelben Hemden, blauen Hosen und weißen Strümpfen. In wenigen Sekunden wird hier das sensationellste Fußballspiel dieser Zeiten beginnen! Achtung! Italien hat Anstoß. Noch sind fremde Leute auf dem Spielfeld. Der Unparteiische bittet, sie mögen das Feld räumen. Jetzt verlassen sie das Feld. Schiedsrichter ist ein Deutscher aus Ostdeutschland. Achtung! Das Spiel wird beginnen, und Italien hat den Ball. Ein letzter Blick des Unparteiischen auf seine Uhr. Es ist jetzt genau 15 Uhr in Brasilien, zwölf Uhr mittags in Mexiko. Das Spiel hat begonnen! Italien hat den Anstoß ausgeführt. Der Ball ging zurück an Bertini. Pelé greift an, Clodoaldo dazu, er gewinnt das Leder! Zum ersten Mal hat Brasilien den Ball, Tostão bekommt ihn und gibt ab an Gerson. Gerson versucht die Flanke zu Pelé. Gut! Sehr gut! Da wird Pelé angegriffen, er stürzt, doch der Schiedsrichter läßt weiterspielen. Auch uns scheint, Pelé hat übertrieben. Und der Ball geht ins Aus. Einwurf für

Italien, doch schon hat Brasilien den Ball wieder. Tostão
hat schwere Arbeit gegen Italiens Linksaußen Burnichi.
Burnichi gewinnt den Zweikampf und stürmt vor ins
brasilianische Mittelfeld. Burnichi an Mazzola. Mazzola
stürmt vorwärts, gibt ab an Gigi Riva. Ein starker Schuß.
Torwart Félix erreicht den Ball gerade noch und lenkt
ihn zur Ecke. Bravo, Félix! Ecke für Italien. Gigi Rivas
Schuß war gewaltig und zwang Félix zu einer sensatio-
nellen Verteidigung. Wie kommt man zu Geld, ohne sich
anzustrengen? Indem man im Fußball-Lotto setzt. Fußball-Lotto ist das Angebot, durch das du viele Millionen
gewinnen kannst. Stell dir vor..."
"Stell das Radio leiser! Guck dir doch bloß einmal den
blöden Priester an... Der fängt gleich an zu heulen."
Willy besah sich den miserablen Zustand von Boris. Es
sah aus, als wäre der ehemalige Sergeant tot. Der Pater
fing an zu schluchzen.
"Das hier ist etwas für harte Männer, du Saukerl, Heul-
suse, du! Zieht diesen Pater endlich aus und setzt ihn auf
den Drachenstuhl. Mal schaun, ob ein paar Elektro-
schocks in seinen Hintern ihn nicht zum Singen bringen."
"Und... und das Fußballspiel, Herr Pedro?"
"Du kannst dich ja dicht ans Radio setzen und leise
weiterlaufen lassen. Sollte es auf ein Tor zugehen, dann
drehst du voll auf."
Der Inspektor riß Willy das Hemd runter. Der Kommissar trat an ihn heran und schrie ihm ins Ohr: "Ein
Telefonanruf für dich!"
Und damit schlug er ihm mit offenen Händen mit aller Kraft gegen die Ohren. Der junge Priester kippte zu
Boden. Er lag auf den Knien, als der Kommissar ihm

einen Fußtritt in die Rippen gab. Nun fiel er vornüber hin.

"Der Dreckskerl ist einfach zu schwach! Zieh ihm die Hosen und Unterhosen aus. Als erstes stecken wir ihm den Schlauch in den Hintern und pumpen seine Eingeweide voll Wasser."

"Aber dann wird er den ganzen Raum vollkacken."

"Na und? Scheißen müssen macht diese Saukerle fertig... Wie steht das Spiel, Nilo?"

"Strafstoß für Brasilien."

"Stell's lauter! Und ihr zwei da haltet den Priester fest. So ist's richtig. Und immer mit der Faust genau in die Magengrube! Du Scheißhostienfresser!"

"... und Italiens Abwehr versagt! Ein herrlicher Strafstoß für Brasilien! Ein schneller Blick auf die Uhr: Fünf Minuten dauert bereits das Spiel. Pelé bereitet sich vor. Auch Rivelino steht dicht am Ball. Der Schiedsrichter gibt den Strafstoß frei. Pelé läuft in Richtung Ball. Auch Rivelino rennt nach vorne, und hoch fliegt der Ball ins Aus! Pelé war am Ball vorbeigelaufen, wie eingeübt, es schoß Rivelino. Die italienische Mauer hatte sich nicht gerührt. Nun ist Italien dran und stürmt vorwärts zum Angriff..."

"Dürfen wir das Spiel weiter hören, Herr Kommissar?"

"Natürlich! Major Attila pflegt Beethoven zu hören, wenn er jemanden foltert. Doch wir sind einfaches Volk... Was steht ihr da blöd rum? Worauf wartet ihr noch? Hängt den Priester endlich an den Stuhl!"

Mit Stößen und Fußtritten wurde Willy zu einem Metallstuhl hingeschleppt. Er glich einem Barbierstuhl. Der Kommissar sah wachsam zu, als die Inspektoren den Pater an den Armen festbanden. Sie hatten dazu Ketten, mit

Schaumstoff überzogen. Überall am Körper brachten sie Elektroden mit Schaumgummi auf die nackte Haut. Der junge Priester reagierte nicht, auch kamen ihm keine Tränen mehr. Schleim mit Blut gemischt lief ihm durch die Lippen. Unter ständigem Schreien und Prügeln banden die Folterer ihm elektrische Drähte an Hände, Füße und Penis. Ein Holzbalken preßte seine Beine nach hinten. Beim ersten Stromstoß schnellte der Körper nach vorne, um dann gleich wieder in die alte Stellung zurück zu springen. Dabei überfiel den Körper ein Zittern, das die Zähne klappern ließ. Willy riß sich zusammen, um nicht laut zu schreien. Der Kommissar trat an ihn heran und packte ihn bei den Haaren. Dann drehte er ihm den Kopf zur Seite und kam mit der brennenden Zigarette ganz dicht an seine Augen.

"Wo also will sich der Cabrini mit dem Lamarca treffen? Wo soll das sein?"

"Ich... ich weiß das nicht."

"Weißt du, daß wir deine Schwestern verhaftet haben?"

"Ja, ich weiß es."

"Wenn du nicht redest, werden wir die beiden hierher bringen. Zuerst die kleine Blonde, die Anna. Die ist doch bestimmt noch Jungfrau, dieses Weib! Bei euren Überfällen ist doch immer so eine Blondine dabei. Es wird nicht schwer fallen, sie da mit hineinzuziehen..."

"Bitte, nein... Zieht sie da nicht hinein. Tut ihr nichts an. Ich..."

"Du willst etwas, du Hurensohn? Sag sofort, wo der Cabrini den Lamarca treffen will, sonst entjungfern wir dein Schwesterlein hier vor deinen Augen!"

"Wenn ich doch nichts weiß... Ich schwöre bei Gott, unserem Herrn."

"Und du meinst, ich halte etwas vom Schwur eines Priesters? Gib ihm noch einen Stromstoß, diesem Saukerl. Aber ein paar mehr Volt!"

Willys lauter, langanhaltender Schrei ging über in einen noch lauteren und längeren Schrei, der ganz Brasilien erschütterte.

"Toooooooooor! Tooooooooooor! Toooooooooor! Ein Tor von Pelé für Brasilien! Das erste Tooooooooooor Brasiliens!"

Die Folterer vollführten einen Freudentanz. Der Kommissar griff zur Whiskyflasche und ließ sich das Getränk in den Hals laufen. Willy keuchte schwer. Die Augen waren herausgetreten. Ein bläulicher Rauch entstieg seinen Haaren.

"... ein sensationelles Tor von Pelé! Ein kurzer, harter Stoß mit dem Kopf nach unten! Das erste Tor im Aztekenstadion ist gefallen! Achtzehn Minuten beträgt die Spielzeit! Ein Tor für Brasilien – Null für Italien, im entscheidenden Spiel um die Weltmeisterschaft! Pelé sprang für Brasilien höher als alle anderen, ein Volltreffer mit dem Kopf, und fertig war das sensationelle 1:0! Das Spiel läuft wieder, und Clodoaldo erhält den Ball, er gibt ab an Carlos Alberto, der sucht Jair, es geht nicht, und er gibt zurück an Clodoaldo. Clodoaldo geht in die Mitte des Feldes, er tut so, als versuche er's im Alleingang, mit dem Ball geht er nach links vor bis an den Strafraum. Jetzt gibt er ab an Tostão, schon mitten im Strafraum. Der stoppt den Ball, gibt an Gerson. Gerson löst die Spannung und schießt weit zurück zu Carlos Alberto, Carlos Alberto versucht es von weitem. Er schießt aufs Tor... Daneben! Weit daneben! Ein schlechter Schuß über die Torauslinie!"

172

"Herr Pedro, der Cabrini kommt wieder zu sich. Es scheint so, als sagt er etwas."

Der Kommissar reichte dem Inspektor die Flasche und wischte sich mit dem Arm über den Mund.

"Nicht möglich! Das Mistvieh hat doch bisher keinen Ton von sich gegeben... He, gib die Flasche zurück!"

Der Inspektor hatte den Kopf von Sergeant Boris in die Hände genommen und versuchte, die gestammelten Worte zu verstehen.

"Dio... Dio... per favore... Dio... io voglio morire... Dio..."

"Der redet was von einem Dio, Herr Pedro. Ob der Ort so heißt, wo der Lamarca sich versteckt?"

"Schütt ihm einen Whisky rein! Der Scheißkerl soll das Tor feiern!"

Der Kommissar zwang dem Gefangenen den Flaschenhals zwischen die geschwollenen Lippen. Aber er riß ihn schleunigst wieder heraus, um nicht den grünen Strahl abzukriegen, mit dem der Gefangene sich erbrach.

"Verfluchter Terrorist! Los, besorg eine neue Flasche für uns, Nilo! In meinem Schrank steht 'ne ganze Kiste voll."

"Dio... Dio... per favore..."

"Da, hören Sie es Herr Pedro? Er redet wieder von diesem Dio..."

"Was du Esel bloß verstehst! Der schreit nach Gott. So ein verdrehter Kommunist. Italienisch schreit er."

"Italienisch? Was fällt diesem Hurensohn ein, italienisch zu reden, während Brasilien gegen Italien spielt? Darf ich ihm den anderen Arm brechen? Bitte, Herr Pedro! Sau-Italiener! Kommunist!"

"... die Uhr sagt, 25 Minuten der ersten Halbzeit sind vorbei. Italien im Angriff, Everaldo steht ihnen im

173

Weg, Dominique hat den Ball gestoppt, Clodoaldo geht ran, er gewinnt den Ball, doch der Unparteiische hatte bereits Freistoß für Brasilien gegeben. Kannst du erraten, wer dieses Spiel gewinnen wird? Wenn du's kannst, kannst du reich werden. Jede Woche kannst du im Fußball-Lotto reich werden! Wieder stürmt Italien nach vorne, Burnichi hat den Ball und gibt ab an Dominguini. Dominguini leitet den Angriff vorbei an Tostão, Brito sucht ihn zu stoppen. Es gelingt, und Clodoaldo behält den Ball, Clodoaldo führt nun Brasiliens Angriff, doch Paquete nimmt den Ball ab und schießt in die Gegend. Der Ball landet im Aus... Das war knapp für Brasiliens Verteidigung! Wäre Brito nicht gewesen. Selbst im Fallen traf er noch den Ball, und Clodoaldo war an der richtigen Stelle. Und wieder geht Brasilien nach vorne mit Pelé, fan-tas-tisch! wie er an Burnichi vorbeikam. Doch jetzt trifft ihn ein Stoß des Italieners in den Rücken!"

"So ein Hund! Ein dreckiger Hundesohn!"

"Diese Art Foul ist stets ärgerlich! Ein solcher Stoß von hinten könnte für Pelé das Ende des Spiels bedeutet haben! Der Schiedsrichter schreibt sich die Nummer des Spielers auf..."

"Halt! So hör doch auf! Was hast du mit dem Cabrini vor?"

"Der kriegt jetzt einen in den Rücken! Auf Pelés Rechnung!"

"Der ist doch schon fast krepiert, du Idiot! Wenn du schon jemand hauen willst, dann hau den Priester!"

Aber der Inspektor hatte nur auf Boris Wut. Er packte ihn an den Haaren und spuckte ihm ins Gesicht.

"Na also! So ist's besser. Der Kerl muß doch am Leben

bleiben für den Fleury. Und außerdem: Wer hier zu bestimmen hat, das bin ich!"

"... Tor! Tooooooooor! Tor für Italien. Italien schießt ein Tor. Nach einem total falschen Spiel von..."

"So 'ne Scheiße!"

"... wie kann man nur den Ball mit dem Hacken nach hinten geben, ohne zu merken, daß da der Italiener stand?! Félix war aus dem Tor entgegengekommen, so war's dem Gigi Riva leicht gemacht, das Tor zu schießen. 37 Minuten Spielzeit sind vorbei. Ein unverdienter Ausgleich, und..."

"Herr Pedro. Der Cabrini grinst, ich schwör's"

"... Pelé versucht, die Mannschaft zu beruhigen. Dieses Zurückspielen in der Abwehr, von dem ich eben sprach. Ich weiß nicht, warum Brasilien diese Angewohnheit hat, Querpässe zu schlagen, glänzen zu wollen, während der Ball nach vorne gehört. Jetzt muß es bewußt seriöser zugehen im Spiel..."

"Der grinst wirklich, Herr Pedro. Lassen Sie mich dem doch eine drüberziehen, diesem Drecksitaliener! Wenn Brasilien verliert, bring ich ihn um!"

Der blonde Kommissar packte Boris wieder an den Haaren.

"Ohnmächtig ist der Hundesohn schon wieder! Ich glaube, wir holen ihn mal raus aus dem Drachenstuhl... Wo ist denn der Nilo hin?"

"Den Whisky für Sie holen."

"Geh rauf und sag ihm, er soll den Arzt holen, unseren Arzt! Ich darf den Cabrini nicht krepieren lassen."

"... gibt's denn so etwas von einem Schiedsrichter?! Der hat was gegen uns! So ein Betrüger! Pfeift die erste Halbzeit ab, gerade in dem Moment, in dem der Ball ins

175

Tor gegangen wäre... Ein Betrüger ist dieser Deutsche, der Brasilien auf dem Rasen hintergeht!"

"Dieser Deutsche ist Kommunist, nicht, Herr Pedro?"

"Stimmt, aus Ostdeutschland."

"Ich kann nicht verstehen, wieso General Médici zulassen konnte, daß so einer das Spiel pfeift."

"... deutlich war zu erkennen – der hat was gegen uns. Als er die Ecke schießen ließ, waren 45 Minuten noch nicht um. Der Ball ging im Strafraum nieder, und Pelé schoß das Tor. Es wäre das zweite Tor für Brasilien gewesen. Da hat der Kerl dazwischen gepfiffen und die erste Halbzeit beendet. Den Rücken hat er allen gekehrt. Die Reklamationen der brasilianischen Spieler waren ihm wurscht. Ich gebe zu: Ich beende den Bericht über die erste Halbzeit mit großer Besorgnis. Italien spielt heute gut, und wir müssen außerdem noch gegen einen Schiedsrichter spielen, der eben seine bösen Absichten deutlich gezeigt hat. Aber wie dem auch sei: Ich glaube weiterhin an Brasilien. Selbst gegen einen übelwollenden Schiedsrichter, der..."

Der dicke Inspektor gab der Tür einen Stoß mit dem Fuß. In jeder Hand trug er eine Whiskyflasche.

"Hast du den Arzt gefunden?"

"Der kommt gleich."

"Los, ihr zwei da! Du da auch! Schafft den Cabrini wieder in seine Zelle und legt ihm eine Decke über. Halt, nein! Nicht wegschleifen! Ich habe doch schon erklärt, daß ich den Mann lebendig brauche!"

"Wo hast du denn den Whisky Cavalo Branco her?"

"Gute Sorte, was, Nilo?"

"Beste Sorte! Wer hat den besorgt?"

Der Kommissar führte die Flasche zum Mund und nahm einen ausgiebigen Schluck.

"Der ist echt, auch ohne Sicherheitsverschluß. Der hat nichts zu tun mit dem Gepansche aus Paraguay."

Der dicke Kommissar ließ nicht locker. "Sag, wo du den her hast? Sag's nur mir allein!"

Der Blonde senkte die Stimme. "Du wirst es nicht glauben... Ich hab ihn vom Onkel dieses Paters. Ein Dreckskerl, fast zwei Meter groß. Ein gewisser Klaus."

"... steht eins zu eins im Aztekenstadion. Die zweite Halbzeit beginnt... Der Ball rollt! Clodoaldo an Carlos Alberto, und schon geht's aufs gegnerische Spielfeld. Er wechselt die Seite rüber zu Gerson. Gerson lockt Mazzola an, gibt aber schnell ab zurück an Carlos Alberto. Der beherrscht gekonnt den Ball, der Kapitän der brasilianischen Mannschaft..."

"Ja, er kommandiert. Und auch hier muß kommandiert werden. Weiter also."

"Schau dir das an, der arme Schlucker von einem Priester betet!"

"Sieht er nicht hübsch aus, wenn er so im Drachenstuhl hängt?"

"Bestimmt betet er, daß Brasilien verlieren soll..."

"Der soll sich hüten... Sonst geht's ihm wie dem armen Italiener, der oben liegt und schon fast hinüber ist."

"Hört auf mit dem Gequatsche! Bringt lieber wieder den Apparat in Bewegung."

Der Inspektor ging auf das Feldtelefon zu, das man umfunktioniert hatte zu einem handgetriebenen Generator. Die Enden der Drähte waren an Willys Ohren festgemacht. Der biß die Zähne zusammen und machte sich fertig für den nächsten Schock. Der Inspektor drehte die

Kurbel. Der Kopf des Priesters zuckte, als wollte er sich vom Körper lösen. Mein Gott, ich will nicht schreien. Ich darf nicht schreien. Absolute Dunkelheit. Wie Sternchen flogen Lichtfunken durch seinen Kopf. Und der Kopf tanzte wie von alleine. Ave Maria, gegrüßet seist du, Maria, voll der Gnade, der Herr ist mit dir. Du bist gebenedeit unter den Frauen und...

"So schrei doch endlich, du Hurensohn! Halte den Stab an seine Eier. Schrei endlich, du Rindvieh!"

Während der eine der Folterer die Kurbel drehte, nahm der andere den elektrischen Stab und schloß ihn direkt an die Steckdose an. Dann steckte er, in einer schnellen Bewegung, den Stab dem Priester zwischen die Beine. Der Schock ließ den Körper in unregelmäßigen Zuckungen verkrümmen.

"AAAAAAAAAAAAAAAAAAAAAAAAAAAAAAAA AAAAAAIIIIIIIIIIIIIIIIIIIIIIIIIIIII!AAAAAAAAAA AAAAAAAAAAAAAIIIIIIIIIIIIIIIIIIIIIIIIII!"

"Ich wußte doch, daß du schreien würdest. Gib ihm noch einen!"

"AAAAAAAAAAAAAAAAAAAAAAAAAAAAAAAA AAAAAAIIIIIIIIIIIIIIIIIIIIIIIIIIIII!aaaaaaaaaaaaaaaaaaaa aaaaaiiiiiiiiiiiiiiiiiiiii! aaaaaaaaaiiiiiii!"

"So, jetzt reicht's. Jetzt ist der Pfaffe etwas weicher geworden."

"Der Kopf hüpft immer noch weiter, ganz von allein..."

"Schütt ihm einen Eimer Wasser rüber!"

"Betrüger! Der Schiedsrichter betrügt!!!"

"... der italienische Spieler hob das linke Bein und traf Pelé ins Gesicht. Ein klarer Elfmeter, nur der Schiedsrichter will nichts gesehen haben. Auf diese Art kann Brasilien..."

"In den Drachenstuhl müßte man diesen deutschen Kommunisten stecken!"

"... auf jeden Fall ein gefährliches Foul gegeben, und sowas können unsere Leute schießen. Wieder bereiten sich mehrere Spieler vor, den Strafstoß zu schießen. Mal schauen, wer dieses Mal schießt... Es ist ein indirekter Freistoß. Ein Spieler muß kurz den Ball anstoßen. Erst dann darf ein zweiter aufs Tor schießen. Piazza flüstert Pelé ins Ohr. Es scheint, als dürfte Pelé ran. Alles ist gespannt im Aztekenstadion! Pelé stößt an, Gerson schießt. Schlecht, schlecht geschossen. Der Ball ist voll in die Mauer gegangen, und schon stürmt Italien wieder nach vorne!"

"Wie spät ist es, Pedro?"

"Fast halb fünf."

"Ob da noch Pizza übrig geblieben ist? Mir knurrt der Magen vor Hunger."

"Geh doch mal rauf ins Büro, da muß noch etwas sein... Und ruf gleich noch einmal in Santo Antonio an."

"Aber dort findet doch niemand den Kommissar."

"Notfalls fahre ich selber hin und bringe diese Anna her. So ein frisches Weib tät uns auch nicht schlecht."

"... Gerson hat den Ball. Er schießt. Tor!!! Tooooooor!!! Tooooooooooooor für Brasilien. Ein herrrrrrrrrrrrrliches Tooooooooor. Gerson traf genau die linke Ecke im Tor von Albertossi! Wir dürfen aufatmen, denn..."

"In die Hose haben sie sich geschissen!"

"Kann ich die Flasche haben, Herr Pedro?"

"Sauf nur, sauf. Schließlich ist heute Sonntag."

"... ein Linksschuß von Gerson! Tor trotz Schiedsrichter, trotz FIFA! Allen zum Trotz führt Brasilien nun! Was wollt ihr mehr! 21 Minuten der zweiten Halbzeit, Brasilien zwei, Italien eins. Meistervorlage von Jairzinho. Da konnte Gerson nach vorne kommen, er war frei und konnte seinen Meisterschuß in die linke Ecke des italienischen Tors plazieren! Ein Strafstoß für Italien. Von rechts schießt ihn Dominguini..."

"Herr Pedro! Herr Nilo läßt sagen, der Arzt sei gekommen."

"Gut, ich komme schon. Wie steht's denn um Cabrini?"

"Tot ist er noch nicht."

"Gott sei Dank. Der Fleury würde grün vor Wut."

"... der muß die rote Karte kriegen. Rausfliegen muß der, die Nummer 13 bei Italien, Dominguini! Hat dem Pelé die Beine weggehauen, ohne daß der Ball dabei war! Ohne Ball, genau vor den Augen des Unparteiischen, schon praktisch im Strafraum. Na endlich: Der Schiedsrichter feuert wohl Dominguini... Und auch Pelé! Erschießen sollte man diesen deutschen Schiedsrichter. An die Wand mit ihm! Nein keinen hat er vom Feld gewiesen... Den hätte ich sehen wollen, der den Mut hat, Pelé die rote Karte zu zeigen!"

"Wär ich dort, ich würde den glatt umlegen!"

"Kommunistischer Deutscher, der Hundesohn... Meinst du, du hättest die ganze Flasche für dich?"

"... noch 27 Minuten Spielzeit! Sie hören eine Übertragung von Radio Jornal do Brasil aus Rio, Radio Guaíba aus Porto Alegre, Radio Continental aus Rio, die Übertragungskette des Sports für Brasilien. Achtung!! Jairzinho stürmt nach vorne... und... Tooooooooor!!! Tooooooooooooooooooor! Wieder ein Tor für Brasilien. Ein Tooooooooor von Jairzinho!"

"Das Spiel ist gegessen!"

"... genau ins rechte obere Eck. Pelé hat den Ball noch

gestoppt, damit Jairzinho genau schießen konnte! Das dritte Tor für Brasilien! Und es sind bereits 25 Minuten in der zweiten Halbzeit gespielt! Der Pokal Jules Rimet gehört uns..."

"Wollen wir dem Priester noch einen Schock verpassen?"

"Genau! Schieb ihm den elektrischen Stab in den Arsch. Mal sehen, was passiert..."

"Und ich dreh die Kurbel! Ich will diesen Kommunisten springen sehen, wie jetzt ganz Brasilien vor Freude springt."

"AAAAAAAAAAAAAAAAAAAIIIIIIIIIIIIIIIIIIIIIII! Hört auf... um Gottes willen, so hört doch auf... AAAAAAAAAAIIIIIIII! AAAAAIIIII!"

"... 30 Minuten gespielt in der zweiten Halbzeit. Noch 15 Minuten bis zum Spielschluß. Drei für Brasilien, eins für Italien, und Piazza trifft im entscheidenden Moment, ja, weg muß der Ball, und zwar sofort! Brasilien ist auf dem Weg, der erste dreifache Weltmeister zu werden. Piazza gibt zurück an Torwart Félix, ein Murren der Unzufriedenheit geht durch die Zuschauer..."

"AAAAAAAAAAAAAAAAAAAAAAAAAAAAAAAAA AAAAAIIIIIIIIIIIIIIIIIIIIIIIIIIIIIII!aaaaaaaaaaaaiiiiiiiiii!"

"He, was macht ihr beiden da?"

"Wieso, Herr Pedro? Wir verpassen dem Priester nur ein paar Schocks."

"Habt ihr ihn etwas gefragt?"

"Wir doch nicht! Wir haben das Spiel verfolgt."

Der Kommissar näherte sich Willy, hob dessen Kopf leicht an, wobei der Gefangene gedämpft hustete und Blut spuckte, während der Kommissar sich groß vor dem Priester aufbaute.

"Ich frage jetzt zum letzten Mal: Wo will sich der Cabrini mit Lamarca treffen?"

"Boris... Lebt Boris noch?"

"Der ist in seiner Zelle und wird dort verwöhnt. Infusionen bekommt er auf Kosten des DOPS. Aber wenn du nicht bald redest, denn nehmen ihn die Paulistaner mit. Und bei denen in São Paulo geht's nicht so sanft zu wie bei uns."

"... Geld gewinnen ohne Anstrengung? Ganz einfach, mein Freund, du brauchst nur im Sport-Lotto zu spielen. Damit du reich werden kannst, hat unsere Regierung das Sport-Lotto eingeführt. Nur noch 6 Minuten, dann ist die offizielle Spielzeit vorbei. Italien greift an, aber gelassen kommt Félix aus dem Tor und wehrt ab... Achtung, Brasilien! 40 Minuten sind gespielt in der zweiten Halbzeit. Brito mit dem Kopf an Gerson, Gerson verspielt den Ball, und noch einmal versucht Italien zu kontern. Italien schlägt sich tapfer bis zum bitteren Ende. Mazzola im Mittelfeld erhält den Ball, Carlos Alberto versucht, ihn zu stoppen. Mazzola schießt aufs Tor, aber schwach und noch dazu vorbei. Brasilien hat Abstoß. Der Karneval des Sieges darf beginnen, von Nord bis Süd darf Brasilien feiern!"

Der Folterer nahm die Flasche hoch, nach einem Schluck gab er sie weiter an den Kommissar. Auch der nahm einen tiefen Schluck und gab sie dem nächsten Folterer weiter. Der Gefangene war in sich zusammengekrümmt, den Kopf nach unten. Während er wimmerte, schreit der Folterer vor Freude: "Herr Pedro, können wir raus gehen und draußen feiern?"

"Erst, wenn das Spiel zu Ende ist."

"Es scheint, als ob der Priester was redet."

"Komm, ich halt seinen Kopf hoch."

"Los, du Scheißpriester, leg los."

Überrascht schaute der Kommissar auf Willys geschundenes Gesicht. Irgend etwas schien anders geworden zu sein. Aus dem halbgeöffneten Lid kommt ein herausfordernder Blick. Die Stimme klingt rauh und tief. Das Stottern wie weggeblasen.

"Unter einem schönen Baum wird er sterben."

"Wer wird sterben, du Idiot?"

"Hauptmann Lamarca wird im Schlaf sterben."

"Lamarca? Wo hat er sich versteckt?"

"Er schläft unter einem schönen Baum. Und nächstes Jahr..."

"Der Priester ist durchgedreht!"

"... wird er unter einem schönen Baum sterben."

"Fahr zur Hölle, du Vollidiot!"

"... Italien kann nicht mehr, sie haben aufgegeben. Rio, gib unserer Übertragung mehr Volumen, jetzt geht's um die letzten Minuten hier im Aztekenstadion. Nur 4 Minuten fehlen noch bis zum Ende der Fußballweltmeisterschaft..."

"Dürfen wir die Fahne holen, Herr Pedro?"

"Vorwärts Brasilien! Es lebe die Nationalmannschaft! Singt alle gemeinsam mit: Vorwärts Brasilien... Prá frente, Brasil!"

"Im Büro oben steht eine kleine Fahne mit Mast."

"Die könnt ihr holen. Bringt beide Fahnen! Die von Brasilien und die von Rio Grande do Sul!"

"... Der Weltcup gehört uns, liebe Zuschauer. Auf zum Karneval in Rio, auf zum Karneval in Porto Alegre, auf zum Karneval von Nord bis Süd, im ganzen Land! Clodoaldo stürmt nach vorne, läßt einen, dann noch einen Italiener stehen, alle Italiener werden zum Narren gehalten, die Zuschauer springen auf, Jairzinho erhält den Ball, er gibt ab an Pelé, Pelé an Carlos Alberto, Carlos Alberto ist ungedeckt, er stürmt und... Tooooooooorrr! Tooooooooooorrr! Tooooooooorrr! Ein herrrliiiches Tooooor! Carlos Alberto! Noch ein Tooooor für Brasilien. Ein Sieg in großen Lettern! Eine Goldmannschaft."

"Darf ich noch eine Flasche öffnen, Herr Pedro?"

"Nur zu, so viel du willst. Vorwärts, Brasilien! Macht euch ruhig in die Hosen, ihr Italiener!"

Der Inspektor greift sich wieder den elektrischen Stab. Beim Ritzen über den Fußboden sprühen die Funken. Der Kommissar nimmt ihm den Stab aus der Hand und schlägt mit ihm auf den Tisch. Wieder sprühen die Funken nach allen Seiten. Es stinkt nach Kot und verbranntem Fleisch. Immer wieder führt der Folterer die Flasche zum Mund. Da kommen die Fahnen.

"Steckt dem Pater eine in jeden Arm!"

"So?"

"Mach die Fahnen ein bißchen weiter auseinander. Dieses Rindvieh war gegen Brasilien..."

"... Brasilien, Brasilien! Los, Leute, singt alle mit! Ganz Brasilien ein einziger Sturm. Vorwärts, Brasilien. Brasilien ist dreifacher Weltmeister! Brasilien – Italien: vier zu eins! Ein sensationeller Sieg!"

Nackt hängt der Gefangene im Drachenstuhl; der Kopf berührt fast den Boden, der ganze Körper voller Flecken von Stößen und Fußtritten, aus dem Mund tröpfelt Blut, gebrochene Rippen, verdrehte Augen. Wie ein Traum Dantes; geschmückt mit den beiden Fahnen sieht der gequälte Körper einzigartig, unvergeßlich aus, ein Surrealismus eines Salvador Dali; und die Folterer saufen und tanzen ihren Karneval.

"Oh, Amalia..."

Das Karnevalslied im Mund Betrunkener.

"Brasilien hat Italien in den Sack gesteckt!"

"Her mit der Flasche!... Mit allem Respekt, Herr Kommissar!"

"Immer man drauf! Heut zählt nur Brasilien!"

"... Freudentaumel in Brasilien. Da war ein Elfmeter, den der Schiedsrichter nicht gab, doch das Spiel steigert sich mehr und mehr zum Ende hin. Dominguini wird durch Rivera ersetzt und verläßt das Feld. Noch 15 Sekunden bis zum Spielende. Der Gefangene kann die Darmschließmuskeln nicht mehr halten – unausstehlicher Gestank macht sich breit. Die Fahnen flattern. Gerson zeigt dem Unparteiischen die Uhr, doch der will den Schlußpfiff nicht geben. Der Gefangene hat nichts gestanden. Seine Folterer tanzen mit lautem Geschrei um den Drachenstuhl herum. Brasilien gewinnt vier zu eins gegen Italien. Der andere Gefangene liegt in seiner Zelle beinahe in den letzten Zügen, der Arzt feiert den Sieg zu Hause – das eben ist der brasilianische Fußball, das Können von Pelé, von Jairzinho, Gerson, Carlos Alberto, der den Ball rüber gibt an Rivelino... Und endlich der Schlußpfiff. Das Spiel ist zu Ende! Brasilien dreifacher Weltmeister! Italien liegt Brasilien zu Füßen! Vorwärts, Brasilien, jetzt kann niemand mehr dieses Land stoppen! Ninguém segura mais este país!"

SECHS

Amazonien
Regenzeit 1976

Silvestre faltete die Zeitung zusammen und blickte
durchs kleine Fenster des Flugzeugs. Strahlendblau und
wolkenlos der Himmel. Unten konnte man den Schatten
des kleinen Flugzeugs über den dichten Wald huschen
sehen. Kein Anzeichen, daß da Menschen sind. Zum
ersten Mal, seit sie in Brasília gestartet waren, zeigten
sich bei dem Fazendeiro Gefühle. Der Mann aus dem
äußersten Süden kannte Amazonien nur von Fotos. Zwei
Bilder hatten sich ihm besonders eingeprägt. Das erste –
damals noch schwarz-weiß in der Zeitschrift "O Cru-
zeiro" erschienen – zeigte einen 'Sertanista', einen Wald-
läufer, der aussah wie ein Zahnstocherhalter, gespickt
von den Pfeilen der Indianer. Das zweite Foto, in Farbe
und Sonnenglanz, einen 'Igarapé', einen kleinen Kanal
voller Victoria-Regia-Blüten. Marcela und Gilson hatten
ihm diese Karte von ihrem Manaus-Besuch geschickt.
Was soll ich eigentlich in dieser Weltferne? Da! Mein
Herz kommt ins Stottern. Man denkt besser an etwas
anderes. Er lehnte sich hinüber zu dem Abgeordneten,
der immer noch in die Zeitung "Correio Brasiliense" ver-
tieft war.

186

"Das bringst auch nur du fertig, mich mitten in den Urwald zu schaffen. Und das noch mit einem Flugzeug der
Luftwaffe!"

Danilo Camargo mußte lächeln. Das neue Gebiß gab ihm
dabei das Aussehen eines Nagetiers. Große, schnee-
weiße Zähne! Der Zahnarzt hatte sich umsonst bemüht,
ihm zu einer diskreteren Prothese zu raten. Auf der gera-
den Nase saß noch immer die Sonnenbrille. Allerdings
jetzt mit Bifokalgläsern aus Frankreich. Die Haare waren
wie früher schwarz gefärbt.

"Das ist das sicherste Flugzeug, um in Amazonien zu
fliegen. In der kleinsten Lichtung kann es landen. Bald
kannst du es selbst erleben."

"Genau das macht mir Angst. Wie lange dauert es noch?"

"Ich glaube, etwa noch eine Stunde. Zu Mittag sind wir
da."

"Hoffentlich gibt es nicht Tiger-Braten."

"Das letzte Mal habe ich sogar Hühnchen am Spieß mit
Polenta gegessen. Und Chimarrão getrunken. Heute
werden wir eine Siedlung besuchen, in der hauptsächlich
Siedler deutscher Herkunft leben. Du wirst staunen, wie
die sich organisiert haben. Die meisten von ihnen kommen aus dem Süden, aus Rio Grande do Sul und Santa
Catarina."

"Arme Schlucker."

"Arme Schlucker, wieso? Im Süden hatten sie kein Land
mehr, und hier bekommen sie zweihundert Hektar pro
Familie."

"Und was damit anfangen? Das ist doch alles dichtester
Urwald."

"Nun, zuerst roden sie den Wald. Hier unten ist alles
noch unbewohnt. Aber warte nur, bis wir vor uns die

riesigen Lichtungen sehen! Herrlich ist das! Und dazu Gebiete, die gerodet werden für Wasserkraftwerke. Ein paar Jahre weiter, und dieser Wald da unten ist eine einzige Weide für das Vieh. Und wenn du kein Sturbock bist, dann machen wir dabei Geld wie Heu."

Silvestre fuhr sich mit den Fingern, als wären sie ein Kamm, durchs weiße Haar. Seine Stirn war inzwischen höher geworden. Aber sonst keine Anzeichen des Alters. Er trug einen hellen Anzug aus leichtem Stoff, ein weißes Hemd, rote Krawatte. Die breiten Schultern und die mächtige Brust: immer noch das gewohnte, energische Aussehen von früher. Nur an einem Auge wies ein trüber Schatten auf einen aufkommenden Star hin.

"Ich bin nicht mehr jung genug, um umgepflanzt zu werden."

Camargo ließ erneut die neuen Zähne blitzen. Er dämpfte etwas die Stimme.

"Wer von uns will denn schon wohnen in Amazonien! Ich brauche doch nur deinen Namen und dein Ansehen. Die Finanzierungen werden fast umsonst gegeben. Mit einem kleinen Anfangskapital erwirbst du 50 000 Hektar Land. Das weitere arrangieren wir mit Geld von der Regierung. Auf meinen Namen kann ich das nicht machen. Du weißt doch, Abgeordnete dürfen so etwas nicht."

Silvestre sah erneut durchs Fenster. Jetzt konnte man einen Fluß sehen, der mit seinem rötlichen Wasser den Wald durchschnitt. Sie flogen noch recht hoch, so daß die Bäume da unten nur eine einzige grüne Fläche bildeten.

"Rafael meint, diese Bäume sind die Lunge unseres Planeten."

"Jetzt sag bloß noch, der ist unter die Ökologen gegangen. Die sind die neuste Plage Brasiliens."

"Er sagt, der Boden in Amazonien sei sehr schwach. Der Urwald zehrt von sich selbst oder so etwas ähnliches. Und die Brandrodungen und der Waldschlag lassen bereits die ersten Wüsten aufkommen."

"Der Junge hat schon immer übertrieben. Und jetzt, nachdem er eine Zeitlang in Frankreich gelebt hat, ist er bestimmt unmöglich geworden. Warum ist er eigentlich nicht bei dir auf der Fazenda geblieben und hat dort mitgearbeitet? Du hast doch längst den Ruhestand verdient! Auf dem Pferderücken hast du lange genug gesessen."

"Na ja... wahrscheinlich ist das meine Schuld. Ich habe darauf bestanden, daß er Tierarzt wird. Aber er wollte nicht weg von Alegrete und ging nur widerwillig auf die Universität. Eigentlich nur mir zuliebe. Die ersten zwei Jahre hat er sich dann so leidlich durchs Studium gedrückt. Dann hat er Geschmack an der Sache gefunden und nicht mehr locker gelassen. Als er mir sagte, er würde in seinem Kurs das beste Examen machen, konnte ich es kaum glauben. Aber er wurde Jahrgangsbester und erhielt dafür ein Stipendium nach Frankreich. Nach seiner Rückkehr wollte er unbedingt Dozent in der Fakultät werden. Er hatte nur Fortpflanzungsforschung im Kopf. Scheinbar aber war die Universität ein Saftladen, da kam es ihm gerade recht, daß er wieder nach Paris eingeladen wurde. Dieses Mal wird er drei Jahre bleiben."

"In drei Jahren habe ich diesen gesamten Wald beseitigt. Das Beste wäre, alle Ökologen gingen nach Paris. In Porto Alegre lebt dieser verrückte Lutzenberger und verdreht der gesamten Welt den Kopf. Diese Leute wollen, daß Amazonien zeitlebens ein Affenstall bleiben soll.

Neulich habe ich einen Vortrag im Parlament gehalten, der sogar in den Zeitungen von Rio und São Paulo erwähnt wurde. Da habe ich die These aufgestellt, daß die Trasse der Transamazonica das Geschenk der Revolution an das nächste Jahrtausend ist. Wo Henry Ford scheiterte, so meine These, dort verwandeln heute die Brasilianer den nutzlosen und giftigen Urwald in unendliche Weiden für die Viehzucht. Das Vieh bringt den Dung mit, der den Humus der welken Blätter ersetzt. Large herds of cattle are been established in this new open Amazon region..."

"Nanu! Ich wußte gar nicht, daß ihr im Parlament eure Vorträge auf Englisch haltet?"

Danilo Camargo schnupperte an seinen langen, vom Nikotin gefärbten Fingerspitzen. Seit dem Abflug von Brasília dürfte er bereits acht bis zehn Zigaretten geraucht haben.

"Die Aussprache kann sich sehen lassen, was? Der letzte Satz gehört zu einem Vortrag, den ich gerade memoriere, um ihn in den Vereinigten Staaten zu halten. Mein Englischlehrer gibt mir Wort für Wort den richtigen Schliff. Er ist für eine Begegnung von Abgeordneten mit Bankiers aus New York gedacht."

Silvestre wurde ernst, als er den Abgeordneten ansah.

"Brossard sagte mir, daß die Auslandsverschuldung Brasiliens bereits die größte der Welt sei."

"Brossard geht im Senat schon lange dem Präsidenten Geisel auf den Wecker. Lange dauert es bestimmt nicht mehr, dann setzt der Deutsche den ab."

"Er sagt mir, daß wir zur Zeit die höchsten Zinsen auf dem internationalen Markt zahlen. Und dabei stecken die Leute von der Regierung noch riesige Summen ein."

Camargo blickte etwas verächtlich auf die Krawatte des Freundes.

"Ihr von der ehemaligen Befreiungs-Partei könnt wohl nicht auf das Rot verzichten..."

Der Fazendeiro mußte lächeln. Er hatte noch immer die eigenen Zähne. Gelb, aber gesund.

"Du wirst mir doch nicht erzählen wollen, Brossard sei Kommunist? Der ist noch konservativer als ich!"

"Für mich sind alle, die gegen die Revolution sind, Kommunisten."

"Nun höre doch endlich mal auf, von Revolution zu reden. Der Staatsstreich ist schon zwölf Jahre her, Camargo! Und ihr von der ARENA-Partei habt doch schon längst die Militärs eingewickelt. Da brauchte Delfim nur zu pfeifen, und der Médici kam gleich angeschwänzelt. So war es doch, als Cirne Lima aus dem Ministerium für Landwirtschaft mußte. Und jetzt dieser Geisel mit seinem bissigen Aussehen!"

Camargo drückte seine Hand auf den Oberschenkel des Fazendeiros.

"Sprich leiser, Silvestre! Um Gottes willen! Die Leute von der Luftwaffe haben empfindliche Ohren."

"Schon recht! Ich rede leiser. Ich meinte, wenn ich neben dir sitze, bestehe keine Gefahr. Schließlich bist du doch Abgeordneter der ARENA-Partei, Tischgenosse im Regierungspalast Planalto."

Danilo Camargo nahm die Hand vom Knie Silvestres und machte sich mit seinen Fingerspitzen wieder an seiner Nase zu schaffen. Nachdem er sich erneut eine Zigarette angesteckt hatte, streckte er sich im Sitz bequem aus.

"Die Legislative ist leider... ohne jeden Einfluß. Ich hab

immer wieder versucht, Minister zu werden. Gelungen ist es mir bisher nicht."

"Minister – wofür?"

"Egal wofür! Mitreden will ich. Drahtzieher sein. Legislative und Judikative, das sind doch nur nach außen eigene Gewalten. Als einfacher Abgeordneter darf ich nichts weiter tun, als die Gaunereien der übrigen zu rechtfertigen. Die Leute von der demokratischen Bewegung, der MDB, sind auch nichts weiter als Großmäuler. Wenn nur die Bischöfe und die Brasilianische Anwaltskammer, OAB, nicht überall ihre Nase hineinstecken wollten! Jetzt wagt sogar die Presse, den Finger zu heben."

Silvestre lächelte bei dem Satz. "Den Finger heben. Sich zu Wort melden. Wie lange habe ich das nicht mehr gehört! Ich muß an Lúcia denken."

"An deine Cousine?"

"Sie hat jüngst eine Operation beim Schönheitschirurgen Pitanguy machen lassen und..."

"Die fünfte oder die sechste?"

"... hat sich ordentlich das Gesicht liften lassen. Sogar die Nase kam dran."

"Schade. Dann sehen sie immer aus wie Chinahunde. Und dafür geben sie Millionen aus."

"Die paar Millionen hat Gastão übrig... Das Komische an der Geschichte ist nur, daß Lúcia jetzt nach der Operation zu einem Psychologen läuft. Einer von denen, die an unserem Wortschatz Schönheitsoperationen machen."

"Was macht der Kerl? An der Sprache rumschnippeln?"

"Er bringt den Leuten bei, nicht mehr die altgewohnten Worte zu gebrauchen, wie Finger zeigen, sich zu Wort melden, Talkshow, öffentliche Auftritte, Reden, Karnevalskabaretts, Tabus oder Präsidenten wählen."

192

"Hüte deine Zunge, Silvestre!"

Ein Soldat in blauer Uniform pflanzte sich neben den beiden auf. Es roch nach frischgebrautem Kaffee. Das Tablett auf Augenhöhe des Abgeordneten.

"Ist schon Zucker drin?"

"Ja."

"Dann will ich keinen."

Silvestre streckte die Hand aus.

"Aber ich hätte gern einen, bitte."

Dabei schielte er zum Freund hinüber. "Ja, du setzt wirklich schon etwas Speck an."

Camargo schnaubte unzufrieden.

"Das ist doch nur etwas am Bauch. Im Gesicht sehe ich klappriger aus als Dom Quixote. Paß auf: Demnächst findest du mich auch bei Dr. Pitanguy."

"Geil ist das, würde mein Urenkel sagen."

Beide mußten lachen. Der Sekretär des Abgeordneten war inzwischen gekommen und hatte ungesüßten Kaffee gebracht. Silvestre trank seinen Kaffee aus und preßte den Plastikbecher mit den Fingern zusammen. Das Flugzeug setzte zum Landeanflug an und verlor an Höhe. Das war der Moment, in dem Florinda wieder aus der Vergangenheit aufstieg. So viele Jahre ist das nun schon her, aber immer wieder spüre ich sie bei mir. Die Ärmste. Wie muß sie damals gelitten haben, als das Flugzeug abstürzte! Aber ich bin mir sicher: Geschrien hat sie nicht! Sie war zwar zart, aber tapfer war sie. Ja, nun schmerzen mir die Ohren. Am besten halte ich mir die Nase zu und presse ordentlich Luft. Er tat es gleich zweimal hintereinander. Erleichtert gab er den Plastikbecher dem Soldaten und legte den Sicherheitsgurt an.

Anna blickte nach oben. Dorthin, wo sie das Flugzeug hörte. Um sie hatten sich die Kinder geschart, die aufgeregt hin und her liefen. In der Kinderschar herrschten die Blond- und Braunschöpfe vor. Nur ab und zu ein schwarzer Krauskopf dazwischen oder glänzend dunkles Haar. Auch im Alter war die Kinderschar recht gemischt, denn die Schule war gleichzeitig Kindertagesstätte. Eine Schuluniform gab es nicht. Alle trugen die Alltagskleidung. Bunte kurze Hosen, das Hemd sauber oder schon vom roten Erdboden angefärbt, leichte Kleidchen aus billigem Stoff. Die Mütter hatten sie genäht. Da es keine Fähnchen gab, mit denen man winken konnte, trug jedes Schulkind einen Zweig in den Händen. Dabei hatten sich schon zwei Jungen mit ihren Grußzweigen in die Haare gekriegt. Anna vergaß das Flugzeug, um die beiden auseinander zu bringen. Die Haare hatte sie hochgebunden wegen der Hitze. Das blaue Kleid reichte ihr bis über die Knie. Bei jeder Bewegung spürte sie den Schweiß am Hals und unter den Armen.

"Hört doch auf damit! Kommt, wir stellen uns in eine Reihe, um den Besuch zu empfangen. Jeder schwenkt seinen Zweig zum Gruß. Wenn ihr schön brav seid, kriegen wir vielleicht etwas Schulmaterial."

"Professora, der Tião hat alle Blätter von meinem Zweig abgerissen!"

"... mein Zweig ist viel kleiner als der von der Karin..."

"... verpiß dich, du schwule Sau!"

"Laßt doch die Schimpfwörter!"

"Leck mich doch... du Arsch!"

"Ruhe! Alle sollt ihr ruhig sein!"

"Darf ich Ihre Hand halten, Professora?"

"Ich auch! Darf ich?"

"Ich hab zuerst gefragt, du Blödel."

Das Dröhnen des Flugzeugmotors übertönte das Gezänk. Blaue und grüne Vögel flatterten erschrocken hoch. Die pralle Mittagssonne hielt die Menschen fern von der Landepiste, die eigentlich nichts anderes war als ein Stück einer großartig geplanten, unvollendeten Bundesstraße, der umstrittenen Transamazonica. Verlassene Straßenbaumaschinen vergammelten friedlich auf beiden Seiten der Straße. Die Straßenbauer hatten einen langgezogenen Schuppen und vier mit Ziegeln gedeckte Holzhäuser zurückgelassen. Eins dieser Häuser, mit bunten Papierfähnchen geschmückt, war zur Schule umfunktioniert worden. Ansonsten konnte man in der Lichtung nur ein paar einfache Hütten, mit Palmstroh gedeckt, erkennen. Silvestre lehnte sich vom Fenster zurück und bereitete sich auf die Landung vor.

Unten ragte ein langer Mann aus der Gruppe der Siedler hervor. Mit großen Schritten näherte er sich der Lehrerin. Nur durch eine alte Polizeimütze unterschied er sich von den übrigen. Das kurzärmelige Hemd trug er auf der Brust offen. Verschlissene Hose. Zehschlappen. Aber an der Art, wie er sich gab, spürte man die Autoritätsperson. Auch an der Art zu gehen. Anders als die übrigen Arbeiter war er sauber rasiert. Die Haut rötlich, und das blonde Haar wurde an den Schläfen schon etwas grau. Er stellte sich vor Anna hin. Die blickte zu ihm hoch und fragte leise: "Wirst du mit ihm reden, Hans?"

Er verschränkte die Arme, und sein Mund bewegte sich kaum bei der Antwort: "Wenn's derselbe Abgeordnete ist, wird's doch nichts bringen."

"Vielleicht kommt diesmal ein anderer. Aber selbst,

wenn es derselbe ist, ich meine, wir sollten's noch einmal versuchen. Wenn es schon uns hier schlecht geht, wie wird es dann erst flußaufwärts aussehen!"

"Mir paßt es auch nicht, für die anderen die Kastanien aus dem Feuer zu holen. Aber irgendwann hat unsere Geduld ein Ende. Jetzt reicht's."

Anna mußte wieder einmal die rappeligsten Kinder zurechtweisen. Sie hatte das Flugzeug im Visier und sah nicht weg, als sie weiter mit Hans sprach.

"Und der Mais, den wir gepflanzt haben, müssen wir wirklich alles verlieren?"

Hans zuckte mit den Schultern. "Was aufgegangen ist, frißt das Vieh von denen sofort weg. Wir müssen möglichst bald aus dieser Zwickmühle raus."

"Und was soll aus den Kindern werden?"

Hans warf einen Blick auf die Kinderschar und zwang sich zu einem Lächeln. "Keine Sorgen! In dreißig Tagen stellen wir eine neue Schule hin."

Das Flugzeug war gelandet, ohne Staub aufzuwirbeln. Am Tag vorher hatte es stark geregnet. Bremsen quietschten, Hunde bellten. Ein Windstoß fuhr durch die Strohhüte der Siedler. Eine kleine Ziegenherde stürmte vor der Schule vorbei. Die Kinder mußten über den alten Bock lachen, wie er schwankend hinterher trottete.

"So, und jetzt sind wir mal alle still, Kinder!"

"Frau Lehrerin, der Badico hat mich Alte Kuh genannt..."

"Laß doch meinen Zweig los, Theresa!"

"Darf ich aufs Klo gehn, Professora?"

Das Flugzeug hielt vor dem langgezogenen Schuppen. Die drei Passagiere schnallten sich los und gingen zur Tür. Zusammen mit einem Mann mit behaarten Armen

drang warme Luft ins Flugzeug. Dick und schweißge-
tränkt.

"Wie schön, daß wir Sie, unseren werten Volksvertreter,
hier in guter Gesundheit wiedersehen dürfen. Wir heißen
die Exzellenzen herzlich willkommen."

Hart rollte das 'r', und die Spucke spritzte dabei. Drei
oder vier Tage lang war der Bart nicht gemacht worden.
Er roch stark nach billigem Schnaps.

"Guten Tag, Bernardi. Na, wie gehen die Geschäfte?"

"Leidlich. Habt ihr die Motorsägen mitgebracht?"

Camargo wies auf die Kisten hinten im Flugzeug. "Ich
habe die dreißig bekommen, die Sie, lieber Freund,
bestellt hatten... Aber erlauben Sie, daß ich Ihnen Dr.
Silvestre Bandeira vorstelle. Meinen Sekretär kennen
Sie ja bereits, stimmt's?"

"Einen guten Tag auch Ihnen, Signore Victor. Ist Dottore
Bandeira auch Abgeordneter? Natürlich sind alle zu
Mittag meine Gäste. Wir haben einen Ziegenbock ge-
schlachtet und der..."

Der Pilot unterbrach den Redeschwall. Er sprach mit
dem Akzent der Cariocas, der Leute aus Rio de Janeiro.
Im Mundwinkel eine nicht brennende Zigarette. "Die
Wettervorhersage im Radio sagt ein Unwetter voraus,
das in etwa einer Stunde hier sein müßte. Essen wir
später in Jacareacanga zu Mittag."

Der Geschäftsmann neigte den Kopf zur Seite und rieb
sich die Hände: "Übrigens, das war eine gute Landung.
Glückwunsch! Der Signore würde bestimmt problemlos
auch auf dem Fußballfeld im Maracanã-Stadion landen."

Der Pilot fühlte sich geschmeichelt.

"Danke, Senhor Bernardi. Aber befreien Sie uns trotzdem möglichst bald von der Fracht. Die Straße ist nicht

befestigt. Sollte uns das Unwetter hier erwischen, dann könnten wir leicht festsitzen im Dreck... Nichts da, Soldat! Jetzt wird nicht geraucht! Die Schmuggelladung muß sofort abgeladen werden."

Bernardi lächelte und zeigte dem Offizier seine kranken Zähne.

"Schmuggelladung! Ihr aus Rio de Janeiro habt wohl immer einen Jux auf Lager?"

Danilo Camargo nahm Silvestre beim Arm. "Komm, laß uns endlich aussteigen! Victor kann dem Bernardi und den Soldaten behilflich sein. Wenn Sie starten wollen, Herr Leutnant, brauchen Sie nur Bescheid zu geben."

Ohne darauf zu antworten, wandte der Pilot ihm den Rücken zu und verhandelte mit dem Navigator. Der Abgeordnete atmete tief durch und rückte sich die Brille auf der Nase zurecht. Silvestre griff sich mit dem Finger unter den Kragen.

"Wär's nicht besser, wir täten ein wenig 'absatteln'? Eine Hitze ist das!"

"Gleich, gleich, Silvestre. Das einfache Volk liebt die Höhergestellten in Anzug und Krawatte."

"Blöde Konvention! Also gehen wir schon!"

Hans wartete unten an der Treppe. Hinter ihm hatten sich die Siedler aufgebaut. Sie verhielten sich still. Vor der Schule hatte Anna alle Mühe, die Kinder in Reih und Glied zu halten. Die drei größten hatten sich schon in Richtung Flugzeug selbständig gemacht.

"Guten Tag, Herr Pfeifer. Wie geht's Ihrer Familie?"

Der Wortführer der Siedler konnte seine Enttäuschung nicht verbergen. Er behielt die Arme gekreuzt und ignorierte die Hand, die der Abgeordnete ihm entgegenstreckte.

Camargo ließ die Hand langsam sinken.

"Das ist mein Freund Doktor Bandeira. Ein Gaucho wie wir."

Hans nahm die Arme auseinander und drückte Silvestre die Hand.

"Sind Sie auch Abgeordneter?"

"Weder Abgeordneter noch Doktor. Ich bin nur Viehzüchter."

Das Gesicht von Hans wurde wieder hart.

"Wieder einer, der Ländereien aufkauft."

Camargo warf sich in Positur. "Herr Pfeifer, ich achte Ihre Führungsqualitäten unter den Siedlern, aber ich erlaube Ihnen nicht, daß Sie meine Freunde beleidigen. Vergessen Sie nicht, daß ich ein Volksvertreter bin und daß mir als solchem überall in Brasilien Achtung zu zollen ist. Komm, Silvestre, laß uns gehen! Die Lehrerin wartet dort auf uns mit den Kindern."

Die Siedler öffneten das Spalier für die beiden Besucher. Die Stille wurde belastend. Silvestre zog das Jackett aus und lockerte die Krawatte. Fast alle Arbeiter hatten lange Macheten am Gürtel. Aggressiv sahen sie allerdings nicht aus. Als sie durch die Gruppe hindurch waren, raunte der Fazendeiro dem Abgeordneten zu: "Hier hast du bestimmt keine Wählerstimme zu erwarten!"

"Darauf bin ich nicht angewiesen. An allem hat nur dieser Pfeifer schuld. Der war einmal Sergeant bei der Polizei und hat sich das noch nicht abgewöhnt. Wer aber hier wirklich das Sagen hat, das ist seine Schwägerin dort, die Lehrerin. Er macht das böse Gesicht, aber sie hat das letzte Wort."

Anna nahm die Hand des Abgeordneten, aber sie vermied das Küßchen auf die Wange. Silvestre begrüßte sie freundlich. Die Kinder schwenkten die Zweige ohne jede Überzeugung. Die Lehrerin versuchte, sie zum Singen zu bewegen. Laut sang sie vor und zog den Chor verstimmter Kinderstimmen nach sich. Es war wohl das bekannteste Kinderlied Brasiliens: "Wie froh ist ein Kind... wie froh es dann singt... Im Körper es schwingt... den kindlichen Traum... Mein guter Herr Jesus, der du alle führst... schau auf alle Kinder... in unserem Brasil!"

Die kindlichen Stimmen gingen Silvestre ans Herz. Die Miniaturfigur einer Indianerin tat einen Schritt nach vorn und reichte ihm die Hand. Sofort bemächtigte sich ein kleiner Blondschopf der anderen Hand des Fazendeiros. Zwei weitere Kinder hingen an den nikotingelben Fingern des Abgeordneten. Währenddessen ging das Lied weiter. Es war ein bißchen lauter und froher geworden.

"Die Kinder der Freude... sie zwitschern wie Schwalben... Hört, was sagt Jesus: ... Kommt zu mir, ihr Kinder! Wie froh ist ein Kind... wie froh es dann singt..."

Anna hatte aufgehört zu singen und klatschte nun in die Hände.

"Schön war's, Kinder! Ihr könnt jetzt aufhören!"

Und zu den Gästen gewandt fragt sie: "Darf ich sie nun gehen lassen? Hier draußen ist es zu heiß."

Camargo machte seine Hände frei. "Natürlich! Selbstverständlich!"

Silvestre hatte seinen Spaß an zwei Jungen, die sich auf Deutsch in die Haare gekommen waren. Anna trennte sie voneinander und schimpfte mit ihnen in derselben Sprache. Dann drehte sie sich lächelnd zu dem Fazendeiro um. "Verstehen Sie Deutsch?"

"Nur wenig. Mein Kindermädchen hat mir ein paar

Brocken beigebracht. Aber ich habe niemanden, mit dem ich es praktizieren könnte."

Hans kam auf den Abgeordneten zu. In seiner Stimme lag noch immer die aggressive Härte. "Die Leute haben sich dort im Schatten des Schuppens versammelt. Sie wollen ein paar Fragen stellen."

"Möchtest du mitkommen, Silvestre?"

"Ich würde mir lieber die Schule ansehen, falls die Lehrerin nichts dagegen hat."

"Aber gerne doch. Nur gibt's da eigentlich nichts zu zeigen."

Danilo Camargo ging mit lauten Worten und heftigen Gesten weiter. Hans schritt schweigend an seiner Seite. Silvestre gewahrte oben über der Tür den Namen der Schule. Auf einem Brett war liebevoll in gotischen Buchstaben gemalt: GEMEINDESCHULE PROFESSORA GISELA SCHNEIDER.

"Sind Sie das?"

Anna senkte den Kopf.

"Nein. Das war meine Schwester. Sie ist an Malaria gestorben."

Silvestre verspürte Lust, die junge Frau zu umarmen.

"Das tut mir leid. Ich sehe, ihr alle seid Helden. Ich hätte bestimmt nicht den Mut, so weit von zu Hause zu leben."

Zwei Mädchen mit blonden Haaren und Sommersprossen im Gesicht waren zusammen mit Anna und Silvestre in den Schulraum getreten. Die größere von ihnen war etwa 10 Jahre alt, während die kleinere kaum 7 Jahre zählen konnte.

"Dürfen wir nach Hause gehen, Tante Anna?"

"Ich hätte gern noch das Flugzeug gesehen... Bitte, Tante Anna."

Anna umarmte beide, mit jedem Arm eine.

"Sind sie nicht hübsch, die beiden? Lauft hin und schaut euch das Flugzeug an und kommt dann wieder hierher. Vorher aber begrüßt ihr erst einmal hier den Herrn... Entschuldigen Sie, bitte, ich habe Ihren Namen nicht behalten."

Silvestre gab den Kindern einen Kuß.

"Ich heiße Silvestre Bandeira und bin wie ihr Gaucho aus Rio Grande do Sul."

Die Kinder rannten weg. Sie hielten sich dabei an den Händen. Silvestre blickte erstaunt auf die Lehrerin. Anna war bis an die Haarwurzeln errötet. Ihre smaragdgrünen Augen waren groß geworden.

"Sie sind doch nicht der... Nein. Das darf doch nicht wahr sein."

"Sie glauben, mich zu kennen?"

"Das nicht. Aber vielleicht sind Sie... verwandt... mit der Marcela."

Jetzt war Silvestre dran, große Augen zu machen.

"Du kennst die Marcela? Ich bin ihr Großvater."

Anna trat einen Schritt vor, am liebsten hätte sie Silvestre umarmt.

"Ich bin eine Schwester von Willy. Dem, der damals in Alegrete den Militärdienst machte. Zusammen mit dem Rafael und dem Zé Matungo."

Silvestre lächelte erfreut.

"Von unserem Seminaristen. Natürlich kann ich mich an den erinnern. Jetzt ist es doch schade, daß Marcela nicht mit mir gekommen ist."

"Und wo ist die Marcela jetzt?"

"Sie wohnt in Brasília. Ihr Mann ist Major beim Heer. Heute morgen haben sie mich zum Flughafen gebracht."

Nun ging Anna doch noch einen Schritt nach vorne und umarmte Silvestre. Dann nahm sie ihn bei der Hand und ging mit ihm in die hintere Ecke des Schulzimmers. Dort setzten sie sich auf rohgezimmerte Stühle gleich neben den Lehrertisch. Der Raum war klein, ein langes Rechteck. Die Decke war nicht verschalt. Nichts stand auf der Tafel links neben dem Lehrertisch. Aber an den Wänden hingen viele Heftseiten in allerlei Farben und Größen. Häuser mit qualmenden Schornsteinen gemalt. Einige Sätze wiederholten sich immer wieder. Erste Übungen im Rechnen. Statt Schulbänken gab's ein paar niedrige Tische. Um jeden vier kleine Stühlchen. Es roch leicht nach Desinfektionsmitteln. Vor den Fenstern feine, grüngefärbte Drahtgewebe. Zwei Bäume dämpften mit weiten Schattenkronen ein wenig die pralle Hitze. Ihre Zweige konnte man aus jedem der vier Fenster bewundern. Anna folgte den Blicken des Gastes. "Alles sehr einfach hier, nicht wahr?"

"Aber es scheint zu funktionieren."

"Gisela war die geborene Lehrerin. Mir liegt die Landwirtschaft mehr. Aber ich konnte doch die Kinder nicht ohne Schule lassen. Den Lehrplan habe ich selber erdacht. Da gibt es den Gemüsegarten, um den die Kinder sich selbst kümmern. Wenn sie erst einmal lesen und schreiben können, stelle ich mir alles einfacher vor. Mein Traum war, Agronomie zu studieren. Aber dann haben sie den Willy verhaftet..."

"Willy verhaftet? Wie denn das?"

Anna mußte tief atmen.

"Wir hatten in der Mühle... auf unserem Land in Três Forquilhas... einen ehemaligen Sergeanten, der vom DOPS gesucht wurde... Der war früher einmal in Alegrete in derselben Einheit und hatte sich sehr mit Willy und Rafael angefreundet."

In Silvestres Erinnerung stieg ein Bild aus langer Vergangenheit auf. Die Pferderennbahn mit den weiß-rot gestrichenen Hindernissen. Der weißgefleckte Rappe, der leicht über die Sandbahn glitt. Und ein Lautsprecher, der den Reiter vorstellte: "Sergeant Boris Cabrini."

Anna wunderte sich schon über gar nichts mehr.

"Genau der. Kannten Sie ihn?"

"Nur flüchtig. Kurz vor dem Putsch von 1964 hatte er ein Reitturnier gewonnen. Ich habe den Namen nicht vergessen, weil das Pferd aus meinem Stall war."

"Der Paraná. Und im selben Turnier hat Leutnant Gilson den 45 geritten, den Zé Matungo gezähmt hatte."

"Zé Matungo und ein Güterzug, wie man erzählt hat."

Beide mußten lachen. Silvestre streckte seinen Arm aus und ergriff Annas Hand auf dem Tisch. Anna wurde es dabei ganz warm ums Herz.

"Du hast die gleichen Augen wie Willy."

Anna verneinte mit einem leichten Kopfschütteln. "Seine sind blau. Wie Mamas Augen."

"Das ist es nicht. Beide habt ihr den inneren Glanz in eurem Blick. Da ist so etwas wie ein zartes Licht, das einen für euch einnimmt."

"Das ist schön gesagt! Das konnte nur von Marcelas und Rafaels Großvater kommen."

Der schrille Schrei eines Aras brach die Stille. Ein zweiter Papagei flog heran, ein ganzer Schwarm ließ sich nieder auf den weiten Ästen der Bäume. Nun kamen auch die kleinen grünen Papageien wieder mit ihrem Geflatter und lautem Geschrei. Anna blickte hinüber zu den Vögeln. Blonde Locken waren ihr in die Stirn gefallen und über die Ohren. Ihr Gesicht, ihre ganze Erscheinung strahlte eine tiefe Schönheit aus.

"Die Kinder füttern immer die Vögel. Manchmal werden es so viele, daß man meint, die Äste brechen, so biegen sie sich... Ein kleines Äffchen haben wir auch, die Claudia. Aber die packt die Angst, wenn sie den Motor des Flugzeugs hört."

Silvestre blickte vom Fenster weg.

"Sag mir, was mit Willy war. Vielleicht kann ich helfen."

Anna senkte den Kopf. "Danke. Aber jetzt ist alles in Ordnung. Er ist in Frankreich im Exil."

"Hast du die Anschrift? Rafael wird Ende dieses Monats nach Paris gehen. Drei Jahre will er dieses Mal bleiben. Wenn ich nur daran denke, fängt mein Herz schon wieder an zu stottern, als wär's ein alter Ford 29."

"Hat der... hat Rafael geheiratet?"

"Der und heiraten! Schon dreißig wird er bald. Der scheint Junggeselle bleiben zu wollen. Ich hab mit 21 geheiratet und war glücklich, bis ich fünfzig war."

Ein untersetzter Mann erschien im Türrahmen. Dunkles, faltenreiches Gesicht. Strohhut auf dem Kopf. Er sprach mit dem Akzent der Nordestinos.

"Senhor Rans will mit Ihnen sprechen, Dona Anna."

Das 'H' von Hans sprach er wie ein R.

"Ich komme gleich, Severino."

"Besser, Sie warten nicht mehr lange. Er wird langsam wütend auf den Abgeordneten."

"Sag ihm, daß ich gleich komme!"

Silvestre war dem kleinen Mann mit dem Blick gefolgt. Jetzt sah er wieder zu Anna hin.

"Ist das ein Einheimischer aus Amazonien?"

"Nein, der kommt aus Ceará. Einheimisch sind hier nur

ein paar Indianer und der eine oder andere Gummizapfer."

"Anna, ich hätte noch tausend Fragen, aber ich glaube,
wir retten erst den Camargo. Klapperig wie der ist, könnte der leicht eine Tracht Prügel beziehen."

Anna lächelte.

"Hans schlägt nicht zu, obwohl der andere es verdient
hätte... Gehen Sie noch nicht! Ich bin Ihnen doch noch
eine Aufklärung schuldig... Über die Verhaftung von
Willy. Die Leute haben so viele Lügengeschichten darüber erzählt, und ich möchte nicht, daß Sie schlecht von
ihm denken."

"Mir brauchst du keine Aufklärung zu geben. Ich weiß,
daß viele Priester gegen die Diktatur kämpfen."

"Und gefoltert werden und umgebracht!"

"Wie!? Willy wurde... gefoltert? Wo das? Das gibt es
doch nicht!"

Anna war beeindruckt vom wilden Ausdruck, den Silvestres Gesicht plötzlich angenommen hatte. Die hervor-
getretenen Backenknochen, die zusammengekniffenen
Augen.

"Er und Boris wurden in Porto Alegre von der DOPS gefoltert. Unsere gesamte Familie sollte gefoltert werden,
aber ein Kollege von Hans hatte uns gewarnt. Da sind
wir nach Santa Catarina geflohen."

"Aber warum denn? Was habt ihr denn verbrochen?"

"Die haben damals den Hauptmann Lamarca gesucht
und glaubten, Boris und Willy wüßten Bescheid über die
Verbindungen der VPR mit den Tupamaros."

"Und was ist die VPR? Es gibt heutzutage so viele Kür-
zel."

"Das war die Vanguarda Popular Revolucionária, die Revolutionäre Volksvorhut. Ich glaube, die ist zusammen mit Hauptmann Lamarca untergegangen. Die Repression war fürchterlich. Keiner soll übrig geblieben sein!"

"Der Lamarca ist im Bundesstaat Bahia gestorben, nicht wahr?"

"Gestorben nicht. Umgebracht haben sie ihn, während er schlief. Unter einem Baum war das."

"Gilson sagt, er sei ein Verräter gewesen."

"Dasselbe hat man einst auch vom Nationalhelden Tiradentes gesagt... Ich glaube, erst die Zeit wird eines Tages zeigen, wer wirklich unser Vaterland verraten hat."

Anna erhob sich und ging auf einen Schrank mit vielen Schubladen zu.

"Vor zwei Monaten haben wir einen Brief von Willy bekommen. Wenn ihn nicht die Kinder weggenommen haben, müßte er hier drin sein... Gott sei Dank, da ist er ja! Ich schreibe Ihnen schnell die Anschrift ab, damit Sie sie dem Rafael geben können."

Silvestre nahm den Zettel, der aus einem Schulheft stammte, und las:

M. L. Abée W. Schneider
94, rue Broca
75013 Paris, França

Anna zog sich das Kleid zurecht und richtete sich etwas die Haare.

"Können wir jetzt gehen? Sonst schlägt mein Schwager vielleicht doch noch auf Ihren Freund ein... Aber, erlauben Sie eine Frage: Ist das Ihr Freund?"

Silvestre wog den Kopf ein wenig hin und her. "Doch wohl eher nein! Wir sind vor vielen Jahren zusammen aufs Colégio Anchieta gegangen. Er sucht mich immer wieder auf. Ich glaube, im Grunde ist er nicht schlecht."

Anna sah dem Fazendeiro fest in die Augen. "Für uns ist er schlecht!"

Bevor Silvestre etwas darauf sagen konnte, hörte man das Wiehern eines Pferdes und die hohlen Klänge galoppierender Tiere auf dem feuchten Boden. Anna ging zur Tür, und Silvestre folgte ihr. Die geschlossene Gruppe zählte etwa fünfzehn bis zwanzig Reiter. Jetzt kamen sie alle im Trab daher. Der Anführer nahm den Hut und grüßte herüber zur Lehrerin. Sein Haar war grau und sein Bart schwarz. Anna winkte nicht zurück. Ihre Stimme klang plötzlich anders. Trocken und rauh.

"Wenn man den Esel nennt, kommt er gerennt. Man braucht nur vom Bösen zu reden, und schon ist der Teufel da."

Silvestre verspürte Lust auf seinen alten Colt 38, den Knauf mit Perlmutter besetzt. In der Revolution von 1923 war der sein unzertrennlicher Gefährte gewesen. Aber den Revolver hatte er auf der Fazenda zurücklassen müssen wegen der Kontrollen auf den Flughäfen. Und die Fazenda war jetzt weit weg, viertausend Kilometer! Gut wär's, wenn ich jetzt Armando bei mir hätte. Er öffnete und schloß mehrmals die rechte Hand, in der immer noch Kraft war.

"Wer ist dieser Pistolenmensch, dieser Jagunço?"

"Er heißt Jesuino Cavalcanti von Soundso. Er ist der Besitzer, besser gesagt der Strohmann für die Besitzer der Ländereien hier am Tapajós. Für seine Männer ist er der 'Hauptmann Jesuino'. Das sind die Leute, die für den Abgeordneten Danilo die schmutzige Arbeit machen. Auch für die Unternehmer aus dem Süden, die hier Ländereien aufkaufen."

Silvestre sprach, als kaute er jedes Wort, wobei er die

208

Pistolenmänner nicht aus den Augen ließ. Jeder von ihnen hatte ein Gewehr mit kurzem Rohr in der rechten Hand. Jetzt bildeten sie einen Halbkreis zwischen der Schule und der Siedlerversammlung.

"Was heißt hier 'schmutzige Arbeit'?"

"Sklaverei. Es dürften so etwa hundert Männer sein, die umsonst für die schuften. Den ganzen Tag über roden sie den Urwald nur fürs Essen. Nachts werden sie in große Schuppen eingeschlossen."

"Das gibt es doch nicht!"

"Die meisten von ihnen waren früher einmal Gummizapfer, kamen aus dem Nordosten oder sind Indianer. Aber es gibt unter ihnen auch blonde Siedler oder Schwarze aus dem Bundesstaat Maranhão. Wer zu fliehen versucht, wird verfolgt und erschossen. Erwischen sie einen lebend, dann binden sie ihn an einen Baum und lassen ihn drei Tage ohne Essen. Ich kenne einen Fall, da haben sie dem Unglücklichen die Fersen durchgeschnitten, damit er nicht mehr ausreißen konnte. Angeheuert werden diese Knechte von dem Senhor Bernardi. Der ist hier so der Lockvogel, der Hintermann – der 'Gato', sagt man hier. Er versorgt die ganze Gegend mit allem, was man so braucht. Die Preise setzt er dreimal so hoch wie sonst üblich. Wenn wir etwas sagen, ruft er den Hauptmann Jesuino."

"Ein wahrhaftiger Lampião, dieser Schwarzbart. Wie der Räuberhauptmann früher im Nordosten."

Anna senkte den Kopf. "Vom Lampião heißt es, er habe die Armen geschützt. Dieser hier beugt den Kopf nur vor dem, der viel Geld hat."

Inzwischen hatte sich der Himmel halb mit Wolken bezogen. Ein Windstoß fegte durch die Baumkronen. Der

Pilot erschien an der Tür des Flugzeuges und sah hinauf zu den Wolken, wobei er die Augen vor der Sonne mit der flachen Hand schützte. Danach winkte er herüber zu Anna, die diskret zurückwinkte.

"Früher kam er oft hierher an die Schule. Er brachte mir sogar Bonbons mit. Oder Kreide."

"Wer? Der Leutnant der Luftwaffe oder der Urwald-Hauptmann?"

Anna mußte lachen.

"Beide. Doch jetzt kommt nur noch der, der mich belästigt, der Hauptmann. Nachdem ich dem Leutnant einmal erzählt hatte, was für Greueldinge hier geschehen, steigt er kaum noch aus seinem Flugzeug. Mir hat er gesagt, seine Aufgabe sei, Flugzeuge zu fliegen. Er sei kein Polizist, um im Urwald hinter Jagunços her zu jagen."

"Der bringt es bestimmt zum Brigadegeneral."

Anna faßte Silvestres rechte Hand. "Sie haben vor diesen Leuten keine Angst, nicht wahr? Hans hat auch keine Angst vor ihnen. Und deswegen habe ich Angst, daß sie meinen Schwager eines Tages umbringen."

"Nun mal langsam, Kind! Ist es wirklich so schlimm?"

Die Lehrerin nickte mit dem Kopf. Dabei fielen ein paar blonde Locken in den Nacken.

"Der Hauptmann Jesuino hat schon viel Leid über unsere Familie gebracht. Nur, um sich am Hans zu rächen. Als unsere Schwester starb, war mein ältester Neffe, der Alberto, ganz durcheinander. Er hatte seine Tante fast wie die eigene Mutter geliebt. Er hat dann angefangen zu trinken und Schulden gemacht, er muß beim Spiel verloren haben. Da hat der Hauptmann Jesuino die Rechnung gezahlt und den Jungen dafür nach Serra Pelada geschickt. Und dabei war der erst siebzehn. An einen solchen Ort von Verbrechern und Banditen!"

"Was ist das? Serra Pelada?"

"Eine Goldmine unter freiem Himmel. Von hier weit weg. Dort, wo Araguaia und Tocantins zusammenfließen. Gott sei Dank lebt der Junge noch. Wenigstens bis vor einem Monat. Senhor Bernardi hat es mir geschworen."

Silvestre mußte an das gerissene Gesicht des Händlers denken, wie er nach Urin und Schnaps stank. Ich würde unter keinen Umständen den Schwüren dieses Hundes Glauben schenken. Ich nicht. Aber ich halte besser den Mund.

Beim Aufheulen der Flugzeugmotoren blickten alle hin. Unter den Siedlern und Pistolenmännern wurde es unruhig. Jesuino war abgesessen, und es sah so aus, als gäbe er dem Abgeordneten Deckung mit seinem mächtigen Körper. Camargo gestikulierte gewaltig. Hans hatte sich vor ihm mit gekreuzten Armen aufgebaut. Die Ware war im Hauptschuppen untergebracht. Der Händler schlenderte auf das Flugzeug zu. In den Armen hatte er ein großes Bündel buntgefiederter Pfeile und Bögen. Eine Windböe brachte den Geruch von Rauch und gebratenem Fleisch. Zum ersten Mal verspürte Silvestre Hunger. Aber der verflog rasch, als er Annas trauriges Gesicht sah.

"Ich werde dir helfen, euch allen. Am liebsten wäre es mir... wenn du mitkämst nach Brasília. Gilson ist Major beim Heer. Du kommst mit mir, und ich gebe dir mein Ehrenwort, daß er dich anhören wird. Ich glaube nicht, daß die Regierung über diese Greueltaten Bescheid weiß."

Anna atmete tief durch. Wie abwesend strich sie ihr blaues Kleid glatt.

"Wie schön wäre das, die Marcela wieder zu sehen... Wieviele Kinder hat sie denn?"

Silvestre langte in die Hosentasche und zog eine braune Ledertasche hervor. Mit den Spitzen seiner dicken Finger entnahm er dem Etui das Foto eines fröhlich lächelnden Jungen.

"Nur den hier, Thiago. Aber der zählt für drei. Mein erster Urenkel."

Anna sah liebevoll auf das frohe Kindergesicht.

"Das Kraushaar hat er von der Marcela. Aber das Kinn ist genau wie Ihres."

Stolz stimmte der Fazendeiro zu und legte das Bild ins Etui zurück.

"Mit Camargo werde ich jetzt gleich sprechen. Und du kommst mit uns."

"Aber ich müßte schleunigst jetzt nach Haus... Ich..."

"Du brauchst keinen Koffer zu packen."

Er nahm die Geldbörse und wog sie in der Hand.

"Für so was ist dies Zeug meistens gut."

Anna bemühte sich, nicht weinen zu müssen.

"Ich... Nur zu gerne käme ich mit. Ein Geschenk des Himmels wäre das für mich, das können Sie mir glauben. Aber... Aber ich darf doch die Heidi hier nicht allein lassen. Sie erwartet wieder ein Baby. Hier gibt es doch keinen Arzt. Und wie käme ich wieder hierher zurück?"

Silvestre legte der Lehrerin beide Hände auf die schwachen Schultern.

"Wenn ich könnte, nähme ich euch alle gleich mit nach Rio Grande do Sul. Aber wenn du mit mir kommst, verspreche ich dir, daß du in spätestens zehn Tagen wieder zurück bist. Dieses Flugzeug wird in Jacareacanga zwischenlanden und uns dann nach Manaus bringen. Dort nehmen wir das erste Flugzeug, das in Brasília landet. Wir brauchen noch nicht einmal den Flughafen zu verlassen. In einer Woche werden wir die Regierung aufrütteln mit dieser Geschichte vom Tapajós. Und wenn es sein muß, gehen wir bis zum Präsidenten Geisel. Für die Heimkehr zahle ich dir ein Flugtaxi. Du brauchst nicht einmal auf einen neuen Flug der Luftwaffe zu warten."

Anna sah nicht mehr hin auf das in Begeisterung geratene Gesicht des Mannes.

"Mit diesem Regen wird die Regenzeit beginnen, und es wird wieder und wieder regnen. Kein Flugzeug wird mehr landen können."

Ein Blitz ging im Zick-Zack über den Himmel, als wollte er Annas Worte bestätigen. Der rollende Donner ließ nicht lange auf sich warten und hallte von den hohen Flußufern wider. Aufgeregtes Gezwitscher der Vögel. Ein Esel fing an zu schreien und zerrte an der Schuppenwand, an die er angebunden war. Ein Soldat ging schnellen Fußes die Treppe des Flugzeuges hinunter und suchte den Versammlungsort der Siedler auf. Anna suchte mit besorgtem Blick ihre Nichten. Silvestre wies sie darauf hin, daß sie an der Seite ihres Vaters standen.

"Du siehst, er kann auf sie aufpassen. Was hältst du also von meinem Vorschlag?"

Anna sah Silvestre in die Augen. Am linken war deutlich der Beginn eines grauen Stares zu sehen. Von drüben gab Camargo dem Fazendeiro Zeichen mit den Händen. Es sah aus, als wollte er mit den Armen Luft einfangen. Hans kam näher heran, die beiden Kinder an seiner Seite. Anna zwang sich zu einem Lächeln.

"Fahren Sie in Gottes Namen! Aber sagen Sie dem Major Gilson nichts über uns hier. Wenn erst das Baby geboren ist, werden wir ziehen. Es ist relativ einfach, den Tapajós stromabwärts bis nach Santarém zu fahren, und von dort gibt's größere Schiffe nach Belém. Und das heißt: Straßen nach Hause in den Süden."

Silvestre sah auf die Pistolenmänner, die den Rückzug Camargos zum Flugzeug eskortierten.

"Jetzt fange ich an, die Gründe für die Entstehung der Kolonne Prestes zu verstehen."

"Kolonne Prestes? Boris hat mir so ziemlich alles über sie erzählt. Haben Sie damals auch mitgemacht? Boris' Vater wenigstens war dabei gewesen."

"Leider nein. Heute bereue ich das. Heute besonders."

Anna gab Hans ein Zeichen, sich von Silvestre zu verabschieden. Der ehemalige Sergeant grüßte mit einem Nicken. Sein Gesicht blieb ernst. Die beiden Mädchen umarmten den weißhaarigen Freund von Tante Anna. Diese selbst gab dem Fazendeiro, sehr zum Erstaunen ihres Schwagers, einen Kuß ins Gesicht.

"Dann also Gott befohlen! Sagen Sie Rafael, er soll den Willy ganz herzlich von uns allen grüßen."

Silvestre war schon gegangen. Dann drehte er sich noch einmal um.

"Paß gut auf dich auf!"

Anna bedeutete ihm mit der Hand, er möge sich beeilen, denn alle Passagiere hatten bereits im Flugzeug ihre Plätze eingenommen. Die ersten Regentropfen fielen schwer auf den roten Boden. Ein paar Sekunden lang noch sah die Lehrerin den breiten Schultern Silvestres nach, dann drehte sie sich um und ging zur Schule, die Arme ließ sie schlaff am Körper hinabbaumeln. Als Silvestre von der

Treppe des Flugzeugs aus noch einmal winkte, war von dem blauen Kleid bereits nichts mehr zu sehen.

Dunkle Nacht war hereingebrochen. An den Flußufern dröhnte noch fern das Unwetter nach. Drinnen im Holzhaus konnte man die feuchte Luft fast mit Messern schneiden. Durch eine undichte Stelle im Dach tropfte es beständig in eine darunter gestellte Blechschüssel. Am Schindeldach bildeten sich weitere Tropfen, die dann direkt auf den Fußboden fielen. Anna hat am Tisch Platz genommen. Mit leiser Stimme liest sie den Nichten vor. Ein blasser Schein der Petroleumlampe fällt auf das reich bebilderte Buch. Die drei Blondköpfe stecken dicht beieinander. Am anderen Tischende bügelt Heidi die Wäsche. Das schwere Bügeleisen voll glühender Kohlen. Hans sitzt im Sessel, mit Plastik bezogen, und versucht, im kleinen Transistorradio Nachrichten zu hören. Das ständige Geknister übertönt dabei die ferne Stimme des Sprechers. Ein aufdringliches Kläffen des Hundes läßt alle aufhorchen.

"Bestimmt wieder eine Beutelratte im Hühnerstall."

"Ich sehe mal nach."

"Nicht nötig, Hans. Der Drahtvorbau ist nagelneu. Und außerdem ist es draußen naß."

"Geh nicht, Papa."

"Der Hund wird ihn schon verjagen."

"Da! Er hat aufgehört zu bellen."

Der Schlag mit der Machete hat den Hund genau in den Nacken getroffen. Das Tier liegt im Dreck mit ausgestreckten, zuckenden Beinen. Ein wenig noch wartet der Pistolenmann mit dem Buschmesser in der Hand. Mit bedeckter Stimme raunt er seinen Kumpanen zu: "Der hat alle Viere von sich gestreckt."

"Ich sag dem Hauptmann Bescheid."

Der Bärtige war am Gartenzaun in die Hocke gegangen. Das Wasser läuft ihm die breiten Hutränder hinab. Der, der den Hund erschlagen hat, nähert sich und geht dabei wie eine Ente. Ganz nah ans Gesicht, um zu reden. Es riecht nach starkem Tabak und nassem Leder.

"Das Viech ist tot."

"Sag den Leuten, sie sollen auf die Tür zielen. Wenn er aufmacht, ballern alle auf einmal los... Halt! Eins noch. Daß mir keiner die Lehrerin trifft!"

Ein lautes Grunzen eines der Schweine im Stall. Plötzlich hat der Regen nachgelassen, die Tropfen aber fallen nach wie vor in die Blechschüssel. Hans stellt das Radio ab und streckt sich im Sessel. Wieder grunzt ein Schwein. Hans erhebt sich und nimmt die Winchester, die an der Wand lehnt. Heidi setzt das Bügeleisen ab und faßt ihren Ehemann beim Arm. Sie atmet etwas aufgeregt, und ihr Gesicht ist ein wenig geschwollen. Die Beine hat sie etwas auseinandergestellt, um den schweren Leib besser zu tragen.

"Wenn du wirklich raus willst, zieh wenigstens die Gummistiefel an."

Die beiden Mädchen drängen, Anna möge weiterlesen. Hans geht schweren Schrittes an der Petroleumlampe vorbei ins Elternschlafzimmer, holt die Gummistiefel hervor und setzt sich auf die Bettkante. Im Dämmerlicht wirft er die Zehschlappen ab und zieht die Stiefel ohne Strümpfe an. Wieder grunzt ein Schwein. Hans steht auf und tastet oben auf dem Schrank, bis er die Taschenlampe findet. Er knipst sie an, um zu sehen, ob die Batterie noch Kraft hat. Im kurzen Schein das Bett und darauf eine Überdecke, aus Flicken zusammengenäht. An die

216

Kopfkissen gelehnt eine Stoffpuppe. Hans knipst die Taschenlampe wieder aus und geht zurück ins Wohnzimmer. Annas Stimme ist beim Vorlesen langsamer geworden und klingt müde. Die beiden Mädchen gähnen immer wieder.

"Wenn ich zurück bin, geht ihr beide sofort ins Bett."

"Bestimmt, Papa!"

"Kann ich heute nacht bei dir schlafen? Bitte, Papa."

"Frag die Mutti."

Hans klemmt sich die Taschenlampe an den Gürtel, nimmt die Winchester in die linke Hand, während die Rechte die Tür aufklinkt. Die Schüsse krachen fast im selben Augenblick. Hans fällt die Waffe aus der Hand, er kippt vornüber. Wildes Geheul der Pistolenmänner. Heidi eilt ihrem Mann zu Hilfe. Ein neuer Schuß streift sie am Kopf. Die Frau wankt. Die Kinder schreien auf vor Angst. Der nächste Schuß trifft Heidi in die Brust. Anna schubst die Kinder unter den Tisch. Holzsplitter wirbeln durch die Luft. Die Männer dringen ins Haus. Sie zerren Anna und die Kinder an den Füßen hervor. Der Bärtige schlägt mehrmals Hans mit dem Gewehrkolben ins Gesicht. Heidi regt sich nicht mehr, den dicken Bauch nach oben. Die Kinder schreien noch. Anna windet sich, um zwei Pistolenmännern zu entkommen. Einer von ihnen greift mit der Hand unter ihren Rock und zieht ihr das Höschen runter. Heiseres Gelächter. Pulvergestank. Durch den Tumult hindurch die Stimme des Hauptmanns: "Ihr zwei da! Packt die Kinder und schafft sie nach draußen!"

"Und die Lehrerin?"

"Die dürft ihr ausziehen!"

Anna versucht einen Sprung nach vorne. Verzweifelt ruft

sie nach den Kindern. Mit einem gezielten Kinnhaken trifft sie der Bärtige. Blut läuft aus ihrem Mund. Während sie hinausgezerrt werden, schreien die beiden Mädchen erbärmlich. Noch ein paar Schüsse, dann plötzlich Stille. Man hört wieder das gleichmäßige Plätschern der Regentropfen in der Blechschüssel. Alle Augen stieren auf die nackte Frau. Die blonden Haare hängen ihr ins Gesicht. Anna erbricht sich in einem großen Schwall, so daß der Bärtige schreit: "So eine Sau! Drückt sie auf den Boden!"

Viele Hände greifen nach Anna und drücken sie auf die nasse Erde. Schwer lasten Knie auf ihrer Brust. Ihre Beine werden auseinandergepreßt. Einer der Pistolenmänner öffnet seinen Hosenschlitz und zeigt sein steifes Glied. Der Mann, der den Hund erschlagen hatte, stößt ihn zur Seite. Er spuckt aus und bietet mit der Hand die nackte Frau dem Bärtigen: "Sie zuerst, Herr Hauptmann."

SIEBEN

Porto Alegre
Winter 1981

Rafael nahm den Fuß vom Gaspedal und ließ den Wagen bis zur Ampel auslaufen. Er hatte es nicht eilig. Der Vortrag war auf neun Uhr angesetzt. Er sah auf seine Uhr, es war Viertel vor acht. Er wachte aus seinen Gedanken auf, als hinter ihm ein Hupsignal ertönte, noch bevor er merkte, daß die Ampel auf grün gewechselt hatte. Wie gewöhnlich in einer solchen Situation gab er erst Gas und ließ dann den Eiligen vorbei. Das orangefarbene Taxi verschwand schnell zwischen den Bussen. Rafael fuhr den Passat mehr als zwei Straßen am Bordstein entlang und bog dann rechts ein. Die Straße war ruhig. Nur wenige Passanten liefen in ihre Mäntel gehüllt in Richtung Hauptstraße. Die frisch gestutzten Cinamomo-Bäume ließen die Häuserfront durchblicken. Vor einem Krämerladen, mit Anstrich von Pepsi-Cola, saß ein alter Mann und trank seinen Tee aus der Kalebasse. Rafael mußte lächeln, als er den Poncho und die Wollmütze sah. Fast wie in Alegrete. Wenn ich Cinamomo-Bäume sehe, muß ich an meine Kindheit denken. Ich verstehe nur nicht, wieso ich mitten in einer Stadt wohnen kann. Nichts als Hupen und Geratter von Baumaschinen. Am liebsten ginge ich in der Masse unter. Ebenso mag ich einsame Plätze. Von der Gruppe, die mit mir nach Israel fuhr, war ich der einzige, dem die Wüste Judäa gefiel. Die anderen waren nur auf bewässerte Täler aus. Drüben ist die Kirche vom Alemão. Ich werde mich davor hinstellen und warten. Er kommt nie zu spät. Ich wette, Punkt acht Uhr steckt er die Nase raus.

"Eine Mandarine?"

"Danke, nein."

Der Junge war nicht aufdringlich. Mit seinen Netzen voll reifer Früchte ging er in Richtung belebterer Straßen. Mitleidig sah Rafael auf die verschlissene Kleidung. Aber jetzt war es zu spät. Er hätte ein paar Mandarinen kaufen sollen! – Aber das wäre nur ein Almosen gewesen. – Und dennoch: Für den Jungen war es Arbeit... Rafael mußte über sich selbst lächeln. Das war eine zu einfache Philosophie. In Brasilien sterben jedes Jahr zweihunderttausend Kinder. Da bleibt keine Zeit, auf den Sozialismus zu warten.

Er zog den rechten Lederhandschuh aus und stellte das Radio an. Aggressive Musik. Der berühmte Sänger brüllte auf Englisch. Zwei weitere Radiostationen mit amerikanischen Schlagern. Endlich – die hastige Stimme eines Reporters auf Portugiesisch.

"... Unmöglich, an Oberst Curió heranzukommen. Unser Team hat versucht, durch die drei Polizeisperren durchzukommen. Erfolglos. Bei einer Sperre war es besonders gewalttätig zugegangen. Ein Fotograf der Zeitung 'Zero Hora' hatte trotzdem Bilder gemacht. Ihm wurde sein Arbeitsmaterial aus den Händen gerissen und zerstört. Man sagt, daß die landlosen Bauern, die in Encruzilhada Natalino lagern und die Regierung unter Druck setzen,

Hunger leiden. Laut Pater Arnildo Fritzen von der Pfarrei Ronda Alta sind einige Familien gewaltsam aus dem Lager entführt worden. Durch Lautsprecher hört die Menge der Lagernden, die auf dreitausend Männer, Frauen und Kinder geschätzt wird, ständig Drohungen. Ohne Gewalt wird es wohl kaum möglich sein, den Plan durchzuführen und diese sechshundert Familien nach Amazonien umzusiedeln. Einer aus dem Lager, der heute nacht die Blockade durchbrochen hatte, um seine Frau im Krankenhaus von Ronda Alta zu besuchen, zeigte sich zuversichtlich in bezug auf die Widerstandskraft der meisten Landlosen. Aber die Verantwortlichen in Brasília und Porto Alegre nennen diese Haltung starrsinnig und bezeichnen sie als zivilen Ungehorsam unter kommunistischer Beeinflussung. Der Vorsitzende der Brasilianischen Anwaltskammer allerdings widerspricht dieser Sicht der Dinge. Er beschuldigt den Staat. Dieser sei der Hauptschuldige mit seiner Agrarpolitik, die Monokulturen und Großgrundbesitz fördere. Laut Gouverneur Amaral de Souza sei das Beispiel von Encruzilhada Natalino..."

Am Wagenfenster klopfte es mehrmals. Willys frohes Gesicht sah etwas verschwommen aus durch das beschlagene Fenster. Rafael stellte das Radio ab und neigte sich hinüber, um die Tür zu öffnen. Willy lachte. Sein rötliches Gesicht war etwas voller geworden.

"Bist du aus dem Bett gefallen, Bärtiger? Ich meinte, mindestens eine halbe Stunde auf dich warten zu müssen, wie letztes Mal."

Rafael drückte dem Priester die Hand. Sie war klein und knochig.

"Damals in der Kaserne hätte ich dich zum Teufel geschickt. Doch jetzt wäre so etwas wohl Sünde. Wie geht's dir, Alemão?"

Willy stieg ein. Er war zivil gekleidet. Etwas zu leicht für den Winter. Aber er trug einen Wollpullover. Die blonden Haare waren lichter geworden. Doch der Bauernakzent war noch derselbe.

"Mir geht es gut, danke. Du hast Nachrichten gehört?"

"Über Encruzilhada Natalino. Willst du hören?"

"Nicht nötig. Ich war gestern den ganzen Tag über dort."

"Und wie sieht's aus?"

Willy knetete nachdenklich die Hände.

"Es ist irgendwie bewegend, Rafael. Eine Lektion in Courage. Die Landlosen wenden Gandhis Taktik an."

"Passiver Widerstand?"

"Genau das. Sie schlagen nicht zurück, aber sie geben auch nicht nach. Die Polizei hat alle Zugänge zum Lager gesperrt, um die Versorgung zu verhindern. Kein Essen, kein Wasser, kein Feuerholz. Aber sie halten durch. Bei dieser Kälte kannst du dir ein Bild davon machen, was die durchmachen. Die Hütten aus Stöcken sind mit schwarzem Plastik überzogen. Viele sind schon umgefallen. Oberst Curió droht, mit Planiermaschinen das Lager einzuebnen."

"Und wie geht es Pater Arnildo?"

"Bischof Dom Claudio hat ihm verboten, mit den Leuten im Lager die Messe zu feiern. Curió will seinen Kopf und den von Schwester Aurélia. Nebenbei, ich verstehe gar nicht, wieso die noch in Ronda Alta sind. Bei so mächtigen Feinden."

Rafael hob die Augenbrauen in Richtung des Dachpolsters im Wagen. Willy verstand den Hinweis.

"Ich glaube auch. Nur weil es der Wille des Heiligen

Geistes ist. Wenn es nach der Regierung ginge, wären sie längst hinter Gittern. Schwester Aurélia ist Italienerin. Um Komplikationen zu vermeiden, werden sie dafür sorgen, daß sie aus dem Land ausgewiesen wird."

"Gibt's so etwas immer noch? Bald werden wir eine neue Amnestie brauchen."

"Komm, Rafael, wir müssen los. Es ist schon Viertel nach acht."

"Immer mit der Ruhe, Alemão. Der Vortrag ist auf neun Uhr festgesetzt und beginnt nicht vor zehn."

Rafael wischte mit dem Lederhandschuh über das beschlagene Fenster und ließ den Motor an.

"Und Boris? War der auch dort?"

"Gestern nicht. Aber Pater Arnildo sagte mir, er sei der Rechtsanwalt, der sich am meisten für die Landlosen eingesetzt hat. Er war gerade nach Brasília gefahren. Ich weiß nicht, ob er schon zurück ist."

"Hinge es nur vom Landstatut ab, die Reform wäre längst in Brasilien durchgeführt. Unsere Gesetze sind ausgezeichnet. Nur werden sie eben nicht angewandt."

Langsam fuhren sie um den Häuserblock herum und kamen wieder auf die Hauptstraße zurück. Willy betrachtete seinen Freund von der Seite. Die gelockten Haare bis über die Ohren. Im Bart eine rötliche Tönung. Breite Schultern und ein kräftiger Brustkorb. Er trug einen bleigrauen Anzug und einen weißen Rollkragenpullover. Den schwarzen Mantel trug er aufgeknöpft. Mit sicherer Hand führte er das Steuer.

"Welches Thema hat dein Vortrag, Rafael?"

"Ich werde das Seminar 'Die Viehzucht im Jahr 2001' eröffnen. Eine Initiative der französischen Botschaft. Die 'Expointer' beginnt diese Woche, und da will man die

Anwesenheit so vieler Viehzüchter aus ganz Brasilien hier in Porto Alegre nutzen."

"Dann werde ich wohl nichts kapieren. In Sachen Viehzucht geht es bei mir nicht über die eine Kuh hinaus, die wir bei uns in der Mühle hatten."

"Ich weiß. Die Kuh, die Miguelina hieß und vom Herrn Schultz gekauft war."

Beide mußten lachen. Aber gleich darauf flog ein Schatten über Willys Gesicht. Der gleiche Gedanke stimmte auch Rafael traurig. Für einen Moment verstummten beide. Sie fuhren bereits über die Avenida Bento Gonçalves. Der Verkehr war flüssig und laut.

"Gestern noch habe ich bei Gilson etwas über Anna herausbekommen wollen."

"Und nichts?"

"Nichts."

Rafael konzentrierte sich auf den Verkehr. Willy redete weiter mit ruhiger Stimme.

"Fünf Jahre ist eine lange Zeit. Aber sie lebt! Bleibt uns also nur das Gebet."

Links tauchten die hohen Kaiserpalmen auf. Und gleich nach der Brücke über die Avenida Ipiranga ging die Palmenallee weiter. Willy blickte hinüber zum Polizeipräsidium. In der Nebenstraße reges Kommen und Gehen von Leuten und Autos.

"Einer meiner Folterer war gestern in Natalino."

Rafael spürte, wie ihm das Blut in den Kopf stieg. Er verkrampfte die Hände über dem Steuer. Seine Stimme klang mit einem Mal heiser und aggressiv. "Immer die gleichen Schweinehunde!"

Dann wurde die Stimme wieder natürlich. "Hat er dich auch erkannt?"

"Ich glaube nicht. Oder er hat sich gut verstellt."

"Und du... was ging in dir vor?"

"Bei mir? Nichts. Oder besser gesagt, fast nichts. Ich habe ihm schon vor vielen Jahren verziehen."

"Seit zwei Jahren, genau gesagt. Seit der Amnestie von 1979."

Willy wiegte langsam den Kopf hin und her.

"Ganz in mir drin habe ich denen schon 1970 vergeben."

Rafael lächelte.

"Genau darin unterscheiden wir zwei uns voneinander, Alemão. In mir fließt das Blut von Halsabschneidern."

Willy lachte jetzt wirklich.

"Und in mir fließt das Blut der Barbaren Germaniens. Und in meinem Folterer fließt... Nein, Rafael, so kommen wir nicht weiter. Brasilien braucht Frieden. Ich weiß, daß es vielen unheimlich schwer fiel, die Amnestie zu akzeptieren, auf beiden Seiten."

"Natürlich fiel das schwer. Aber die Verbrechen waren doch sehr ungleich. Sie haben Brasilien ausgeplündert. Unsere Auslandsverschuldung ist die größte der Welt. Unsere gesamte Getreideernte geht in den Export, um Dollar zu bringen. Wobei all diese Dollar zusammen noch nicht einmal die Zinsen der Auslandsschuld decken. Eine Schande ist so etwas."

Das Auto hatte an der Ampel beim Farroupilha-Park halten müssen. Langsam löste sich der Nebel auf. Ein altes Bild schlich sich in Rafaels Gedanken. Feuer knistert im Kamin. Es riecht nach Schuppen. Ein paar heisere Stimmen der Knechte. Im Mund den angenehm bitteren Teegeschmack. An der Tür steht breitbeinig der alte Armando und beschaut das Wetter.

"Wenn der Bodennebel fällt, brennt die Sonne auf die Welt."

Auch Willy wachte aus seinen Träumereien auf. Das Auto war inzwischen unter den Bäumen angekommen.

"Dachtest du an frühere Zeiten? Ich muß so oft an die Anna denken. Warum meldet sie sich nicht? Der Alberto meinte, ihr sei es gut gegangen, als er durch Marabá kam. Zwei Monate lang hat er dort im Hotel gearbeitet, um das Geld für die Busfahrt zusammenzukriegen. Und jetzt bereut er bitter, daß er damals nicht mit ihr zusammengeblieben war. Aber das Gold hatte eben die stärkere Anziehungskraft. Serra Pelada ist eine weitere Wunde Brasiliens."

"Ich glaube, Gilson und Marcela werden zu meinem Vortrag kommen. Großvater ist bei ihnen zu Gast. Wir werden nicht locker lassen."

"Senhor Silvestre hat mir schon sehr viel bei der Suche nach meiner Schwester geholfen. Ich möchte nicht, daß er sich in noch größere Ausgaben stürzt."

"Hier darf es doch nicht um Geld gehen. Brasilien ist riesig. Und immerhin sind schon vier Jahre vergangen."

"Sie lebt, Rafael. Hier ganz im Innersten weiß ich das."

Nach einigem Suchen fanden sie eine Parklücke zwischen den Bäumen des Parks. Im großen Trakt des Rektorats spiegelte sich die Sonne. Die beiden Freunde stiegen aus und gingen schweigend nebeneinander. Im kleinen Zoo trieben die Affen ihr Spiel.

"Fütterungszeit."

"Ich mag keine Tiere im Käfig."

"Mir sagt's auch nicht zu. Aber wären diese da nicht im Käfig, wären sie längst ausgerottet."

"Ich sehe da keinen Unterschied. Wenn die Gefangen-
schaft lebenslänglich ist..."
Marcela stieg aus dem Auto. Cremefarbener Pelzmantel.
Die langen, lockigen Haare umrahmten ihr Gesicht.
Willy verspürte einen Knoten im Hals. Vor Rührung
wollten Tränen kommen. Er nahm sein Taschentuch und
schneuzte sich.
Silvestre sah sie als erster, als sie die Straße überquerten.
Auch er im Pelzmantel mit dazu passendem grauen
Hut. Die rote Krawatte am weißen Hemd stach ins Auge.
Makellos rasiert. Mit freundlicher Geste ging er auf den
Priester zu.
"Schön, dich wiederzusehen, Willy!"
Marcela umarmte ihn mit Küßchen auf die Wange. Das
Parfum war dasselbe geblieben. Nur die Stimme hatte
einen leicht heiseren Klang bekommen. Willy kam sich
schlecht gekleidet vor. Er stotterte ein paar Floskeln
daher. Dann legte sich schwer eine Hand auf seine Schul-
ter. Es war Hilfe in seiner Verlegenheit.
"Zé Matungo! Das darf doch nicht wahr sein!"
"Ist es aber! Mensch, wie geht's dir, Ale... Pater Willy?"
Rafael gab Zé Matungo einen Stoß in die Rippen.
"Du hast ja ganz schöne Polster angesetzt! Kannst dich
damit sehen lassen! Wann bist du angekommen?"
Unter den breiten Schultern wirkte der blaue Anzug
fast knapp. Auch das Gesicht war voll geworden. Weiß
leuchtende Zähne.
"Heut in der Früh. Ich habe den Nachtbus genommen.
Eigentlich wollte ich schnurstracks zur Ausstellung, aber
Senhor Silvestre meinte, ich solle mit zu deinem Vortrag
kommen."
Gilson Fraga stieg als letzter aus dem Auto. Er trug die

Ausgehuniform. Auf jeder Schulter blinkten zwei um-
randete Sterne mit einem einfachen darüber. Er gab dem
Soldaten, der den Wagen fuhr, einige Anweisungen und
gesellte sich dann zur Gruppe. Das breite Gesicht zeigte
Falten auf der Stirn und an den Mundrändern. Das Käppi
akkurat auf dem Kopf. An den Schläfen war das Haar
leicht angegraut. Die Stimme war schrill geblieben,
deutlich der Akzent aus Rio de Janeiro.
"Wie geht es Ihnen, Pater Schneider?"
"Guten... guten Morgen, Oberst."
"Was machen deine Nerven, Rafael?"
"Ich habe immer einen leeren Kopf, wenn ich aufs Po-
dium muß."
Silvestre sah auf seine Uhr.
"Wollen wir gehen? Nur noch zehn Minuten."
Marcela nahm Willy am Arm und pirschte los. Sie lehnte
sich eng an ihn, um ihm ins Ohr zu flüstern. "Immer noch
nichts von Anna gehört?"
Willy schüttelte den Kopf.
"Fast jeden Tag liege ich Gilson in den Ohren."
"Habe Dank dafür. Ich... ich bin mir sicher, daß sie noch
lebt! Ich kann bloß nicht verstehen, warum sie sich nicht
meldet."
"Vielleicht ist sie krank und liegt irgendwo im Kranken-
haus."
Eine fröhliche Stimme unterbrach die Unterhaltung.
"Marcela! Mein Engel! Dein Mantel steht dir fantastisch! Einfach hinreißend!"
"Tante Lúcia! Onkel Gastão! Da wird sich Rafael aber
freuen!"
Und nach hinten gewandt: "Schaut mal, wer gekommen
ist!"

Alle blieben stehen zur lebhaften Begrüßung. Lúcia hatte sich so plötzlich Silvestres bemächtigt, daß ihr Ehemann fast das Gleichgewicht verlor und an einer Säule Halt suchte. Die rechte Seite seines Gesichts war leicht verzerrt. Aber mit der linken Seite lächelte er ironisch. Wie immer kaute er auf seiner Zigarre. Marcela kam ihm zu Hilfe. Lúcia strich mit ihrer Hand durch Rafaels Bart, wobei sie kein Auge von ihrem Vetter nahm.

"Er sieht aus wie ein europäischer Wissenschaftler. Großartig!"

Immer mehr Leute erkannten den Redner des Tages und begrüßten ihn, Silvestre erging es ähnlich. In der Eingangshalle gab es noch einmal einen Begrüßungsaufenthalt. Der Konsul Frankreichs empfing alle mit einem Händedruck. Sein Haar war grau, und die Spitzen seines Schnurrbarts waren gedreht.

"Ça va, Monsieur Khalil?"

"Ça va, merci."

"Volles Haus heute! Sie sind ein berühmter Mann."

"Ihre Leute haben gute Arbeit geleistet. Und meine Studenten haben mich nicht im Stich gelassen."

"Gehen wir rein? C'est l'heure de commencer."

"A votre disposition, Monsieur Lenoir."

Eine halbe Stunde später war noch immer keine Ruhe im Hörsaal. Gerade hatte man die Ehrengäste an den Tisch geladen, da gab es Probleme mit der Tonanlage, Gilson Fraga saß kerzengerade zwischen dem Landwirtschaftsminister und dem Präsidenten der FARSUL. Im Ohr klang ihm noch die routinierte Stimme des Zeremonienmeisters nach.

"Oberstleutnant Gilson Fraga, der heute hier den Oberkommandierenden General des Dritten Heeres vertritt."

Einmal werde ich der Oberkommandierende General sein. Und dann werde ich durchsetzen, daß auch Marcela hier mit an den Ehrentisch kommt. Immer hat sie mit diesem Priester zu flüstern. Diese Kommunisten infiltrieren sich überall. Selbst in die eigene Familie.

Es knistert immer noch im Mikrophon. Der Konsul unterhält sich mit dem Vertreter des Gouverneurs. Der Universitätsrektor wirkt unruhig. Der Ansager versucht, sich mit dem Tontechniker zu verständigen. Dann nimmt er das Mikrophon, aber der Ton ist schrill. Hinten aus dem Saal Buh-Rufe der Studenten.

Im Korridor taucht ein großer, hagerer Mann auf. Er sucht nach einem Platz. Willy erkennt ihn und winkt ihm zu. Mit einem Lächeln nähert er sich. Die Nase platt wie bei einem Boxer. Der graue Schnurrbart weist an den Seiten nach unten. Höflich bittet er um Erlaubnis und setzt sich dann auf den frei gewordenen Platz Gilsons.

"Schön, daß du gekommen bist, Boris. Kennst du die... die Marcela?"

"Guten Tag. Boris Cabrini."

Silvestre gab dem ehemaligen Sergeanten die Hand.

"Ich erinnere mich an Sie, Sie dienten damals in Alegrete."

"Sind Sie Rafaels Großvater? Es freut mich, Sie kennenzulernen. Es freut mich wirklich!"

Vom Platz dahinter kam dem Rechtsanwalt die große Pranke von Zé Matungo entgegen.

"Guten Tag, Sergeant Boris. Fast hätte ich Sie nicht erkannt!"

"Unser Pferdebändiger, stimmt's? Schön, dich wiederzusehen."

230

"Ganz meinerseits. Was ist wohl aus dem Paraná geworden?"

"Aus wem?"

"Aus dem gescheckten Gaul von damals, den ich für Sie zahm geritten habe."

Silvestre fand Spaß an der Sache.

"Na aber, José. Der bleicht bestimmt seine Knochen im Mondschein."

Boris wurde nachdenklich.

"Ich verdanke ihm einen der wenigen Erfolge meines Lebens. Aber als ich meinen Militärdienst quittierte, mußte ich ihn verkaufen."

Lúcia nahm den Zeigefinger vor den Mund. Erhobenes Näschen. Im Gesicht hatte sie etwas zu viel aufgetragen. Die Haare waren rötlich gefärbt. Haarspray hielt sie zusammen. "Seid still, Leute! Der Ansager hat schon angefangen."

"... und Herren. Bevor wir unser Programm beginnen, teilen wir Ihnen im Namen der Botschaft der Republik Frankreich und im Namen der Bundesuniversität von Rio Grande do Sul die traurige Nachricht mit, daß gestern im Militärkrankenhaus in Brasília der Bundesabgeordnete Danilo J. Camargo verstorben ist. Wir bitten alle Anwesenden um eine Schweigeminute zu Ehren dieses fleißigen und ehrenhaften Politikers."

Überrascht flüstert Lúcia Silvestre zu: "Wußtest du das schon?"

"Seine Tochter hat es Marcela am Telefon gesagt."

"Woran ist er denn gestorben?"

"Lungenkrebs."

"Konnte kaum anders sein. Der hat geraucht wie ein Schlot."

Gastão kaute an seiner Zigarre. "Wieder einer, der vor mir ging."

Vereinzeltes Hüsteln. Eine Minute kann lange dauern. Der Ansager blickt auf die Uhr. Ein paar Sekunden noch. "Meine Damen und Herren. Achtundvierzig Stunden vor Beginn der Preiskrönungen in der 'Expointer', der heute größten Viehausstellung Lateinamerikas, wollen wir in diesem französisch-brasilianischen Symposium einen Blick auf die Perspektiven der Viehzucht zu Beginn des nächsten Jahrtausends werfen. Nur noch zwanzig Jahre, und wir schreiben das Jahr 2001. Es wird große Feiern geben. Der gesamte Planet in überschwenglicher Freude. Aber wenn das vorbei ist, dann werden die Produktivkräfte vor der Herausforderung stehen, eine Bevölkerung von zehn Milliarden Menschen zu ernähren. Einige unserer jungen Wissenschaftler werden zu Beginn dieses neuen Zeitalters noch in voller Schaffenskraft stehen. Aus diesem Grund und infolge seiner anderen Verdienste wurde Doktor Rafael Khalil von der französisch-brasilianischen Kommission auserwählt, dieses Symposium zu eröffnen."

Beifall im Hörsaal. Der Ansager fährt fort: "Rafael Pinto Bandeira Khalil wurde am 17. Oktober 1945 in Alegrete, einem Gebiet mit großer Viehzuchttradition, geboren. Er ist Sohn des Ingenieurs libanesischer Herkunft Elias Ahmed Khalil und der Marta Maria Bandeira Khalil, und damit Enkel des bekannten Viehzüchters Silvestre Pinto Bandeira, der mit seinen 81 Jahren heute hier gegenwärtig ist."

Jetzt gaben Lúcia und Marcela den Anstoß zum Beifall, der sich im ganzen Hörsaal fortsetzte. Silvestre senkte den Kopf. Seine weißen Haare leuchteten in der Menge.

Der Ansager fuhr fort: "Mit fünf Jahren Waise geworden durch das tragische Flugzeugunglück, das seine Eltern und seine Großmutter mütterlicherseits das Leben gekostet hatte, wuchs Rafael Khalil bei seinem Großvater auf der Cabana Ibirapuitan auf, der traditionsreichen Fazenda der Familie Pinto Bandeira. Dort hat er gemeinsam mit seiner Schwester Marcela gelernt, mit der Natur zu leben, wobei sich seine Berufung zu den landwirtschaftlichen Wissenschaften nach und nach herausstellte.

Im Jahre 1969 hat er hier an dieser Universität sein Abschlußexamen als Tierarzt gemacht. Die Tatsache, daß er Jahrgangsbester war, brachte ihm ein Stipendium der französischen Regierung ein. Nach zwei Jahren Studium in Paris machte er seinen Magister in der Nationalen Veterinärakademie in Alfort. Seit seiner Rückkehr nach Rio Grande do Sul widmete er sich der Lehre und der Forschung. Im Jahre 1976 ging er erneut nach Paris, diesmal für drei Jahre. Nachdem er dort seine Doktorarbeit über 'Die Landflucht und ihre Auswirkungen auf die Primärproduktion Lateinamerikas' abgeschlossen hatte, kehrte er 1979 zurück. Inzwischen wurde er Berater der FAO, engagierte sich in der Umweltbewegung AGAPAN und ist aktives Mitglied verschiedener nationaler und internationaler Organisationen zum Schutz des Lebens und der Umwelt. So ist Herr Dr. Rafael Khalil mit knapp 36 Jahren einer unserer Wissenschaftler, dem in Brasilien wie im Ausland größte Achtung gezollt wird.

Meine Damen und Herren. Ich habe die Ehre, den ersten Redner des Symposiums auf die Bühne zu bitten: Dr. Rafael Pinto Bandeira Khalil."

Rafael erhob sich, rückte den Stuhl zurück und ging mit festen Schritten zum Rednerpult. Beifall begleitete ihn während des gesamten Weges. Er legte sich seine Papiere auf dem Pult zurecht und wandte sich an die Zuhörer. Seine Stimme war ernst, metallisch.

"Verehrte Ehrengäste, meine Damen und Herren, die Sie an diesem Symposium teilnehmen, liebe Studenten, Familienangehörige und Freunde!

Brasilien war eines der wenigen Länder der Welt, die bereits vor ihrer Entdeckung einen kolonialistischen Eingriff erleben mußten. Als die Schiffe des Pedro Alvares Cabral im heutigen Bundesstaat Bahia das Land erreichten, war unser Land bereits aufgeteilt zwischen Portugal und Spanien durch das Abkommen von Tordesilhas."

Im Hörsaal waren einige verstreute Lacher zu vernehmen.

"Hätten sich damals die Kernsätze jenes bilateralen Abkommens durchgesetzt, das die Rechte von zehn Millionen Indianern, die unser Land bewohnten, ignorierte, dann sähe heute die Landkarte Brasiliens anders aus. Es wäre lediglich ein schmaler Streifen die Küste entlang von Belém in Pará bis nach Laguna in Santa Catarina. Das heutige Rio Grande do Sul gehörte theoretisch zur Zeit der Entdeckung zum spanischen Gebiet. Es wurde nur deshalb nicht von Spanien oder anderen Seemächten besiedelt, weil ein riesiger Sandschild an der Küste den Zugang zu diesem reichen Landstrich verwehrte.

Wie sagte doch Joaquim Francisco de Assis Brasil, Viehzüchter und Diplomat, in einem Vortrag, den er im Jahre 1904 gehalten hat, über den Damm Rio Grandes, der den Schiffahrern so viel Kopfzerbrechen bereitet hat: 'Unser Bundesstaat gleicht einem Wal. Der Wal ist ein riesiges Tier mit einem äußerst engen Schlund. Seiner Weite nach ist der Rio Grande do Sul ein Wal, aber er hat eben am Ende dieses Damms einen so engen Schlund, daß wir unsere Produktion einfach nicht frei ausführen können.'

Heutzutage ist dieser Damm offen für die Welt. Dazu haben uns die Franzosen mit ihrer großen Erfahrung sehr geholfen. Als dann die Rinder auf unseren Weiden eingeführt wurden, wurde dieser Sandstreifen, der von Torres bis Chuí reicht, zum besten Schutzwall für die Akklimatisierung und die friedliche Entwicklung dieser Tiere.

Amerika kannte weder das Pferd noch das Rind. Die Ureinwohner kannten auch nicht das Rad. Ohne mich jetzt auf historische Details festzulegen, die kontrovers sind, vertrete ich mit Aurélio Porto die Ansicht, daß die ersten Rinder in Brasilien im Jahre 1550 über Pernambuco, Bahia und São Vicente, dem heutigen São Paulo, eingeführt wurden. Unsere ersten Gaucho-Rinder stammen von den Rindern aus São Vicente ab und kamen allerdings erst über den Umweg über Paraguay hierher. Im Jahr 1630 haben dann die Jesuiten mit der Rinderzucht in dem Gebiet zwischen den Flüssen Uruguay und Jacuí begonnen. Dieses hier heimisch gewordene Rind stammt von den ersten Tieren ab, die von Portugiesen mitgebracht und in Paraguay akklimatisiert wurden.

Ich will Ihnen jetzt hier keinen Vortrag halten über das großartige soziale und wirtschaftliche Experiment, das die Guarani-Republik darstellte. Aber ich möchte allen, die immer noch die Lügen von der mangelnden Befähigung der brasilianischen Indianer zur Arbeit glauben, empfehlen, daß sie den Ruinen von São Miguel einen Besuch abstatten und dadurch versuchen, die Geschichte unserer Vorfahren besser zu erfassen. Denn die Krieger von Sepé Tiarajú, die im Kampf um ihr Land umkamen, sind es, die wir sowohl blutsmäßig als auch im Blick auf die Liebe zu diesen Ländern unsere Vorfahren nennen. Sie sind für ein Land gestorben, in dem sie seit langem Baumwolle, Weizen, Leinen, Früchte, Gemüse und Tee anbauten. Darüber hinaus überließen sie den Eroberern der Sieben Völker im Jahre 1756 eine Herde von etwa zwei Millionen Rindern."

Rafael warf einen Blick durch den Hörsaal und fuhr dann mit der gleichen festen Stimme fort: "Dieses Seminar hat sich die Antwort auf Zukunftsfragen zur Aufgabe gesetzt, und ich führe Sie in die Abgründe der Vergangenheit. Ein Landsmann unseres werten Freundes Monsieur Lenoir, Louis de Pasteur, hat vor einem Jahrhundert schon festgestellt, daß keine Generation aus sich selbst heraus existiert. Ohne unsere Wurzeln zu kennen, wird es uns nicht gelingen, vorauszusehen, wohin unsere höchsten Äste reichen werden. Unsere größten Träume. Die Erfüllung unserer Hoffnungen."

Lúcia flüsterte in Silvestres Ohr: "Der bringt's noch zum Abgeordneten."

"Red kein dummes Zeug."

"Politiker sein ist gar nicht so ohne, Silvestre. Der Abgeordnete Danilo fing als arme Kirchenmaus an und starb als Millionär."

"... und sie haben Feuer gelegt in der Kathedrale von São Miguel. So ging der christlich-soziale Traum der Guarani zugrunde. Von ihrem Land, das sie so gut bebauten und bewahrten, wurden jene Frauen und Männer vertrieben. Die Herden in den Missionen hatten die Abenteurer vom La Plata, von der Lagune und aus São Paulo angelockt. Sie kamen hierher, wie es der Schriftsteller Erico Veríssimo so deutlich gesagt hat, in der Gier nach leichtem Gewinn, überwältigten Indianer und vergewaltigten Indianerinnen."

Diskretes Kichern in den vorderen Reihen des Hörsaals. Lauteres Lachen hinten unter den Studenten. Mit einem Lächeln fuhr der Redner fort: "Aus der Vermischung von Spanier- und Indianerblut ging der Gaucho hervor. Ursprünglich ein Schimpfwort, gehört es heute zu den edelsten Begriffen unseres Wortschatzes. Viele Ausdrücke unserer Sprache zeugen von dieser alten Geschichte wie 'índio vago' oder 'indiada no galpão' oder der Ansporn 'oigaletê indio velho' und andere mehr. Zu dem Blut der Weißen und der Indianer gesellte sich dann das Blut der Schwarzen, die mit Gewalt der afrikanischen Erde entrissen worden waren. So bildete sich unser ländlicher Rinderknecht heraus, bis heute eine unglückselige Erscheinung, die bisher für sich noch nichts erobern konnte.

Die Zerstörung der Sieben Völker in den Missionen geschah gleichzeitig mit der Errichtung des Jesus-Maria-Joseph-Forts dort, wo heute der Hafen von Rio Grande ist, und mit dem Beginn der portugiesischen Besiedlung durch Familien aus den Azoren, die hierher geholt wurden. Die Ländereien, die den Großgrundbesitz unseres Bundesstaates ausmachen, wurden niemandem abgekauft. Sie wurden lediglich als Beute unter dem portugiesischen Adel und seinen Handlangern aus der Militär-Kaste oder höheren Verwaltung aufgeteilt. Ebenso wie heute die Ländereien Amazoniens verschenkt werden an Großkapitalisten, ja sogar an ausländische Unternehmen, die hierher gekommen sind, um Autos oder chemische Erzeugnisse zu produzieren. Die Statistik ist erschreckend: In der Zeit von 1950 bis 1960 wurden 85%

der neuen Ländereien in Amazonien von Kleinbauern übernommen, 15% von Großgrundbesitzern. In der Zeit von 1960 bis 1970 erhielten die Kleinen noch 35%, die Großen 65%. Im letzten Jahrzehnt von 1970 bis 1980 haben die Kleinen lediglich 6% erhalten, während sich die Großen 94% unter den Nagel rissen."

Rafael sah prüfend in den Hörsaal, dann fuhr er fort: "Um eine Vorstellung von der Rentabilität unserer früheren Rinderfarmen zu haben, zitiere ich den französischen Wissenschaftler Auguste de Saint-Hilaire, der in den Jahren 1820 und 1821, am Vorabend der Unabhängigkeit Brasiliens also, hier durchs Land geritten war. In seinem Tagebuch finden wir unter dem 13. Februar 1821 folgende Beschreibung einer Rinderfarm nahe São Borja: 'Die Rinder der Farm sind zur Hälfte Bullen und zur Hälfte Kühe. Jährlich kann ein Viertel davon gebrandmarkt werden. Wenn also ein Züchter viertausend Stück Vieh besitzt, kann er jährlich eintausend brandmarken. Davon muß er einhundert Stück abziehen für die Steuer.'"

Lachen unter den Fazendeiros. Rafael sprach unbeirrt weiter: "'Dem Züchter bleiben neunhundert Stück Vieh. Von den vierhundertundfünfzig Jungstieren muß man fünfzig abziehen, die infolge von Krankheiten oder Kastrierung verrecken. Der Farmer wird also vierhundert Bullen pro Jahr verkaufen können, ein Zehntel seiner ursprünglichen Herde!'"

Der Vortragende schwieg eine Weile. Dann blickte er herausfordernd in den Hörsaal.

"Eineinhalb Jahrhunderte nach dieser Beschreibung Saint-Hilaires hat sich die durchschnittliche Rentabilität der Viehzucht in Brasilien in keiner Beziehung geändert. Zu unserer Schande müssen wir das zugeben. Auf der

Schwelle zum 21. Jahrhundert züchten wir noch Rinder in der gleichen Weise, wie wir es im 19. Jahrhundert taten."

Beifall und lärmender Applaus in den Studentenreihen. Schweigen unter den Fazendeiros. Gastão nahm die erloschene Zigarre aus dem Mund.

"Der Junge betreibt die reinste Demagogie."

Silvestre tat, als hätte er es nicht gehört. Willy grinste hinüber zu Boris. Der Rechtsanwalt nickte unmerklich. Marcela hing an den Lippen des Bruders.

"... und wer hat Schuld an diesem Rückstand? Wir haben ein ideales Land für die Viehzucht geerbt, oder besser gesagt, wir haben es uns angeeignet. Unser Klima erlaubt uns den Anbau aller möglichen Produkte, selbst Weizen oder Baumwolle. Unsere ursprünglichen Weiden zählen zur besten Kategorie im Register der FAO. Unsere Trockenzeiten sind erträglich, und Schnee gibt es eigentlich nur auf Postkarten, um Touristen anzulocken. Unser Zuchtvieh aus europäischer und indianischer Mischung zählt zu dem besten der Welt. Allerdings wird es getrennt von der übrigen Herde gezogen. Die brasilianischen Rinder hungern noch zu 90 %. Sie verhungern im Jahr 1981 noch genauso wie im Jahr 1917, wenn man den Worten eines Assis Brasil Glauben schenken darf."

Rafael blätterte in seinen Papieren, um den Text genau zitieren zu können. Gastão wandte sich Silvestre zu. Das Gesicht halb zur Fratze verzogen. "Dein Enkel will wohl den Assis wieder auferstehen lassen?"

"Und wer sagt dir, daß der gestorben sei?"

Lúcia knurrte die beiden an.

"Seid doch still, Leute!"

"... Assis Brasil sagte in einem Vortrag aus dem Jahr

1917 wie erwähnt: 'Die Hauptursache für das Viehsterben ist die Erschöpfung. Die Rinder verhungern. Den ganzen Sommer über waren sie auf der Weide, Tag für Tag auf derselben Fläche, ohne daß diese ausruhen durfte; kommt dann der Winter, ist die Fläche kahl, da kein Grashalm zum Sprießen kam. Nur die Rinder, die während der guten Monate ordentlich Fett angesetzt haben, stehen den Winter durch, denn sie zehren von ihren Reserven, das heißt, sie verbrauchen, was sie angesetzt haben.'

Diese Feststellung des Assis Brasil wurde vor 64 Jahren geäußert, und die brasilianischen Gaucho-Rinder verhungern noch immer. Nichts hat man gelernt über Wechselweiden, über Heu, über Silos und über Mangelkrankheiten. Das ist das Bild unserer Viehzucht ohne jede Verschönerung. Und während wir prassen und dabei viele tierische Proteine verplempern, gehören die brasilianischen Kinder zu den am schlechtesten ernährten des Planeten. Kinder und auch Erwachsene führen uns in unseren Favelas erneut die Bilder vor, die wir aus Biafra kennen und die die zivilisierte Welt so erschüttert haben."

Aus dem Hintergrund tosender Beifall. Gilson Fraga wachte aus seinen Träumereien auf. Was hat er gerade gesagt? Und Rafael fuhr fort, jedes Wort betonend: "Ich durfte 1974 an der Welternährungskonferenz in Rom teilnehmen, zu der Vertreter aus 130 Ländern gekommen waren. Nach langen Debatten gelangte man zu einer Reihe von Folgerungen und Zielsetzungen. Ein Satz daraus hat sich mir unvergeßlich eingeprägt: 'In zehn Jahren soll kein Kind mehr hungrig zu Bett gehen müssen, keine Familie soll mehr von der Sorge ums tägliche

Brot geplagt werden; weder Zukunft noch Ausbildung eines Menschen sollen dann noch durch schlechte Ernährung beeinträchtigt werden!'

Schöne Worte, verlogene Worte. Man hat zwar die Anbauflächen in den Dritte-Welt-Ländern vergrößert und Produktionsprogramme für die Viehzucht entwickelt. Allein in Lateinamerika kamen rund 50 Millionen Hektar neues Getreideanbauland hinzu. Aber die Monokultur hat mit ihrer unüberlegten Anwendung von Pestiziden sowohl die Zerstörung des Ökosystems wie auch die Landflucht zur Folge. So beträgt heute Brasiliens Landbevölkerung nur noch 31%, während die Elendsgürtel rings um alle Großstädte anschwellen. Während wir Rekorde brechen in der Getreideproduktion, fehlt unserem Volk die Kaufkraft fürs tägliche Brot. Die Kleinbauern werden von ihren Äckern verdrängt, auf denen sie Nahrungsmittel für den Unterhalt ihrer Familien erwirtschafteten und darüber hinaus Mais, Bohnen, Schmalz und Schweinefleisch verkaufen konnten. Jetzt kommen LKWs mit Gemüse direkt aus São Paulo nach Porto Alegre, als lebten wir hier mitten in der Sahara.

Die Lebensmittel, die wir in Brasilien erwirtschaften – hauptsächlich die Proteine der Sojabohnen – mästen Schweine und füttern Kühe in Europa und in den USA. Und die Nachkommen von Sepé Tiarajú und seiner landbewirtschaftenden Indianer, die der Schwarzen, die in Afrika ihre Felder zu bestellen wußten, die der Einwanderer, besonders der Deutschen und Italiener, die den Ozean überquerten, um unser Land zu bebauen, diese Menschen wurden vom fruchtbaren Land vertrieben und zu Parias der Nation gemacht. Während wir hier sauber und gut gekleidet über die Zukunft des Rindes nach dem

Jahr 2001 reden, sollten wir die Odyssee der 3000 Menschen nicht vergessen, die in Encruzilhada Natalino lagern und leiden. Da werden Bauern mit Gewalt nach Amazonien geschleppt, während das Gaucho-Land zurückbleibt, damit andere ihr Vieh verhungern lassen."

Begeisterter Beifall seitens der Studenten. Verlegenheit am Ehrentisch. Gilson Fraga spürte, wie ihm das Blut bis an die Ohren schwoll. In der Zuhörerschaft stand Gastão mühevoll auf und hob den Arm mit offener Hand.

"Ich bitte ums Wort! Ich bitte ums Wort!"

Lúcia versucht ihn auf seinen Sitz herunter zu ziehen. Zornig macht sich Gastão frei. Beifall und Buh-Rufe mischen sich. Der Fazendeiro erhebt seine Stimme, er verschafft sich Gehör, wenigstens seitens derer, die in seiner Nähe sitzen.

"Ich bitte alle Fazendeiros... Ich bitte alle Anwesenden, den... den Saal zu verlassen!"

Gastãos Gesicht ist haßverzerrt. Speichel sammelt sich an seinen Mundwinkeln. Beifall und Buh-Rufe durcheinander. Rafael trinkt ein Glas Wasser. Auch Silvestre ist aufgestanden. Gastão ist völlig außer sich.

"Das erdulden wir nicht mehr! Das ist kommu... kommunistische Demagogie!"

Gastão macht sich von Lúcia frei und bahnt sich einen Weg zum Korridor. Mehrere Leute haben sich ebenfalls erhoben und folgen ihm. Mit viel Geschrei versuchen die Studenten, den Ausgang zu versperren. Energisch klingt Rafaels Stimme durchs Mikrophon: "Ich bitte die Studenten, wieder Platz zu nehmen und ruhig zu bleiben! Ich verspreche Ihnen, daß ich meinen Vortrag fortsetzen und zu Ende führen werde, sobald die, denen meine Worte mißfallen, den Saal verlassen haben."

Das allgemeine Durcheinander dauert noch ein wenig an. Das Publikum hat sich ziemlich gelichtet. Der Präsident des Bauernverbandes von Rio Grande do Sul ist an seinen Platz am Ehrentisch zurückgekehrt. Der Rektor gestikuliert beschwichtigend. Der Konsul ermutigt Rafael mit Kopfnicken. Silvestre atmet schwer, Marcela nimmt seine Hand. "Geht's dir nicht gut, Großvater?"

"Ich hätte nie geglaubt, daß die so borniert sein könnten. Nichts hat sich bei denen seit der Revolution von 1923 geändert."

Der Pferde-Sepp lehnte sich herüber, um Willy und Boris zu fragen: "Was hat denn der Rafael so Falsches gesagt?"

"Nur die Wahrheit, weiter nichts."

Rafael setzte seinen Vortrag wieder fort. Die im Saal Zurückgebliebenen ermutigten ihn durch Beifall.

"Ich möchte auf einige weitere Worte hinweisen, die von Assis Brasil stammen, denn ich werde nicht müde, ihn wegen seiner weisen Voraussicht immer wieder lobend zu erwähnen: 'Uns allen ist es freigestellt, uns belehren zu lassen oder nicht. Aber kein vernünftiger Mensch wird leugnen können, daß das, was ich euch lehre, von großem Nutzen ist. Leider läßt sich der Traum, daß wir die Herren der Erde seien, nicht verwirklichen. Die Erde ist unsere Herrin."

Erneuter Beifall, jetzt sogar am Tisch der Honoratioren.

"Ich glaube, ich muß endlich sagen, warum ich mich von Assis Brasil bei den meisten Gedanken, die meinem Vortag zugrunde liegen, inspirieren ließ. Für die, die ihn nicht persönlich oder durch seine Werke kennen, möchte ich einiges aus seiner Biographie erwähnen. Joaquim Francisco de Assis Brasil ist 1858 in São Gabriel geboren und 1938 am Heiligen Abend auf seiner Farm in

243

Pedras Altas gestorben. Während all dieser achtzig Jahre, selbst im diplomatischen Dienst, setzte er sich leidenschaftlich für das Land und die Landwirtschaft ein. Nachdem er das Jura-Studium in São Paulo abgeschlossen hatte, wurde der Altrepublikaner, Freund von Rio Branco und Rui Barbosa, Botschafter Brasiliens in Lissabon, Washington und Buenos Aires. Als er sich mit fünfzig aus dem diplomatischen Dienst zurückzog, nahm er sich vor, in die Praxis umzusetzen, was er in der Theorie jahrelang verfochten hatte: eine Légua im Quadrat. Oder anders gesagt: Auf 87 Hektar Land, gut genutzt, kann ein Landwirt und Viehzüchter ebenso viel erwirtschaften, wie auf einer fünfzigmal größeren, aber schlecht genutzten Fläche. Das war schon damals das Urteil über den Großgrundbesitz. Das war bereits der Aufruf zur Agrar-Reform. Das war die Kampfansage an die Rückständigen, die auf der längst nicht mehr rentablen Trockenfleisch-Industrie beharrten. Assis Brasil hat für sich einige Lehren aus der Irritation, ja aus dem Haß einiger seiner Landsleute gezogen, wie zum Beispiel die mutigen Worte, die er vor mehr als einem Jahrhundert sprach: 'Wer beansprucht, neue Wege zu beschreiten, wird denen schnell verhaßt, die in ihren eingefahrenen Bahnen bleiben wollen. Leider ist so etwas nur allzu menschlich. Wer Neues beginnt, gerät in Widerspruch zur bequemen Beharrlichkeit; und ein solcher Bruch ist nicht schmerzlos und ohne Irritationen.'

Assis Brasil wollte die eingewanderten Bauern entlang der Eisenbahnstrecke ansiedeln. Genau diese Idee brach 1964 João Goulart das Genick, als er die Flächen im Umfeld der Bundesstraßen für die Agrar-Reform bestimmen wollte. Assis Brasil predigte die Unabhängigkeit des

Magens als Weg zur sozialen Unabhängigkeit. Aber seine Worte wurden vergessen oder ignoriert, und die Situation auf dem Lande ist heute schlechthin eine nationale Schande.

Meine Damen und Herren. Liebe Freunde, die Sie die Geduld aufgebracht haben, mir bis zum Ende zuzuhören. Natürlich hätte ich vom Fortschritt der Agrarwissenschaften in den Ländern der Ersten Welt reden können, von den an Wunder grenzenden Verpflanzungen von Embryos, von der Gentechnik, auf die wir uns zubewegen und die alles, was wir bisher über Viehzucht wissen, umkrempeln wird. Andere werden das bestimmt im Laufe dieses Symposiums tun, und sie werden es besser tun als ich. Aber es wird uns nicht erlaubt sein, von so Großartigem zu träumen, solange wir nicht unsere grundlegenden Probleme lösen. Wir importieren Trockenmilch, obwohl wir eine der größten Rinderherden der Welt haben. Wir führen Mais, Bohnen, Reis und viele andere Lebensmittel ein, die unser Land so leicht produzieren könnte. Wir wiederholen unverantwortlich die Fehler der Monokultur wie in der Kolonialzeit. Wir sind leichte Beute gewinnsüchtiger Abenteurer aus aller Herren Länder.

Abschließend möchte ich noch einmal alle, die die politische und wirtschaftliche Macht in diesem Land haben, auf die harte Wirklichkeit in unserer Landwirtschaft hinweisen. Ein Prozent unserer Bevölkerung besitzt 60 % der landwirtschaftlichen Nutzfläche. Und sie können oder sie wollen darauf nichts erwirtschaften. Und wenn jemand für die Bauern, die ihres Landes verlustig gingen, spricht, wird er angeklagt, subversiv zu sein. Das Beispiel Mexikos, das zu Beginn dieses Jahrhunderts durch eine grausame Agrar-Revolution heimgesucht wurde, sollten wir vor Augen haben, um nicht weiterhin darauf zu pochen, dem Großgrundbesitz und der Mono- kultur den Vorrang zu geben. Und dabei habe ich die Mängel unseres Gesundheitswesens, besonders auf dem Lande, noch gar nicht erwähnt."

Rafael blickte schweigend ein paar Sekunden auf seine Zuhörer.

"Das war's, was ich Ihnen zur Eröffnung dieses Seminars sagen wollte. Vielen Dank."

ACHT

Porto Alegre
Frühjahr 1987

Rafael trat ins Zimmer und betrachtete die schlafende Frau. Durch die Rollos drangen die frühen Sonnenstrahlen. Er liebte ihren Geruch. Erst beim zweiten Kuß auf den Hals wachte Anna auf. Sie brummelte etwas vor sich hin und blinzelte mit ihren smaragdgrünen Augen.
"Ist es schon spät, Schatz?"
"Noch nicht. Aber Willy ist gekommen."
"Dann ist es acht. Er kommt nie zu spät."
Anna setzte sich auf die Bettkante. Die Schwangerschaft hatte ihrem schlanken Körper Rundungen verliehen. Das Seidennachthemd betonte ihre Brüste und Hüften. Aber ihre Bewegungen waren behende geblieben. Sie ging zum Frisiertisch und betrachtete sich im ovalen Spiegel.
"Mein Gesicht ist ziemlich geschwollen. Gehe schon einmal ins Wohnzimmer und unterhalte dich mit dem Willy. Ich mag nicht, wenn du mich so siehst."
Rafael ging auf Anna zu und umarmte sie von hinten. Sanft legte er beide Hände auf ihren Bauch und verhielt dort ein paar Sekunden.
"Nanu? Das Baby bewegt sich ja heute gar nicht."
"Wahrscheinlich schläft's noch."

"Das Ärmste... Sollten wir nicht doch lieber die Sendung absagen?"

Anna drehte sich um und sah Rafael an. Ein fast kindlicher Ausdruck überzog ihr rundes Gesicht.

"Dann wäre ich sehr enttäuscht. Und Dr. Renê sagte doch, daß ich darf."

"Dr. Renê ist in dich verliebt, genauso wie Großvater. Nebenbei gesagt, Großvater hat heute morgen schon angerufen."

"Ich muß tief geschlafen haben. Ich habe nichts gehört."

"Ich hab von meinem Zimmer aus abgenommen, als ich aufgestanden bin."

"Wie geht es Großvater Silvestre?"

"Bestens! Er wollte gerade weggehen, um zuzusehen, wie der Junge vom Pferde-Sepp ein Fohlen zureitet."

"Wie gern wäre ich jetzt dort. Seit auf der Farm ein Telefon eingerichtet wurde, fällt es mir noch schwerer, in der Stadt zu leben... So, und jetzt geh! Ich mag es wirklich nicht, wenn du mich mit so häßlichem Gesicht siehst."

"Gleich werden es Tausende sein, die dich sehen!"

"Aber bis dann habe ich das Häßliche übermalt. Ist Eunice schon da?"

"Noch nicht. Aber keine Sorge, ich habe schon Kaffee gekocht."

"Danke, Liebster, Ich nerve dich sehr..."

Rafael legte den Zeigefinger auf den Mund. Er trug jetzt den Bart etwas kürzer. Auf den Oberlippen und am Kinn zeigten sich ein paar graue Haare.

"Zu etwas war die Junggesellenzeit wenigstens von Nutzen."

Anna lehnte sich an ihn und sah ihm fest in die braunen Augen.

248

"Trauerst du dieser Zeit sehr nach?"

"Wenn du wieder anfängst, dich über meine amourösen Abenteuer auszulassen, verschwinde ich. Dr Renê hatte recht, als er mich gewarnt hat."

"Dir... dir fehlen die anderen Frauen wirklich nicht?"

"Natürlich nicht, mein Engel. Außerdem haben wir unser Liebesleben doch nie unterbrochen."

"Ich verstehe gar nicht, wie dir das bei diesem Bauch Spaß macht."

Rafael gab ihr erneut einen Kuß auf den Hals. "Wenn du willst, zeig ich dir, wie's Spaß macht."

"Nun geh schon, Schatz. Maria Amélia bat mich, schon um halb zehn beim Fernsehen zu sein. Es wird eine Live-Übertragung."

Rafael verließ das Schlafzimmer. Kaffeeduft durchzog den vom Licht überfluteten Wohnraum. Auf dem Balkon stand Willy und sah hinunter zum Fluß. Ein Öltransporter stampfte langsam durch die Fahrrinne. Wie ein Fächer öffnete sich das Wasser. Jede Einzelheit der Landschaft konnte man bei diesem Sonnenlicht erkennen. Über den grünen Inseln der blaue Himmel. Silbrig das Wasser. Am gegenüberliegenden Ufer der qualmende Schornstein der Papierfabrik. Weiter links konnte Willy die weißen Steine der Gefängnisinsel ausmachen. Er sah schnell wieder weg. Aber sein Gedächtnis lieferte ihm ein genaues Bild samt dem Gefängnisgeruch. Rafael lehnte sich an die Brüstung.

"Eine herrliche Aussicht hat man von hier, nicht wahr? Die ist allein schon die halbe Miete wert."

"Das stimmt schon. Schade ist's nur, daß dieses Ding da mitten im Fluß liegt."

"Bloß gut, daß man das Gefängnis dort abgeschafft hat."

"DOPS hat man auch abgeschafft. Schade, daß man unser Gedächtnis nicht abschaffen kann."

Erstaunt sah Rafael in das traurige Gesicht des Freundes. Plötzlich fiel ihm auf, wie sehr dieser gealtert wirkte. Das unbarmherzige Morgenlicht brachte die lichten Stellen im Haar zum Vorschein. Die tiefen Falten auf der Stirn. Die Blässe der sommersprossigen Haut.

"Du arbeitest zu viel, Alemão."

"Gegen den Strom zu schwimmen, strengt eben an... Und dabei hatten wir so große Hoffnungen. Selbst als Tancredo Neves starb, glaubte ich noch fest an eine politische Wende. Ich meinte, die Diktatur hätte verschwinden müssen. Ich war der festen Meinung, daß die Neue Republik Brasilien verändern würde."

"Wir hatten uns vorgenommen zu vergessen. Dabei haben wir vergessen, daß Präsident Sarney persönlich in die damalige Diktatur verstrickt war. Wir hatten geglaubt, er hätte sich geändert. Gerade er, einer der größten Großgrundbesitzer in Maranhão."

"Im Fernsehen ist er ein gekonnter Lügner."

"Wirklich ein gekonnter. Als er den Plan der neuen Agrarreform verkündete, sah er wie ein richtiger Staatsmann aus. Nur ganz wenige haben die Marionettenfäden bemerkt."

"Die Fäden, die die UDR und der SNI in der Hand haben. Um es gerade heraus zu sagen: Unter dieser Regierung wird es keine Agrarreform geben. Vielleicht gibt es hier und da eine Landenteignung, um die Landarbeiter zu besänftigen, aber damit hat es sich dann auch. Seit 1964 sind Tausende von Landlosen, Indianern, Priestern, Ordensleuten, Rechtsanwälten und andere solche Irre bei Landkonflikten umgebracht worden. Nur in sechs Fällen hat es ein Gerichtsverfahren gegeben. Lediglich drei Mörder sind im Gefängnis."

"Bestimmt nicht die Auftraggeber der Verbrechen..."

"So ist es."

Rafael umriß mit weiter Geste die vor ihm liegende Landschaft. "Es fällt schwer, bei solcher Schönheit verbittert zu bleiben."

"Was an Schönheit noch übriggeblieben ist, haben wir dem Schöpfer zu verdanken. Aber heute steckt die Verbitterung tief in mir. Das Gesicht des Pater Jósimo will mir nicht aus dem Kopf. Sein dunkler Teint. Die schwarzen Augen, die so hilfesuchend aussahen. Er hat uns vorausgesagt, daß er umgebracht würde. Wir haben ihn angefleht, er möge das Tocantins-Tal verlassen. Aber er war Missionar. Er wußte, daß er sterben würde, und ist keinen Schritt zurückgegangen. Und dann hat der Minister für Agrarreform die Unverfrorenheit besessen, auf seiner Beerdigung zu erscheinen. Keine Behörde hat gewagt, das Attentat zu verhindern."

"Aber der Attentäter wurde festgenommen."

"Tu nicht so, Rafael. Boris kam gestern aus Brasília zurück. Er hat mir alles erzählt. Er war bei der Gerichtsverhandlung über dieses Verbrechen dabei. Der Prozeß gegen den Mörder war eine Farce. Für Geld hat er den Pater Jósimo ermordet. Fünfzigtausend Cruzeiros waren es, bezahlt von den Großgrundbesitzern Geraldo Paulo Vieira und João Teodoro da Silva. Kein Mensch hat auch nur versucht, die Auftraggeber zu verhaften. Der Rechtsanwalt der Landpastorale durfte nicht am Prozeß teilnehmen. Und wir hatten bei der Amtsübernahme des Präsidenten Sarney Beifall geklatscht."

251

Rafael legte dem Schwager sachte die Hand auf die Schulter.

"Komm Kaffee trinken, Willy."

"Aber tu ordentlich Zucker rein."

"Dir geht's nicht gut, stimmt's?"

"Ich erkenne mich selbst nicht so richtig wieder. Ich glaube, das kommt von den Alpträumen."

"Du hast vom Pater Jósimo geträumt?"

"Nein. Mein Traum ist ganz einfach. Da ist nichts Dramatisches dran. Aber er wiederholt sich ständig. Es ist wie... eine Leier. Wie bei einer schlechten Theaterprobe. Ich wiederhole den gleichen Akt und wache auf. Dann schlafe ich ein, und alles fängt wieder von vorne an."

"Komm, wir gehen hinein und setzen uns ein wenig. Anna ist gleich so weit."

Sie gingen ins Wohnzimmer zurück und nahmen auf den Sesseln Platz. Vor ihnen der Fernsehapparat, ausgeschaltet. Auf dem kleinen Tisch die Thermosflasche und im kleinen dreibeinigen Ständer die Teekalebasse. Ein paar Papiere lagen herum, zwei umfangreiche, gebundene Bücher.

"Schau nicht hin auf die Unordnung. Ich war schon seit dem frühen Morgen am Arbeiten."

"Du trinkst gern Chimarrão. Ich habe mich nie daran gewöhnen können."

"Willst du dann nicht endlich deinen Kaffee trinken?"

"Nein. Wir warten auf Klein-Anna."

"Na denn. Vielleicht erzählst du mir inzwischen deinen Traum, falls der nicht für Minderjährige verboten ist."

Willy versuchte ein Lächeln.

"Da ist nichts Erotisches dran. Im Traum bin ich ebenso

wie im wirklichen Leben. Ich unternehme nie etwas Besonderes."

"Wie fängt er an? Immer gleich?"

"Ich befinde mich stets am selben Ort. Eine schmale Gasse in Paris. Es ist spät nachts."

"Sieh da. Schlechte Erinnerungen aus der Exilzeit. Das Unterbewußtsein tritt die Verteidigung an."

"Ich habe noch gar nicht angefangen, da bist du schon im Galopp auf halber Strecke. Meine Exilzeit war eine schöne Zeit. Eine Zeit fruchtbaren Schaffens. Nein, aus Frankreich habe ich nichts zu beklagen."

"Dann erzähl doch den ganzen Traum."

Willy zögerte etwas. Dann faltete er die Hände, als wollte er beten.

"Die schmale Gasse ist die Rue de la Huchette. Im Quartier Latin."

"Ich weiß, wo sie liegt. Sie geht vom Boulevard Saint Michel bis zur Rue Saint Jacques. Eine krumme Gasse. Eine Menge kleine Restaurants."

"Genau die ist es. In meinem Traum ist sie stets menschenleer. Aber ich sehe die Menschen in den erleuchteten Fenstern. Es sind verzerrte Gesichter mit großen Augen. Als wären es Fische im Aquarium."

"Und dann?"

"Dann geh ich bis zur Ecke des Boul'Miche. Die breiten Fußgängerwege sind leer. Nur ein Mann verkauft Poster von Che Guevara. Er kehrt mir den Rücken zu. Ich klopfe ihm sachte auf die Schulter. Ich versuche es noch einmal. Er hat breite Schultern. Ich versuche, den Mann umzudrehen, um sein Gesicht zu sehen. Aber das ist nicht mehr nötig, denn auf einmal wirken die Poster wie Spiegel. Alle zeigen mein Gesicht und meine Hände, die die Schultern Che Guevaras halten."

Rafael wollte seinen Kommentar dazu abgeben. Aber dann hielt er sich zurück. Willy sprach mit geschlossenen Augen. Seine Stimme war heiserer und rauher als sonst. "Erschrocken gehe ich schnell bis zum Kai. Viele Autos stehen da mit laufendem Motor. Doch ich höre nichts davon. Die Ampel auf der Brücke wechselt mehrmals von rot auf grün, doch die Autos bewegen sich nicht. Eilig überquere ich die Straße. Die Stille ist unnatürlich, so als würde ich mir die Ohren zuhalten. Aber meine Arme hängen locker herab."

Willy schwieg. Rafael wartete ein paar Sekunden, dann fragte er mit ruhiger Stimme: "Frierst du bei deinem Traum?"

Willy schreckte hoch und schlug die Augen auf. Seine Stimme klang wieder normal.

"Nein... Ich glaube nicht. Aber das Straßenpflaster glänzt, als hätte es geregnet. Nein. Kalt ist es da nicht, denn mitten auf der Brücke merke ich, daß ich keine Schuhe anhabe. Da setzt dann eine neue Angst ein. Ich strenge mein Gedächtnis an, aber ich kann mich nicht daran erinnern, wo ich sie gelassen haben könnte."

"Als du... als du auf der Insel warst, hast du mir erzählt, hatten sie euch die Schnürsenkel aus den Schuhen gezogen."

"Ja. Sie haben das getan, damit wir nicht rennen konnten."

"Da hast du's. Die Schuhe, die dir im Traum verschwinden, haben bestimmt etwas damit zu tun."

"Möglich. Aber im Traum kann ich mich nie erinnern, wo ich wohne. Nur bis zur Rue de la Huchette finde ich

254

zurück. Und von dort nur bis zu den Spiegeln des Che Guevara. Und das geht oft so. Solange, bis ich es aufgebe, die Schuhe zu finden. Dann stehe ich noch mitten auf der Brücke. Ich beuge mich über das Brückengeländer, um die Seine zu betrachten. Dabei weiß ich, daß der Fluß trocken ist. Die Kähne liegen fest. Auf ganz hellem Sand. Das ist die schönste Stelle des Traums. Ich versuche, dort ein wenig zu bleiben, aber meine Beine wandern einfach weiter. Da hebe ich dann den Kopf und erblicke die Kathedrale."

"Notre Dame."

"Ja. Beim ersten Hinblicken wirkt sie beleuchtet wie ein Riesenrad. Das gefällt mir nicht, und ich blinzele die Lampen an. Da erscheint die Kathedrale wieder in ihrer normalen Beleuchtung, so etwas gelblich. Die viereckigen Türme gefallen mir. Die vielfältig durchbrochene Vorderwand. Die Rosette leuchtet wie ein gewaltiges Auge. Da fühle ich mich glücklich und wandle, ohne das Gewicht meines Körpers zu spüren. An der Statue von Karl dem Großen bleibe ich stehen."

Wieder schloß Willy die Augen. Rafael sah besorgt auf die dunkel eingefallenen Augen. Plötzlich war das ganze Gesicht eingefallen.

"Du meinst die Reiterstatue?"

Willys Stimme war wieder grob und rauh geworden.

"Ich bin nur ein paar Schritte von der Kathedrale entfernt. Die Tore sind verschlossen. Meine barfüßigen Beine fangen wieder an zu laufen. Rechts bleibe ich dann vor dem Portal stehen. Ich kann gut alle Verzierungen erkennen. Ich spreize die Hände und gehe auf die Tür zu. Ich weiß, ich brauche sie nur zu berühren, und schon wird die Tür aufgehen. Aber mir fehlt der Mut zum

Weitermachen. Nie habe ich geträumt, was drinnen auf mich wartet. Ich fühle mich wie beim Ersticken. Ich komme weder vorwärts noch rückwärts. Das sind die Momente, die mir zu schaffen machen. Da fange ich an zu schreien."

Eine fröhliche Stimme weckte beide aus dem Traum. Anna wirkte glücklich. Das Bad hatte ihr gutgetan. Die Haare hatte sie im Knoten hochgesteckt. Hellblau war ihr langes, weites Kleid. Leichten Schrittes kam sie in Sandalen über den Teppich.

"Guten Morgen, meine Lieben. Ist das ein herrlicher Tag! Und da setzt ihr beiden solche Trauermienen auf!"

Willy war aufgestanden und erhielt zwei herzhafte Küsse.

"Trinken wir Kaffee. Das Baby ist hungrig."

"Ist das Kleine aufgewacht? Na, endlich!"

Rafael legte die gespreizten Hände um den Bauch seiner Frau. Willy sprang hinzu und faßte ihn an der Schulter.

"Nicht doch! Laß das Baby drin!"

Einen Moment lang hielten sie inne. Anna sah ihren Bruder fest an. Willy hielt dem Blick stand. Rafael ließ die Hände sinken. Da schellte die Türklingel, zweimal. Anna atmete tief durch, dann lächelte sie.

"Das ist Eunice. Gott sei Dank, daß sie uns nicht im Stich gelassen hat."

Der metallic-graue Escort schiebt sich langsam durch die Avenida Wenceslau Escobar. Hupend überholen die Eiligeren. Mit der Linken hält Rafael das Steuer. Mit der Rechten drückt er Annas Hand. Eine kleine, harte Hand. Sie paßt haargenau in seine große.

"Laß dich von der Maria Amélia nicht einwickeln!"

"Was meinst du damit?"

"Laß sie nicht allzusehr im deinem Privatleben schnüffeln!"

Von der Hinterbank stimmte Willy zu.

"Der Rafael hat recht, Klein-Anna. Du mußt starke Emotionen vermeiden."

Anna drehte sich dem Bruder zu.

"Aber mein Buch ist ausnahmslos mein Privatleben. Über das Buch reden, heißt, über mich reden. Über uns alle."

Sie sind jetzt an den Cristal-Berg gekommen. Ein Bus zwingt Rafael auszuweichen. Der Qualm aus dem Auspuff dringt durchs Fenster in den Wagen. Es riecht stark nach verbranntem Öl. Anna muß husten und schiebt die Hand ihres Mannes ans Steuer.

"Besser, du steuerst mit beiden Händen, Liebster."

"Ich fahre auf meiner Spur. Der fuhr wie ein Verrückter."

"Laß es gut sein, Liebster. Wir sind halt alle sehr nervös."

"Ich bin nicht nervös. Mir tut es nur leid, daß ich dein Programm nicht sehen werde. Ich habe versucht, die Vorlesung zu verlegen, aber das ging nicht."

"Willy ist doch da, um mich zu begleiten. Machen wir kein Drama daraus!"

Rafael wollte etwas sagen, aber verbiß es sich. Wer Begleitung braucht, ist der Willy. Ich habe diesen Alemão noch nie in solch einem Nervenzustand erlebt. Diskret blickte er im Rückspiegel nach hinten. Das Gesicht des Freundes sah ruhig aus. Wieder beanspruchte ein Bus die gesamte Aufmerksamkeit. Rafael konzentrierte sich aufs Steuern.

Anna hatte die Augen geschlossen und versuchte, sich das Kind in ihrem Bauch vorzustellen. Immer sah es für sie rosig aus. Ein nasses Gesicht. Die Händchen um die

Knie gefaßt. Ob es wohl in Ordnung ist? Bestimmt doch! Dr. Renê meint, daß es ein Junge ist. Aber es könnte auch ein Mädchen sein. Wenn es ein Mädchen ist, wird es Gisela heißen. Rafael hat schon zugestimmt. Wenn es ein Junge wird, soll er Martin oder Silvestre heißen. Der Rafael mag keinen von beiden Namen. Ihm wäre ein neuer Name lieber. Aber es ist gar nicht so einfach, die Wahl zu treffen. Anna schlug die Augen auf.

Sie fuhren jetzt am Stadion des Fußballclubs International vorbei. Anna mußte daran denken, wie sie zum ersten Mal dort war. Das war kurz nachdem sie wieder nach Porto Alegre zurückgekehrt war. Rafael hatte sie zum Spießbratenessen in die Churrascaria Saci eingeladen. Angesichts des Stadions stellte er die Frage, die sie befürchtet hatte. Sie mußte eingestehen, daß sie Fan des Lokalrivalen Grêmio war. Als sie Rafaels Enttäuschung sah, hatte sie hinzugefügt, daß sie zwar 'gremista', aber dennoch sozialistisch sei. Damals lachten beide zum ersten Mal gleichzeitig. Von diesem Tag an hatten sie sich nicht mehr getrennt.

Zehn Uhr vormittags. Die Scheinwerfer brennen in Annas Gesicht. Ein junger Mann im ärmellosen Hemd klemmt ihr das Mikrophon an den Kragen des Kleides. Maria Amélia rückt ihre Schultern ein wenig zurecht und baut ihr Gesicht auf, als säße sie vor einem Spiegel. Sie ist eine Brünette mit kurzem Haar und schlankem Hals. Ihre ganze Intelligenz konzentriert sich in ihren großen und flinken Augen. Die Stimme gut trainiert. Professionell.

"Bist du so weit, Anna? Es wird sofort losgehen. Nach dieser Werbung."

Anna spürte ein Frösteln in der Magengegend. Sie nahm

das Buch fester in die Hand. Der Mund war ein wenig trocken.

"Alles in Ordnung!"

Die Kameras waren bereits ausgerichtet. Die Sendeleitung bat um Ruhe. Ein paar angespannte Sekunden. Willy mußte an die Pferderennen denken. Er saß in seiner Ecke und konnte die Schwester von der Seite sehen. Die Sessel grün. Eine Vase mit gelben Chrysanthemen. Das rote Kleid und die roten Lippen der Ansagerin. Er sah hinauf zum Fernseher, der als Monitor diente. Maria Amélia begann mit einem breiten Lächeln.

"Ein herrlicher Sommermorgen ist das heute! Porto Alegre hat das Kleid der blühenden Jacarandá angelegt. Neben mir Anna Schneider Khalil, Autorin des Bestsellers 'Geschichten aus meiner Mühle', für den sie den internationalen Literaturpreis 'Casa de las Américas' erhalten hat. Einen schönen guten Morgen, Ana Sem Terra!"

"Guten Morgen, Maria."

Die Nahaufnahme ging vom Gesicht zu den etwas zitternden Händen, die das Buch hielten. Die zweite Kamera nahm das Gruppenbild wieder auf, um dann bei der Moderatorin stehen zu bleiben.

"Unsere Sendung heißt 'Unter uns'. Jede Woche sprechen wir mit jemandem aus unserer Mitte, der Schlagzeilen macht. Wir werfen hier einen Blick hinter die Kulissen. Bei uns gibt es keine Geheimnisse. Zwischen uns und den Fernsehzuschauern gilt nur eines, und das heißt: Wahrheit.

Anna Schneider Khalil, wieviel Realität steckt in deinem Buch?"

Anna senkte die Augen, um dann plötzlich voll in die Kamera zu blicken.

"Alles in dem Buch ist Realität. Leider hat sich alles, wie ich es geschrieben habe, ereignet. So, wie ich es mir selbst erzählt habe, damals im Krankenhaus."

"Eine psychiatrische Klinik?"

"Ja. Fünf Elendsjahre mußte ich im Kopf bewältigen. Der Körper erholt sich da viel schneller."

"Willst du damit sagen, daß das Elend eine Geisteskrankheit ist?"

"Es macht krank an Leib und Seele. Ebenso, wie das Übermaß an Reichtum krank macht. Beide Extreme passen nicht in ein normales Leben."

"Was würdest du als normales Leben bezeichnen?"

"Ich verstehe darunter das Recht auf Arbeit, auf Freizeit, auf Essen mit Appetit, auf das Zusammensein der Familie, auf Träume in den nächsten Tag, auf ein kühles Meeresbad im Sommer und ein warmes Bad im Winter. Das wäre normal."

"Was meinst du, wenn du vom warmen Bad sprichst?"

"Nun ja... Ich habe meinen Widerstand gegen das Elend an dem Tag aufgegeben, an dem ich meine persönliche Körperpflege vernachlässigt habe. Es bringt gar nichts, jemandem, der sich nicht waschen kann, Reden halten und Ideologien beibringen zu wollen. Jemandem, der nicht in sauberer Bettwäsche schlafen kann. Deswegen kommen selten Ideologen aus der ärmeren Schicht. Fast ausschließlich sind es Intellektuelle, die gegen die Armut kämpfen. Und meistens tun sie es, ohne eine Ahnung davon zu haben. Ich habe einen Freund..."

"Und der heißt? Unter uns gesagt."

"Im Gerangel um die Agrarreform ist er sehr bekannt geworden: Rechtsanwalt Boris Cabrini."

260

"Den hatten wir bereits in unserem Programm. Ein richtiger Löwe ist das."

"Mag sein. Aber der hat noch Illusionen, die wenig mit dem Alltag zu tun haben. Bei den letzten Wahlen kam er einfach nicht damit klar, daß die Linke in den Dörfern verloren hat, wie z. B. in Vila da Tuca. Er kam nicht darüber hinweg, daß die Armen rechts gewählt haben. Ich bin der Ansicht, daß der ins Elend gefallene Mensch das Recht hat, seine Stimme zu verkaufen."

Ein Gong wird kräftig angeschlagen. Anna zuckt zusammen. Maria Amélia füllt wieder den Bildschirm aus und erklärt: "Kritische Punkte unseres Gespräches, angezeigt durch diesen Gongschlag, können von den Zuschauern mit uns debattiert werden. Rufen Sie uns an unter der Telefonnummer 45 00 11. Unser Computer registriert und ordnet die Fragen. Im zweiten Teil unseres Programmes wird unser Gast dann auf die Fragen der Zuschauer eingehen. Erlauben Sie uns jetzt die übliche Unterbrechung für die Werbung des Unternehmens, das unser Programm sponsort."

Bewegung im Aufnahmeraum, Räuspern. Anna sieht Maria Amélia gespannt an, die sich bei der Regie erkundigt: "Wie läuft's?"

"Das Interview läuft bestens! Und wie geht's dem Baby? Macht es gut mit?"

"Manchmal strampelt es ein wenig."

"Sollte es dir unwohl werden, brauchst du's nur zu sagen. Wir unterbrechen sofort."

"Das wird nicht nötig sein."

"Dann laß uns weitermachen!"

Willy macht es sich wieder bequem auf seinem Stuhl.

Der schrille Ton der Werbung bricht ab, und Maria Amélia beginnt wieder:

"Jedes Buch hat seine Geschichte. Bücher haben ihre Empfängnisstunde, gehen dann durch kürzere oder längere Schwangerschaft, um dann makellos oder mangelhaft ans Tageslicht zu kommen. Einigen ist ein langes Leben beschieden, andere sind bereits tot, wenn sie geboren werden. Wie sieht die Geschichte deines Buches aus, Ana Sem Terra?"

Die Kamera schwenkt hinunter auf Annas Bauch. Sie macht sich fest an den Händen, die das Buch umklammern. Auf dem Titelblatt eine vom Zahn der Zeit gezeichnete Mühle.

"Ich wollte eigentlich kein Buch schreiben. Die Mühle ist ein Stück meiner Kindheit. Ein Stück der Geschichte meiner Familie in Brasilien. Der Arzt hat mir geraten, mir mein gesamtes Leben zu vergegenwärtigen. Ich habe es niedergeschrieben, denn darüber reden konnte ich nicht. Dabei habe ich recht früh angesetzt: bei der Reise der Familie Schneider im Jahre 1826. Ich habe es so weitererzählt, wie es mir meine Schwester Gisela, die mich aufgezogen hat, oft erzählte. Ich habe in keinem Lexikon nachgeschlagen. Danach habe ich mein eigenes Leben erzählt. Bis zum Jahr 1981."

Die Kamera fährt zurück. Anna legt das Buch auf den kleinen Tisch neben die Vase mit den Chrysanthemen. Ihre Hände sind jetzt ganz ruhig. Ihre Stimme natürlich.

"Die Deutschen, die in Brasilien eingewandert sind, durften keine Sklaven halten. Sie hatten auch kein Geld, um Leute anzuheuern. Die Versprechungen der kaiserlichen Regierung standen nur auf dem Papier. Der Ackerboden war sandig, der Wald voll wilder Tiere. Die portugiesische Sprache verstanden sie nicht. Das einzige Gesetz, das an Brasiliens Küste Gültigkeit hatte, war das des Stärkeren. Die klimatischen Verhältnisse kannten sie nicht. Aber sie mußten doch pflanzen, um überleben zu können. In Três Forquilhas war das Leben der Siedler viel härter als in São Leopoldo. Ihnen fehlte der große Verbrauchermarkt Porto Alegre."

Anna nahm das Buch wieder vom Tisch und blätterte in den Anfangsseiten. Maria Amélia sah ihr gespannt zu. Sie wußte, wann Schweigen angebracht war.

"Ein Vetter meines Vorfahren Martin Schneider schrieb ihm 1828 einen Brief aus Feitoria, dem heutigen São Leopoldo. Hört, wie schnell der in kürzester Zeit vorangekommen war: 'In zwei Jahren konnte ich zwei Kühe mit Kälbern anschaffen, zwei Pferde, zwanzig Schweine, über hundert Hühner und zwei Rassehunde. Wir konnten weiße und schwarze Bohnen ernten, Bananen, Feigen und Apfelsinen, Reis, Mais und Tabak, Melonen, Roggen und Weizen.' Und dabei hatte er lediglich 48 Hektar Land zur Verfügung."

"Außerdem haben sie die Schuhindustrie aufgebaut."

"Du sagst es. Angefangen hat es mit der Anfertigung von Riemen fürs Gespann. Mit den Resten fertigten sie Pantoffeln oder Holzpantinen zum eigenen Gebrauch oder für die Nachbarn. Daraus ist dann die riesige Schuhindustrie im Tal des Rio dos Sinos erwachsen."

"Zurück zur Mühle. Wann wurde die gebaut?"

"In den Jahren 1831 und 1832. Martin Schneider konnte dabei nur auf die Hilfe seiner Frau Klara und der Tochter Anna setzen."

"Die erste Anna in der Familie Schneider?"

"Ja. Seither gibt es immer eine Anna in der Familie.

Doch zurück zur Mühle. Die war damals ganz modern. Sie wurde mit Wasser angetrieben und produzierte Maismehl, das Grundnahrungsmittel der Einwanderer dieser Gegend. Wer Sklaven hielt, wie die großen Rinderzüchter, der ließ noch mit dem Mörser stampfen. Aber man hatte die Siedler auch deswegen nach Brasilien gerufen, um zu beweisen, daß freie Arbeit der Sklaverei überlegen sei. Das ist wohl die schönste Lektion, die unsere Mühle erteilt hat. Von weit her kamen die Leute mit ihren Wagen voll Mais. Dann standen sie vor der Mühle, staunend, und sahen ihr bei der Arbeit zu. Dank solcher 'Neuerungen' gelang es unserer Familie, so weit ab von der Hauptstadt zu überleben."

"Weit ab, Anna? Das sind doch noch nicht einmal 200 Kilometer bis dorthin."

Die Kamera konzentrierte sich auf Annas Lächeln. Willy wurde dadurch beruhigt. Jetzt hat sich die Anna gefangen.

"Bis vor ein paar Jahren konnte eine Reise von Torres nach Porto Alegre in den Wintermonaten drei bis vier Tage dauern. Da reiste man mit Ochsenwagen, Boot, Eisenbahn, dann wieder im Ochsenwagen und zum Schluß noch einmal per Schiff. Heute beschweren sich die Touristen über die Schlaglöcher im Asphalt!"

"Die können sich allerdings sehen lassen, habt ihr das gehört, ihr vom DNER?"

"Bevor die Straßen kamen, lebten die Einwanderer vollkommen isoliert. Aber sie haben das Land gut bewirtschaftet! Dann kam der Asphalt und mit ihm die Gier nach den Ländereien."

"Aber hat das nicht auch den Fortschritt dorthin gebracht?"

264

"Fortschritt gibt es nur dort, wo er sich in sozialen Errungenschaften ausdrückt. Der sogenannte 'Fortschritt' Brasiliens fordert mehr Opfer als ein Atomkrieg. Jährlich sterben in Lateinamerika mehr Kinder als alle Opfer Hiroshimas und Nagasakis zusammen. Es ist lediglich ein langsamer, ein leiser Tod. Die Mehrheit der Bevölkerung fällt einem Fortschritt zum Opfer, bei dem es um Anhäufung von Reichtümern geht. Der die natürlichen Ressourcen vernichtet. Ginge es nach mir, dann sollten wir das Wort 'Progresso' aus der Nationalfahne herausnehmen."

"Und das Wort 'Ordem' würdest du in der Fahne belassen?"

"Das Wort 'Ordnung' paßt nur dem ins Programm, der die erniedrigende Situation der Dritt-Welt-Länder nicht ändern will. Die sogenannten Ordnungskräfte sind weiter nichts als Unterdrückungskräfte. Wenn die 'Sem Terra', die Landlosen, einen Großbesitz besetzen, dann machen alle Ordnungskräfte mobil. Dann ist der Skandal riesengroß. Aber die Kinder dürfen in unserem Land, in dem so viel Ackerboden ungenutzt bleibt, verhungern. Das Sterben und das Leid dieser Elenden ist für niemanden ein Skandal. Meinetwegen kann man auch das Wort 'Ordem' aus der Fahne herausnehmen."

Wieder ertönt der Gong. Anna muß lächeln. Dabei kommt etwas von ihrer früheren Schönheit in ihr müdes Gesicht. Maria Amélia nimmt wieder das volle Bild für sich in Anspruch.

"Zwei Gongs haben wir bereits in 23 Minuten Interview! Ich erinnere die Zuschauer daran, daß die kontroversen Punkte des Programms anschließend debattiert werden können. Ein Anruf genügt..."

Willy war aufgestanden und kam aus seiner Ecke hervor. Die Regie verbaute ihm den Weg mit der Frage: "Wohin wollen Sie?"

"Ich möchte mit meiner Schwester sprechen."

"Das geht jetzt nicht. Ihr geht es gut. Da dürfen Sie beruhigt sein."

Resigniert zog sich Willy auf seinen Platz zurück. Nach dem Werbe-Spot wurde ein riesiges Weizenfeld gezeigt. Luftaufnahme. Im kleinen Flugzeug Maria Amélia im schwarzen Lederjackett. Die Kamera schwenkt ein wenig ins Weite. Stark vernimmt man das Brummen des Flugzeugmotors.

"Wir überfliegen gerade eine Weizenpflanzung des Hochlandes. Im Vordergrund sehen Sie zwischen den Feldern einige Häuser. Es wohnt nur niemand mehr dort. Jetzt sind das nur noch Lagerschuppen des Großgrundbesitzers, in dessen Hand alle Ländereien konzentriert wurden. Bis vor kurzem gehörten diese Häuser und Schuppen noch den Kleinbauern. Jetzt sind es Inseln, deren Bewohner weggezogen sind. Wo sind die Bauern geblieben?"

Auf dem Monitor jetzt eine Müllhalde. Schmutzige Kinder streiten sich mit den Schweinen um die Reste. Sogar ein paar Kühe suchen etwas zum Fressen. Männer und Frauen sammeln den faulen Abfall, um ihn auf dem Rücken in Säcken heimzutragen. Die Kamera wandert über den Müll, um dann an einem Paar Stiefel Halt zu machen. Langsam fährt sie an den Jeans aufwärts, an der weißen Bluse entlang bis hin zum Abscheu zeigenden Gesicht Maria Amélias.

"Hier sind die Bauern geblieben, die einst die Hütten bewohnten! Hier sind sie gelandet, die Nachkom-

266

men der deutschen und italienischen Einwanderer, die Nachkommen der Portugiesen von den Azoren, der Schwarzen, die man aus Afrika mit Gewalt herbrachte, und der Indianer, denen einst dieses Land gehörte. Das sind brasilianische Kinder aus Porto Alegre, einer der reichsten Städte Brasiliens. Diese Kinder sind die Taschendiebe von heute und die Raubmörder von morgen. Das ist das eigentliche Volk unseres Gaucho-Staates. Und warum haben sie ihre Wohnungen, ihre Tiere und Pflanzungen verlassen? Waren sie der Arbeit auf den großen Farmen überdrüssig geworden? Wer sind diese auf dem Land Entwurzelten?"

Die Kamera fährt nun über den Hafen. Langsam wandert sie über den Früchte- und Gemüsemarkt unter freiem Himmel auf der Praça Quinze. Beim Gesicht eines Bettlers und eines Straßenverkäufers bleibt sie stehen. Dabei ertönt das Lied 'Desgarrados', der große Schlager der Volksmusik, dessen Text etwa lautet:

"Man findet sie am Hafen und auf dem Bürgersteig.
Gelegentlich verkaufen sie, was sich verkaufen läßt.
Sie machen Geld aus alter Zeitschrift, Müll und Krempel
und stehen jedem in der Hauptstadt nur im Weg.

Sie haben sich in Ecken und in Pappkartons verzogen.
Dort brüsten sie sich laut mit alten Märchen
und unterstreichen ihre Heldentaten nächtelang.
Der Traum nur zählt, sonst gäb es nichts zu hoffen.

Es bläst der Wind, die Sehnsucht bringt er mit sich,
er läßt Entwurzelte was Schönes sehn.

Doch, was vergangen, kehrt nicht wieder.
Ja, was vergangen, kehrt nicht wieder.
Ja, was vergangen, kehrt nicht wieder."

Abrupt führt das Programm wieder ins Studio, und die Kamera fixiert Annas erschüttertes Gesicht. Tränen geben ihren Augen einen besonderen Glanz. Dann wieder das professionelle, geschminkte Gesicht von Maria Amélia.

"Es kehrt nicht wieder, Ana Sem Terra?"

Anna dachte ein paar Sekunden lang nach.

"Die UDR nennt die Landlosen Herumlungerer. Die, die auf Tradition, Familie und Besitztum pochen, die TFP, lassen riesige Artikel in den Zeitungen abdrucken, in denen sie die Grundbesitzer ermutigen, die Landbesetzer abzuknallen. Es ist ein ungleicher Kampf. Beim Lied der 'Desgarrados' mußte ich an Encruzilhada Natalino denken. Das Lied stammt doch aus jener Zeit, nicht wahr?"

Maria Amélia sah in ihren Papieren nach.

"Es hat den Goldenen Preis auf dem Folklore-Festival 1981 erhalten, mit Text von Sérgio Nepp und Vertonung von Mario Barbará Dornelles."

"Das Landlosenlager bei Natalino wird die Verfasser inspiriert haben. Dieses Lager ist ein Meilenstein unserer Kampfgeschichte. Dort haben die Bauern die Geschichte ihrer Lager begonnen. Sie lernten, gemeinsam zu leben. Viele denken, es sei die Kirche oder es seien die linken Politiker gewesen, die die Bauern zusammengeführt hätten. Wir wissen, daß das nicht stimmt. Da wurde kein Modell aus Kuba oder Nicaragua importiert. Die Vereinigung der Landlosen ist aus dem Willen zu überleben erwachsen. So war es in Natalino, so war es dann bei der

Fazenda Annoni und ebenso in den anderen Bundesländern."

"Und wie geht es in einem solchen Lager zu, Anna?"

"Sie unterscheiden sich von der Favela vor allem dadurch, daß es dort nicht stinkt. Jede Hausfrau der Mittelklasse kann getrost in eine Hütte eintreten, ohne die Nase rümpfen zu müssen. Die Öfen sind sauber, und die Töpfe glänzen. Das Essen wird harmonisch unter den Familien geteilt."

"Woher kommen diese Lebensmittel? Von der Regierung?"

"In einigen Krisensituationen manchmal ja: Aber außer den Spenden von Organisationen, Kirchen oder Syndikaten gibt es die Spenden der Bauern, die inzwischen wieder angesiedelt wurden; derer, die im Kampf schon gesiegt haben. Dazu kommt noch, daß viele aus den Lagern sich weiterhin als Tagelöhner verdingen."

"Oft wird gesagt, daß die neue Ansiedlung der Bauern ein großes Fiasko sei."

Anna lächelte wieder. "Sie sagen, die Bauern essen die Kühe auf, statt sie zu melken, nicht wahr? Sie wären nur hinter Ländereien her, um sie gleich zu verkaufen und in die Stadt zu ziehen."

"So behaupten es viele. Auch sagt man, die meisten von ihnen seien überhaupt keine Bauern. Und aufgehetzt würden sie von berufsmäßigen Agitatoren."

"Von den Sieben Völkern der Guarani-Republik hat man damals auch schon erzählt, sie würden ihr Zuggespann aufessen. Und dennoch waren sie fähig genug, Kathedralen zu errichten. Könnten wir jetzt den Film über das neue Ronda Alta zeigen?"

"Natürlich. Gleich nach dem Werbe-Spot."

Ein paar Minuten später wird eine Luftaufnahme einer Fläche gezeigt, auf der sich Maisfelder aneinanderreihen. Links ein Stausee. Das Bild führt dann hin zu einer roten Erdstraße. Nach dem Bildschnitt fährt die Kamera die Straße entlang. Man spürt das Schaukeln, das durchs Filmen vom Lieferwagen aus entstand. Jetzt geht es an einem gut gepflegten Schweinestall vorbei und an einer kleinen Schule. Am Fußballfeld hält der Film einen Moment inne, um dann an den ringsum liegenden Häusern entlang zu ziehen. Einige Häuser aus Stein, andere aus Holz. Um jedes Haus ein weites Grundstück. Über das Fußballfeld geht eine Gruppe Männer und Frauen. Kinder tollen rings herum. In Nahaufnahme erscheint Maria Amélia in ihrem schwarzen Lederjackett. In der Hand das Mikrophon.

"Hier ist die Neusiedlung Nova Ronda Alta, angelegt auf Ländereien, die von der katholischen Kirche 1982 erworben wurden. Auf 108 Hektar Land leben zehn Familien aus dem ehemaligen Landlosenlager Encruzilhada Natalino. Fünf Jahre arbeiten sie hier, und man hat den Eindruck, daß alles bestens organisiert ist. Fünfzig Menschen gehören zu diesen zehn Familien. Wir befragen jetzt einen der Bewohner von Nova Ronda Alta, das von einigen auch das Achte Volk der Missionen genannt wird."

Der Mann scheint knapp über dreißig zu sein, hochgewachsen, die helle Haut von der Sonne gebräunt. Er trägt über dem offenen Hemd eine schwere Jacke, aber kurze Hosen und Schlappen. Die Kamera erfaßt sein ebenmäßiges Gesicht. Beim Lachen sieht man die gesunden Zähne.

"Herr Calegari, sind 108 Hektar nicht etwas wenig Land

für zehn Familien, für 50 Menschen, wenn die Kinder mitgezählt werden?"

Der Bauer antwortet mit deutlich italienischem Akzent. "Es wäre zu wenig, wenn wir nicht gemeinschaftlich wirtschaften würden. Als wir dieses Land erhielten, standen hier nur ein paar Schuppenreste, schwarze Plane darüber, Leisten mit vielen Nägeln. Aber es gab die Schule, und die Lehrerin gehörte zu unserer Gruppe. Sie war mit einem Bauern verheiratet. Die Schule hatte Licht, und ein artesischer Brunnen war dabei. Wir haben uns damals dort versammelt, um das Land aufzuteilen. Auf jede Familie wären etwas mehr als zehn Hektar gekommen. Hätte jeder auf seinem Stück Land sein Haus gebaut, hätte jeder das Licht von hier aus dahin legen müssen. Mit dem Wasser wäre es ebenso gewesen. Keiner hätte genug Geld gehabt, um die Wasserleitung von hier bis in sein Haus zu ziehen. Da haben wir uns für dieses Dorf entschieden."

"Wer sind 'wir'? Die Priester?"

"Als Priester gab es hier doch nur den Pater Arnildo, und der mußte sich um ganz Ronda Alta kümmern. Nein, wir haben den Entschluß alleine gefaßt. Bis heute versammeln wir uns an jedem Mittwoch. Um unsere Probleme zu besprechen."

"Ihr bearbeitet euer Land gemeinsam?"

"Vom ersten Tag an haben wir uns zu einer Genossenschaft zusammengetan. Die dafür nötigen Erfahrungen haben wir aus Natalino mitgebracht. Aus der Zeit im Lager unter ständiger Bedrohung. Hier gehört das Land uns."

"Hat der Regierungsbeauftragte Curió Gewalt gegen euch angewandt?"

Die Kamera nahm einen anderen Bauern ins Visier. Er war kleiner und auch dunkler. "Zur Schnecke hat er uns gemacht. Aber ich hab gehört, er bereut es."

Maria Amélia nahm nun selbst das Mikrophon.

"Es gibt viele Reumütige angesichts der Ereignisse von 1964. Es ist nur schade, daß keiner von ihnen den Finger rührt, um wiedergutzumachen... Und wie sieht der Alltag hier aus? Wie tut ihr eure Arbeit?"

Jetzt erscheint Calegari wieder voll im Bild.

"Wir pflanzen Soja und Mais, züchten Schweine und haben rund fünfzig Stück Vieh."

"Alles gehört der Genossenschaft?"

"Wir haben alles gemeinsam erwirtschaftet. Wir entscheiden, wer für die Maisfelder verantwortlich ist, wer für die Soja; einer kümmert sich ums Vieh, ein anderer um den Schweinestall. Wenn's mal bei einem mehr zu tun gibt, fassen alle mit an. Zwei sind fürs Geld verantwortlich, und den Rest teilen wir unter den zehn Familien auf."

"Und gab es niemals Streit ums liebe Geld?"

"Bis jetzt noch nicht. Am Anfang mußten wir ein Darlehen bei der Bank aufnehmen, um pflanzen zu können. Da blieb wenig Geld übrig. Dann haben wir den Schweinestall vergrößert, so daß sich die Schweinezucht jetzt rentiert... Dazu konnten wir ein paar neue Häuser bauen. Alles in Gemeinschaftsarbeit."

Maria Amélia tritt ins Haus der Calegaris. Sauberes Wohnzimmer. Stabile Möbel. Fernseher, Eisschrank, Nähmaschine. Die dunkelhäutige Frau mit einem Kind auf dem Schoß.

"Wie geht es den Frauen von Nova Ronda Alta?"

"Jetzt geht es uns gut. Wir sorgen für die Kinder, fürs

Haus und den Gemüsegarten. Wenn Erntezeit ist, sind wir dabei."

"Und die Kinder? Müssen die auch mithelfen?"

"Die Kinder haben zu lernen. Wenn's einmal viel zu tun gibt und sie mit anpacken müssen, zahlt ihnen die Genossenschaft für die Arbeit. Hier gibt es nur die Grundschule. Die älteren müssen nach Ronda Alta zur Schule. Wenn sie können, helfen sie bei der Arbeit, um ihr Fahrgeld zu verdienen."

"Und wenn sie erwachsen sind? Wird es für sie Land geben?"

"Das weiß nur Gott. Ihm gehört das Land."

Es wurden noch ein paar Maisfelder gezeigt, dann ging's zurück ins Studio. Anna saß da mit glücklichem Gesicht. Maria Amélia hatte wieder ihre professionelle Stimme.

"Nova Ronda Alta ist ein wirklicher Erfolg. Warum weiß kaum jemand etwas davon in der Öffentlichkeit?"

"Die Feinde der Agrar-Reform sind in keiner Weise daran interessiert, daß so etwas bekannt wird. Vor ein paar Tagen hat die Landlosen-Bewegung Vergleichsdaten über eine Ansiedlung in Cruz Alta veröffentlicht. Es wurde gezeigt, wie es vor und wie es nach der Ankunft der Bauern stand. Vor der Enteignung lebten auf 3 100 Hektar Land vier Leute mit 800 Stück Vieh. Ein ganzes Jahrhundert lang hat sich da nichts verändert. Jetzt leben außer den 800 Stück Vieh auf demselben Land 87 Familien. Das sind 450 Menschen. Sie ziehen Schweine und Geflügel, sie haben Milch, und die Felder bringen über 100 Sack Korn im Jahr. Die Bauern konnten sich Traktoren und Erntemaschinen anschaffen, sie bauten Häuser, eine Schule, ein Vereinshaus und Werkstätten. Und bei alledem bestimmten sie 25 Hektar für Wald."

"Und davon weiß man nichts in der Öffentlichkeit!"

"Fast niemand weiß davon. Nur die Fabel vom Bauern, der seine Milchkuh auffrißt, die kennt jeder. Der Öffentlichkeit scheint es wichtig zu sein, von Landbesetzungen zu reden. Vom unantastbaren Besitz."

Anna wurde die Luft etwas knapp. Die Kamera gab deutlich die Blässe ihres Gesichtes wieder. Maria Amélia beeilte sich, die Werbe-Spots aufzurufen.

"Ist was passiert, Anna? Wie geht es dem Baby?"

"Ich glaube, die Fruchtblase ist geplatzt... ich bin ganz naß."

"O mein Gott! Ruft den Krankenwagen!"

"Gebt mir zuerst ein Handtuch... Ich kann... ich kann doch mit einem ganz normalen Wagen ins Krankenhaus fahren... Maria Amélia?"

"Was ist?"

"Laßt bitte das Video vom Marsch der Landlosen nach Porto Alegre noch ablaufen."

"Ich versprech's dir. Wer ist dein Arzt?"

"Dr. Renê im Hospital Moinhos de Vento."

Willy hatte die Aufnahmeleiterin beiseite geschoben und war hinzugetreten.

"Was ist mit dir, kleine Anna?"

"Ich glaube, dein Neffe stellt sich ein. Bleib hier bei mir. Ich bin doch sehr erschrocken."

Willy lächelte. Sein Gesicht strahlte Ruhe aus.

"Wirst sehen, es wird ein schwarzhaariger Junge, wie der Rafael."

"Schön wär's! Ob es wohl sehr weh tun wird?"

"Bestimmt nicht. Ich habe bereits zur Mutter Gottes gebetet."

NEUN

Alegrete
Winter 1990

Die hell erleuchtete Kathedrale blendete Willys Augen.
Aber er wußte, wie er das grelle Licht auf ein einfaches
gelbes Licht reduzieren konnte. Er konnte das seit jenem
alten Traum. Wieder einmal sah er auf seine bloßen
Füße. Er versuchte, sich zu erinnern, wo er die Schuhe
gelassen hatte. Aber er wußte nicht mehr, wo er die
Nacht geschlafen hatte. Mit den Händen hatte er fest das
Brückengeländer gepackt. Er genoß es, ins trockene
Flußbett zu schauen. Der weiße Sand paßt nicht zur
Seine. Es ist der Sand des Ibirapuitan-Flusses. Gerade
die Stelle, an der wir die Pferde im Wasser schwim-
men ließen. Wo sind nur meine Schuhe!? Der geplagte
Geist wandert zurück in die krumme Gasse in Paris.
Verschwommene Gesichter schauen aus den Fenstern.
Das Gesicht des Boris Cabrini. Verdrehte Augen. Die
Nase blutet. Willy läuft schneller. Wieder steht er auf
dem Bürgersteig des Boulevard Saint Michel. Dort war-
tet schon der Straßenhändler und wendet ihm immer
noch den Rücken zu. An der Wand die Poster des Che
Guevara. Sie hängen auf die Straße, als stünden sie da.
Die Baskenmütze mit dem Stern. Die traurigen Augen.

Auf dem Gesicht mit dem schütteren Bart ein Ausdruck von Härte und Zartheit zugleich. Willy legt dem Kämpfer die Hände auf die Schultern. Er will ihn umdrehen. Aber der würde sich nie umkehren. So begegnen sich beide Gesichter in den verschiedenen Spiegeln. Beide sind leichenblaß. Willy erschrickt vor seinem eigenen Bild. Und barfuß rennt er zurück bis an den Kai. Sternenklare Nacht. Die Autos stehen vor der Ampel, die Straße glänzt, als hätte es geregnet. Die Ampel wechselt von Rot auf Grün. Doch die Autos bleiben stehen mit laufendem Motor. Willy kann nichts hören. Wieder wechselt das Licht der Ampel. Der Pater überquert die Straße und läuft jetzt auf der Brücke. Jetzt gelingt es ihm, sich über das Geländer zu beugen und den Blick ins trockene Flußbett zu genießen. Ganz vorne liegt ein Bateau-Mouche auf dem feinen Sand. Der Sand glänzt im Mondschein. Willy bliebe gern dort, aber seine Füße laufen einfach weiter. Er blickt nach oben hin zur Kathedrale. Dieses Mal gibt er es auf, nach seinen Schuhen zu suchen. Er schließt die Augen, um die Lichter des Riesenrades zu verscheuchen. Für einen Moment verschwinden die Türme der Kathedrale. Es sieht aus, als wären es die Ruinen der Guarani-Kathedrale São Miguel. Doch schon setzt sich das Bild wieder zusammen zur Kathedrale der Notre Dame. Himmelhoch der Bau, und die Verzierungen in gelbes Licht gehüllt. Willy geht wieder einmal auf die Statue Karls des Großen zu. Pferd und Reiter scheinen auf ihn zu preschen. Aber er weiß ja, daß sie stehen. Er weiß auch, daß er anhalten wird, schnaufend, genau am Fuß des Denkmals. Von dort aus muß er dann die entscheidenden Schritte bis zur verschlossenen Tür zurücklegen. Er atmet tief durch und bewegt sich vorwärts.

Seine verletzten Füße spüren jede Unebenheit des Bodens. Das Ausbleiben des Tons schmerzt in den Ohren. Willy streckt die Hand aus. Kurz bevor er die Tür berührt, hält er inne. Der Geist treibt ihn vorwärts, der Körper hält ihn zurück. Wie ein Elektroschock fährt es ihm durchs Gehirn. Er hört das Gelächter der Folterer. Blaues Licht steigt aus seinen Haaren. Er reißt sich zusammen, um nicht zu schreien. Er will die anderen in der Baracke nicht wecken. Lange hatte Anna gebraucht, um einzuschlafen. Sie hatte bis spät in die Nacht mit Alberto gesprochen. Und der kleine Silvestre hat immer noch Fieber. Willy fing an zu beten. Er hob die gefalteten Hände ein wenig hoch. Ave Maria... Gegrüßet seist du, Maria, voll der Gnade, der Herr ist mit dir. Du bist gebenedeit unter den Frauen, und gebenedeit ist die Frucht deines Leibes, Jesus. Heilige Maria, Mutter Gottes, bitte für uns Sünder jetzt und in der Stunde unseres Todes. Amen. Sei gepriesen, Königin, gnädige Mutter. Mystische Rose. Bete für uns. Bei der ersten Berührung öffnet sich die Tür der Kathedrale. Es riecht nach Weihrauch und welken Blumen. Auf den Nebenaltären brennende Kerzen. Von der Säule, die sich elegant das Kirchenschiff hinaufschwingt, leuchtet hell die Statue der Jungfrau Maria. Willy blickte hinauf zum Bild der Heiligen. Erschrocken erkannte er das Gesicht Marcelas. Die alte Leidenschaft füllt seine Augen mit Tränen. Marcela lächelte. Die Krone auf dem hochgesteckten Haar. Der Pater sprang auf und floh durch das Hauptschiff. Laut ertönte die mächtige Orgel. Eine Gestalt verbaute ihm den Weg. Abgenutzte Soutane. Das runde Gesicht wollte ihm etwas sagen. Pater Alberto? Sind Sie das? Die Worte kommen schwer aus den zusammengepreßten Lippen.

Ich bin das A und O. Der Anfang und das Ende. Pater Alberto! Pater Alberto! Ist das nun der Anfang oder das Ende? Die Gestalt verschwand im Dunkeln. Die Musik der Orgel verstummte. Willy stolperte über Bänke. Pater Alberto! Kommen Sie zurück! Antworten Sie! Um Gottes willen! Vor seinen Augen wächst hell die Flamme einer Kerze.

"Was ist, Willy? Hast du den Pater Alberto gerufen?"

Etwas schwindlig hatte sich der Priester auf die Kante seiner Liege gesetzt.

"Ist Pater Alberto hier? Ich... ich muß mit ihm sprechen. Ich muß es wissen... Jetzt, sofort."

Anna stellte den Leuchter auf den Kasten, der als Nachttischchen diente. Sie hatte ein langes Nachthemd an und trug darüber einen Pullover. Hinter ihr stand ein hochgewachsener Mann. Er hatte sich eine Decke umgeworfen. Sein Gesicht war ins Dunkel gehüllt.

"Wer ist das?"

"Alberto, unser Neffe! Hast du Fieber, Willy?"

Anna hatte sich ebenfalls auf die Pritsche gesetzt. Sie legte ihre Hand auf die Stirn des Bruders. Willy schüttelte den Kopf.

"Ich habe kein Fieber. Es war nur wieder der Alptraum."

Jetzt erreichte das Licht der Kerze Albertos Gesicht. Kurzgeschorenes blondes Haar. Auf der linken Backe war deutlich eine Narbe zu sehen. Er hatte die Arme über der Brust verschränkt. Groß und still stand er da. Ganz der Vater.

"Es tut mir leid, Alberto, daß ich dich aufgeweckt habe. Du bist bestimmt noch müde von der Reise."

"Laß es gut sein. Mir war sowieso zu kalt."

Anna stand auf und sah zum Neffen hinauf.

"Willst du einen heißen Schluck Kaffee? In der Thermosflasche ist noch etwas."

"Danke, nein. Ich hab neben meinem Bett meine Flasche Schnaps."

Willy rückte die Uhr ins Licht der Kerze.

"Viertel nach vier. Ist Rafael noch nicht zurück aus der Stadt?"

"Nein, noch nicht."

"Es muß ziemlich schlecht um den alten Silvestre stehen. Wenn er bis zum Morgen noch nicht da ist, sollten wir lieber ins Krankenhaus gehen."

Anna ging zur Wiege, in der ihr Sohn schlief. Dunkles, krauses Haar. Mit sanfter Bewegung zog sie die Decke zurecht. Dann wandte sie sich dem Bruder zu. Die schwarze Plastikplane spiegelte das Licht der Kerze.

"Die werden uns nicht reinlassen ins Krankenhaus. Der Gilson hat sogar vor die Zimmertür einen Wachposten gestellt."

Willy ließ den Kopf hängen. Alberto dagegen hob seinen ein wenig mehr. Mit den Haaren reichte er bis fast an den Balken der Baracke.

"Wer ist dieser Kerl?"

"Der Mann von Marcela, Rafaels Schwester. Er ist Oberst der Reserve."

"Na und? Hat er was zu melden?"

"Er hat das ganze Durcheinander verursacht. Als Großvater Silvestre krank wurde, hat er sich der Farm bemächtigt. Er und die Leute der UDR."

Albertos Stimme hatte einen Akzent fast wie die Leute aus Brasiliens Nordosten.

"Wieviel Männer sind hier im Lager?"

Willy gab die Antwort. Er blickte dabei dem Neffen fest ins Gesicht. "Wir sind friedliche Leute!"

"Wie viele sind im Lager?"

"Über tausend. Die meisten sind Frauen und Kinder."

"Und wie viele gestandene Männer?"

"So zweihundert."

Alberto rückte sich die Decke auf den breiten Schultern zurecht. "Und dann heißt's, Gauchos wären mutig."

Willy regte sich auf. "Das hat nichts mit Mut zu tun. Der Oberst hat das Gesetz auf seiner Seite."

"Auf so was achtet ihr hier noch? Bei uns im Norden hängen wir solche Affen an den nächsten Baum, mit oder ohne Uniform."

Von weitem hörte man Schüsse. Anna machte große Augen. Alle drei schwiegen. Knattern eines Maschinengewehrs. Alberto rümpfte die Nase.

"Da jagen Menschen Menschen."

Anna blickte ins harte Gesicht des Neffen.

"Vielleicht sind es nur Raketen vom Feuerwerk. Die Stadt ist nicht weit weg. Und heute ist Johannistag."

Wieder eine Salve Maschinengewehrfeuer. Willy bückte sich, um die Schuhe zu suchen. "Der Zé Matungo ist mit ein paar Mann Fleisch holen gegangen. Der muß auf die Leute des Oberst gestoßen sein."

Anna legte dem Bruder die Hand auf die Schulter.

"Laß mich mit dem Alberto gehen. Versuche, noch ein wenig zu schlafen. Wenn es schlechte Nachrichten gibt, rufen wir dich."

Willy zögerte noch einen Moment lang. Der Traum lockte ihn ins Bett zurück. Ich muß es wissen. Jetzt, wo ich die Tür geöffnet habe. Ich muß es wissen. Pater Alberto muß mir die Wahrheit sagen.

"Lege dich hin, Schatz. Heute ist Sonntag, und es wird ein harter Tag für dich werden."

Anna blies die Kerze aus. Der Wachsgeruch erinnerte sie an die Kindheit. Sie lag im Bett neben Gisela. Heidi und das Baby schliefen im selben Raum. Das Haus verschlossen. Die Fenster mit Brettern vernagelt. Anna suchte die große und rauhe Hand des Neffen.

"Komm. Alberto, ich kenne den Weg."

Sie mußte an den Tag der Beerdigung ihres Vaters denken. Das Baby war in ein blaues Tuch eingerollt. Das kleine rötliche Gesicht ein wenig verzogen. Kaum zu glauben, daß dieser riesige Mann einmal so klein und wehrlos war. Wie der kleine Silvestre, der dort schlief.

Anna wandte sich ab von der Wiege und ließ Albertos Hand los. Sie tastete sich bis zum Doppelbett hin, nahm den Wollschal und schlang ihn sich um den Kopf. Sie fühlte sich dadurch stärker und selbstsicherer. Der Wollschal gehörte Rafael.

Sie ging um die Pritsche herum und öffnete die Plane, die als Tür diente. Die Nacht war sternenklar. Gänsehaut bis zu den Haarwurzeln. Beim Versammlungszelt beleuchteten zwei Lampen den Boden. Gedämpfte Stimmen. Ein bißchen weiter weg sah man den Schein glühender Kohlen. Das war übriggeblieben vom großen Johannisfeuer. Anna merkte Schnapsgeruch und blickte nach hinten. Alberto hatte die Flasche gerade an den Mund gesetzt.

"Tu das weg, bitte. Wir tun doch alles, um die Sauferei im Lager zu vermeiden."

"Ich bin kein kleiner Junge. Ich mag diese Teufelskälte nicht."

Alberto leerte die Flasche in großen Zügen. Dann rieb er sich den Hals und warf die Flasche zurück in das Zelt.

"Aber rauchen darf man doch, Tante Anna?"

Tante Anna! Wie lange war es her, daß jemand sie so nannte. Seit Alberto damals an den Araguaia-Fluß flüchtete. Seit die Nichten umgebracht worden waren. Anna verscheuchte die Bilder der beiden Blondschöpfe aus ihrem Sinn. In ihrem Gehirn wuchs das Geräusch von Tropfen, die in die leere Schüssel fallen. Alberto hatte sich eine Zigarre angezündet. Es roch stark nach Rauch und nassem Leder. So rochen die Pistolenmänner am Tapajós. Der Strahl einer Taschenlampe blendete ihre Augen. Anna richtete sich auf und ging festen Schrittes vorwärts.

"Bist du's, Darci?"

"Nein, ich bin der Mariano."

Und eine weitere Stimme mit italienischem Akzent fügte hinzu: "Der Darci ist mit dem Zé im Wald."

Anna gesellte sich zu der Gruppe um die glühenden Kohlen. Männer wie Frauen sprachen mit heiseren Stimmen. Im Lager gingen langsam die Lichter an. In der Nähe krähte ein Hahn. Ein anderer antwortete von ferne. Im großen Haus der Fazenda hatte Gilson gerade die Bombachas angezogen. Die Nachttischlampe warf ihren Schein auf das Ehebett mit dem Gestell aus poliertem Metall. Mit aufmerksamem Ohr setzte er sich schwer auf die Bettkante und zog sich die Stiefel an. Sein Atem klang etwas laut. Neben der Lampe auf dem Marmortischchen Silvestres Colt. Schwarz war er, mit dem gelben Knauf aus Perlmutter. Gilson fixierte den Revolver mit seinen rot angelaufenen Augen. Marcela mag es nicht, daß ich den Colt des Alten benutze. Aber heute ist mein Tag. Jetzt wird nicht mehr gewartet. Er nahm den Revolver in die Hand und leerte die Trommel. Dann untersuchte er die fünf 38er Kugeln. Dieser verrückte Alte hatte nie eine Kugel im Lauf. Aus dem Ledergürtel nahm er eine weitere Kugel und machte die Ladung komplett. Einen Augenblick lang hielt er die Waffe in der Hand und genoß den glatten Perlmuttergriff. Dann steckte er sie in das Halfter und verließ das Zimmer, ohne das Licht auszuknipsen.

Er tastete sich an der Wand des Eßzimmers entlang und fand den Lichtschalter. Es roch nach scharfem Getränk und Zigaretten. Das Licht ließ Stühle erkennen, die im Kreis beim Kamin standen. Auf dem niedrigen Tisch stapelten sich die Aschenbecher, Gläser und zwei leere Whiskyflaschen. Am anderen Ende des Wohnraums beleuchtete eine weitere Lampe mit gesticktem Schirm einen für den Morgenkaffee hergerichteten Tisch. Weißgrünes Gedeck für zwei Personen. Gilson betrachtete eine Zeitlang den Tisch. Bald wird Thiago von der Militärakademie in Agulhas Negras herkommen. Dann werden wir zu dritt sein. Ist erst einmal der große Junge hier, dann wird auch Marcela wieder fröhlicher sein. Und bis er hier ist, habe ich die Vagabunden da draußen am Straßenrand das Laufen gelehrt.

Mit breiten Schritten durchmaß er die Eingangshalle und öffnete die Tür zu Silvestres Schreibzimmer. Es roch nach gegerbtem Leder und nach Talg. Verärgert betrachtete Gilson die Wände. Alle diese alten Waffen werde ich dem CTG schenken. Dieser Geruch nach alt durchdringt alles hier. Die einzige gelbliche Lampe im Raum ließ nur die Ecke beim Kamin erkennen. Kein Anzeichen davon, daß hier kürzlich Feuer brannte. Marcela mag's nicht, wenn ich dieses Schreibzimmer benutze. Nicht mal anfassen darf man diese blöden alten Trophäen. Er sah das rote Barett, das auf die Kaminwand gemalt war. Er betrachtete den kleinen Spieß für den Morgenbraten. Der Alte stand morgens um vier Uhr auf und saß dann und trank seinen Mate wie ein alter Indianer. Dabei hatte er einen Lammbraten auf dem Feuer. Neunzig Jahre hatte er fast wie ein Rinderknecht gelebt. Geschuftet wie ein Maultier.

An der Außentür klopfte es laut. Gilson nahm den Eisenverschluß hoch und klemmte sich dabei den Finger. Das Schimpfwort landete im Gesicht des Verwalters. Kalte, nach Pferdemist riechende Luft drang ins Haus. Der Mann hielt eine Sturmlaterne in der Hand.

"Haben Sie die Schüsse gehört, Patron?"

"Natürlich. Ich bin doch nicht taub. Wo bist du denn mit der Lampe gewesen?"

"Ich habe überall noch einmal nach dem Rechten gesehen."

"Und warum hast du nicht überall das Licht angemacht?"

"Der Herr Silvestre mag es nicht, wenn..."

Gilson blickte den schlecht rasierten Mann böse an.

"Jetzt hör mal her, Camacho. Ich hab dich nicht zum Verwalter befördert, damit du mir was vom Alten erzählst. Verstanden?"

"Ja, Herr."

"Und was hast du jetzt vor?"

"Alle Lichter anmachen, Patron."

"Erzähl mir zuerst was von unseren Leuten. Von welcher Seite kam die Schießerei?"

Camacho nahm den Arm aus dem Poncho und wies auf die linke Seite des Hauses.

"Ich glaube, die aus dem Lager haben es auf die Ochsen drüben beim Capivari-Bach abgesehen."

"Hurensöhne!"

Camacho machte die Laterne aus. Er wies mit erhobenem Arm erneut nach links.

"Unsere Leute kommen zurück. Da, die Scheinwerfer des Lieferwagens."

Gilson rieb die kalten Hände aneinander.

"Mach Licht im Schuppen und in der Stallung. Dann komm her und mach ein richtiges Feuer im Kamin des Alten."

Die zwei Scheinwerfer schaukelten auf das Haupthaus der Farm zu. Oben auf dem Hügel gingen die Lichter an. Die Bauern unterbrachen ihre Unterhaltung. Anna sah ebenfalls hinüber zu den Lichtern. Sieht aus wie ein Geburtstagskuchen. Wie schön war es bei Großvater Silvestre! Spaziergänge durch den Gemüse- und Obstgarten. Er liebt das alles. Jedes Tier, jeden Baum kennt er. Wenn er uns hat rufen lassen, dann wünschte er, daß wir kämen. Ich war fast außer mir vor Freude. Und jetzt soll das alles nicht wahr sein. Er hat doch immer sein Wort gehalten. Da gibt es Leute, die nützen die Alten aus. Der Ärmste! Er hat viel durchmachen müssen in diesem Krankenhaus. Und wir sitzen hier und warten, daß es mit ihm wieder aufwärts geht. Daß er zurückkommt, um uns zu helfen.

"Was mag das wohl für ein Auto sein?"

"Das ist ihr Streifenwagen. Es kann kein anderer sein."

"Der mit dem Maschinengewehr drauf."

Die Stimmen erklangen wieder gleichzeitig, mehr Frauenstimmen. Langsam zogen niedrige Wolken vor den Sternenhimmel.

"Ich glaube, die bringen die Toten aus dem Wald."

"Du kannst die Farm Santa Elmira nicht vergessen, nicht wahr, Maria?"

"Du weißt genau, warum, oder nicht? Die haben dort nur deshalb nicht alle umgebracht, weil Gott das nicht zuließ. Sogar den Ordensbruder Sérgio haben sie zusammengeschlagen."

"Der Amantino hätte nicht mitgehen sollen. Der wird mich hier mit fünf kleinen Kindern sitzen lassen."

"Red kein dummes Zeug, Evinha. Unsere Leute sind bestimmt auch schon auf dem Heimweg."

Mariano hustete und spuckte in die Glut.

"Wir mußten Fleisch besorgen. Im Lager haben die Kinder Hunger."

"Aber jetzt werden wir hier als Diebe gejagt."

Anna hatte sich in Schweigen gehüllt. Alberto berührte sie an der Schulter. Die ganze Zeit über war er hinter ihr stehengeblieben. Die übrigen Bauern betrachteten ihn mit großem Mißtrauen.

"Wer hat denn in diesem Laden was zu sagen?"

"Du meinst, wer hier die Leitung hat?"

"Genau das. Etwa dein Mann?"

"Keineswegs. Der ist nur deshalb hier, weil er gut steht mit den Leuten, weil er sturköpfig ist. Die Hälfte all dieser Ländereien werden eines Tages ihm gehören. Als Erbe."

"Soll das heißen, daß ihr, wenn der Alte abkratzt, die Hälfte von dem allen hier kriegt?"

Anna sah den Neffen an. Ihrem Gesicht merkte man an, daß ihr das Thema nicht paßte.

"Wenn der Herr Silvestre stirbt, dann wird es schlechter für uns aussehen. Der Gilson wird die Inventur so lange wie möglich hinausziehen. Und die Leute der UDR sind mächtig."

Alberto beharrte immer noch auf seiner eigentlichen Frage.

"Endlich weiß ich also, wer da oben das Sagen hat. Jener Oberst. Aber hier unten, Tante Anna, wer hat hier wirklich das Kommando? Du etwa?"

"Da sei Gott vor! Wer hier etwas zu sagen hat, das sind alle Bauern. Die Entscheidungen trifft der Lagerrat. Jeder hat seine Aufgabe. Von Demokratie verstehst du eben nichts. Dazu warst du zu lange unter den Goldgräbern."

Alberto sprach absichtlich etwas lauter. "So sage mir nur eins: Wer hat euch hier in diese Falle gelockt? Der Alte, der am Krepieren ist?"

Anna antwortete nicht. Auch die Bauern schwiegen. Nur ein kleiner Bauer mit einer Mütze mit Ohrenschutz ergriff mit seiner schrillen Stimme das Wort. "Wenn ihr mich fragt, dann ist der Alte wirklich an allem schuld. Am Rincão do Ivaí ging's uns zwar dreckig, aber wir waren wenigstens sicher."

Eine Frau stimmte ihm zu. "Dort hat wenigstens keiner auf uns geschossen."

"Keiner? Wirklich? Und was sagst du zum armen Ivo Lima, der halb tot, halb lebendig daliegt mit 'ner Kugel im Kopf?"

"Das war doch in Cruz Alta. Die Polizisten haben doch nur den Supermarkt verteidigt."

"Und du verteidigst die, die auf uns schießen?"

Der Kleine hob seine Stimme an. "Ich hab mich dem Ganzen angeschlossen, weil ich glaubte, endlich ein Ländchen bearbeiten zu können. Inzwischen bin ich's leid, wie ein Hund verscheucht zu werden."

Eine Frau hatte einen Arm voll trockenem Geäst gebracht und in die Glut geworfen. Sofort schlugen die Flammen hoch. Der Kleine fuhr fort, mit anklagender Stimme zu reden. Seine Ohrenschützer wirkten wie die Ohren eines Dalmatiners.

"Bei der nächsten Versammlung werde ich dafür stimmen, daß wir wieder nach Ivaí zurückkehren."

Die Frau, die das Holz gebracht hatte, sah ihn verächtlich an.

"Das ist im Winter der reinste Eisschrank, so kalt wird's da."

"Und die ganze Zeit warteten wir auf die Lebensmittelzuteilungen der Regierung."

"Doch hier haben wir, mehr oder weniger, immer irgendwie Fleisch."

Eine traurige Stimme pflichtete dem bei.

"Weil mein Mann seinen Hals riskiert, um die Ochsen zu schlachten."

Anna sah die Frau an, die da eben gesprochen hatte. Ihr Gesicht war vom Schein des Feuers schwach beleuchtet. Sie begann wieder, kraftvoll am Teeröhrchen zu saugen.

"Ich habe dich gar nicht bemerkt, Maria de Fátima. Weißt du, um welche Zeit der Zé Matungo losgezogen ist?"

"Kurz nach Mitternacht."

Eine weitere Frau kam ans Feuer. Dick mit fröhlichem Gesicht.

"Guten Morgen, Dona Anna. Guten Morgen alle zusammen!"

"Guten Morgen, Clotilde. Sag mal, ist der Ataíde mit dem Zé Matungo mitgegangen?"

"Natürlich. Der Zé zieht nie ohne den los. Zusammen kennen die beiden die Gegend von klein auf."

"Meinst du, daß was Böses passiert ist?"

"Wegen der Schießerei? Natürlich nicht. Der jagt doch immer ein paar Ochsen dorthin, wo die Streifen gerade sind, während sie selbst sich in die andere Richtung verdrücken."

Mariano hatte sich wieder zur Gruppe gesellt. Den Strohhut hatte er sich tief ins Gesicht gezogen.

"Jetzt weiß ich, wer mit dem Zé Matungo losgezogen ist: Ataíde, Darci, Leonir, der alte Marquísio, Portela und Amantino. Ich glaube, sonst keiner."

"Und wieso weißt du das?"

"Ich hab ihre Frauen am Feuer gesehen."

Gilson nahm die Augen vom Kaminfeuer und betrachtete den Mann an seiner Seite. Ausgemergeltes Gesicht. Graues und grobes Haar. Den Saum des Ponchos hatte er sich über die Schulter geworfen. Die feuchten Stiefel dampften.

"Wie viele Ochsen haben sie abgemurkst, Senhor Ércio?"

Die Antwort kam unter vielem Hüsteln. "Drei haben sie geschlachtet. Aber es blieb ihnen nicht Zeit genug, alle zu zerlegen. Nur einen ganzen und ein Viertel von einem Ochsen konnten sie mitkriegen. Ich glaube, sie sind in einem Boot entkommen."

"Habt ihr einen von ihnen getroffen?"

"Ich glaube nicht."

Der Mann mußte erneut husten. Fast hätte er in den Kamin gespuckt, aber er schluckte mehrmals, wobei der Adamsapfel sich stark bewegte.

"Bueno, wir..."

Gilson strich sich über sein ebenfalls ergrautes Haar. Trotz des Rollkragens war der Ansatz zum Kropf zu erkennen.

"Bueno, was noch?"

"Ich befürchte, daß wir selbst zwei Ochsen erschossen haben. Und ein paar mehr sind bestimmt angeschossen."

Der Oberst stand abrupt auf.

"Seid ihr verrückt geworden?"

Ércio verschwand tiefer in seinem Poncho.

"Die Leute können noch nicht so richtig mit dem Maschinengewehr umgehen. Und dann kamen die Viecher plötzlich alle auf einmal aus dem Wald gestürmt."

"Haben die Diebe auf euch geschossen?"

"Nein, haben sie nicht. Hätten sie's getan, dann hätten wir doch gewußt, wo sie stecken."

Gilson wandte sich dem Verwalter zu, der bisher schweigend zugehört hatte.

"Geh, Camacho, und weck alle Leute auf!"

"Die sind längst alle schon auf Streife, Patron."

"Heute ist die längste Nacht des Jahres. Der Zé Matungo ist Manns genug, noch einmal zurückzukommen, um mehr Fleisch zu holen."

Ércio mischte sich ein, wobei seine gelben Augen wach wurden.

"Wir haben so viel wie möglich auf unserem Lieferwagen mitgebracht."

"Am besten nehmt ihr den großen LKW. Und zwar gleich. Wir teilen dann das Fleisch mit den Polizisten."

"In Ordnung, Patron."

"Der Camacho nimmt das Pferd und reitet mit zwei Knechten. Treibt die gesamte Rinderherde hierher, damit wir sehen, ob eins davon eine Kugel abgekriegt hat. Ich werde..."

Auf dem Schreibtisch klingelte das Telefon. Gilson sah

auf die Kuckucksuhr. Halb sechs. Das muß Marcela sein. Ob der Alte wohl...

"Ihr könnt jetzt gehen! Und macht die Tür richtig zu!" Er nahm am Schreibtisch Platz und den Hörer in die Hand.

"Hallo! Ja, ich bin's. Wie geht's dem Großvater? Gut so. Warte einen Moment, Marcela."

Mit der Hand hielt er die Sprechmuschel des Telefons zu. Dann sagte er grob: "Was steht ihr beide da noch rum? Der Alte lebt noch. Also, ran an die Arbeit!" Eilig gingen die beiden raus.

"Und wie geht es dir, Marcela? Hier gab es Ärger. Ja. Vor kurzem haben die Vagabunden hier drei Rinder getötet. Wir haben gegen sie das Feuer eröffnet. Was? Nein! Keiner wurde verletzt. Ich bin nicht einmal aus dem Haus gegangen. Klar! Doch, der Kaffeetisch ist bestens hergerichtet. Nein. Meine Arznei habe ich noch nicht genommen. Ich nehm sie gleich, meine Liebe. Du, der Thiago hat gestern abend noch angerufen. Was, bei dir auch? Dann weißt du's ja. Im Juli kommt er. Ins Krankenhaus soll ich gehen? Du, das wird nicht gehen, Marcela. Ich will doch jetzt dem Rafael nicht begegnen. Unter keinen Umständen. Und damit Basta! Tschüß, Marcela. Glaub mir, es ist besser so."

Marcela legte den Hörer nieder und dankte dem Angestellten am Telefon. Sie verließ das Büro des Krankenhauses und ging durch den einsamen Korridor. Die Türen waren alle geschlossen. Von der Station her ertönte gleichmäßig ein aufdringlicher Husten. Es roch nach Desinfektionsmitteln. 'Pinhosol' riecht man überall. In ihren Stiefeln rutschte sie auf dem gebohnerten Fußboden. Absätze klapperten. Marcela ging vorsichtiger.

Am Ende des Korridors bog sie ab. Vor der Tür des Krankenzimmers schlief ein Mann. Er war im Stuhl eingeschlafen. Irritiert blickte Marcela zu ihm hin. Gilson wird diese Leute noch eines Tages im Zimmer postieren. Sie stellte sich vor den Mann hin und rüttelte ihn an den Schultern. Der Wachposten blinzelte verschlafen, die Hand am Revolver.

"Ist was, Dona Marcela?"

"Geh aus dem Weg, ich will rein!"

Rafael schlief auf dem Sofa im Vorraum. Der Eisschrank surrte. Es roch nach Apfel. Marcela ging zum Bruder hin und zog ihm die Decke zurecht. Dann öffnete sie leise die Verbindungstür und trat ins Krankenzimmer. Armando erhob sich aus dem Sessel. Ein dunkles Gesicht umgeben von weißem Haar. Marcela sah zum Großvater hin, der bewegungslos auf dem hohen Bett lag. Armando kam näher und flüsterte: "Der Krankenpfleger ist gerade gegangen. Er meinte, es sei alles in Ordnung."

"Dann werden Sie sich jetzt etwas ausruhen!"

"Das geht nicht. Ich muß auf den Tropf achten."

Marcela sah den Behälter an, der am Gestell hing. "Da ist noch genug drin."

Dann hielt sie ihren Arm mit der Uhr ans Licht, das durch den Schirm abgeblendet war. "Es ist schon fast sechs. Und noch immer so dunkel. Wie lang diese Winternächte doch sind, Heilige Mutter Gottes!"

Armando und Marcela blickten gleichzeitig hin zur Statue der Heiligen. Kaum mehr als eine Spanne hoch. Das Blau des Kleides ausgeblichen. Marcela nahm die kleine Statue in die Hand und küßte ihr den Fuß.

"Das ist alles, was uns von Oma Florinda geblieben ist."

Armando zog das Taschentuch aus der Hose und

schneuzte sich. In Marcelas übermüdeten Augen brannten Tränen. Sie mußte an das Bild ihrer Eltern denken, das in Silvestres Schreibzimmer hing. Der Großvater hat uns ganz in seine Familie hinein erzogen. Manchmal vergesse ich sogar, daß ich weder Vater noch Mutter kannte. Silvestres Gesicht sah im Schlaf entspannt aus. Marcela streichelte sanft das seidene Haar. Ein wenig hatte es sich gegen das Kissen aufgebäumt. Sie beugte sich über ihn und gab ihm einen Kuß auf die Stirn. Ganz sanft. Es war ihr, als sagte Silvestre wie üblich: "Danke."

Anna zog sich den Zuckertopf heran. Sie nahm zwei Löffel voll und noch ein wenig nach. Bedächtig rührte sie den Kaffee. Dann legte sie den Löffel zurück und nahm den Becher und wärmte sich beide Hände daran. Ihr gegenüber beleuchtete die Kerze das ernste Gesicht des Neffen.

"Wie hast du uns hier eigentlich gefunden?"

"Im Fernsehen habe ich euch gesehen. Im Sonntagsprogramm Fantástico."

"Dann war die Tele-Union 'Globo' einmal zu etwas nütze."

"Du kamst mir sehr gealtert vor. Zuerst hatte ich nur den Priester erkannt."

"Warum nennst du ihn eigentlich nie Onkel?"

Alberto antwortete nicht. Anna nahm einen kleinen Schluck heißen Kaffee. "Du wunderst dich, daß ich gealtert aussehe. Ich werde doch demnächst vierzig."

"Geh, du siehst immer noch hübsch aus. Ich wollte dich doch nur aufziehen."

Anna sah ihm tief in die Augen. "Du hattest Sehnsucht nach uns?"

"Ich hab was Wichtiges mitgebracht, das wollte ich dir zeigen."

Alberto griff in die Tasche der Jeans und zog ein verknittertes Päckchen hervor. Anna lief ein Frösteln über den Rücken, ohne daß sie sagen konnte, warum.

"Was ist das, Alberto?"

"Mach's auf und sieh nach. Mir ist das mehr wert als Gold."

"Behalte das. Ich will nichts, was aus der Goldgräberei kommt."

Alberto nahm ein spitzes Messer aus der Scheide, gab's ihr und hielt die Schnur mit der Hand fest.

"Das ist fest verschnürt. Mußt es schon aufschneiden."

Fast widerwillig nahm Anna das Messer und schnitt das schmutzige Band auf. Dann wickelte sie das Päckchen auf und besah sich den Inhalt. Was da im Plastikbeutel zum Vorschein gekommen war, sah aus wie geriebener schwarzer Rolltabak.

"Alberto! Was ist das? Um Gottes willen!"

"Das ist der Bart, den ich dem Hauptmann Jesuino abgeschnitten habe. Zuvor hab ich ihm das Messer in den Bauch gerammt und beide Augen ausgestochen."

Anna ließ das Messer auf den Tisch fallen. Sie mußte tief atmen. Die Brust verklemmt. Fast versagte ihr die Stimme.

"Nimm das... und tu es... ins Feuer. Bitte."

Alberto hatte sich erhoben.

"Einer mußte unsere Familie rächen. Vor Angst hat er gewimmert, der Schweinehund. Vierzehn Jahre mußte ich warten. Jetzt ist alles vorbei. Ich mußte nur dich finden, um dir alles zu erzählen."

294

Acht Uhr morgens. Der Wagen der Militärbrigade biegt um die Ecke des Stadtparks und hält vor dem Gerichtsgebäude. Es nieselt ständig. Kein Mensch auf der Straße. Der Leutnant dreht das Wagenfenster herunter und macht dem Wachtposten vor der Eingangstür ein Zeichen. Der Soldat kommt näher und grüßt stramm. Vom weißen Helm tropft der Regen.

"Ist der Richter schon gekommen?"

"Ja, Herr Leutnant."

"Ist sonst noch jemand bei ihm oben?"

"Nein, Herr Leutnant."

Der Leutnant sprach nach hinten in den Wagen. "Sie können aussteigen, Pater Schneider."

"Und meine Schwester?"

"Wir bringen sie ins Krankenhaus. Der Richter möchte Sie alleine sprechen."

Dann wandte er sich an den Wachtposten, der noch immer stramm stand.

"Begleite den Priester bis zum Büro des Richters. Dann bewache hier unten wieder den Eingang. Wir werden nicht lange wegbleiben."

Willy drückte kurz Annas Hand, dann stieg er aus. Seit sie aufgewacht war, hatte Anna kein Wort gesagt. Das Gesicht hatte einen harten Ausdruck, und sie schien weit weg zu sein.

Der Wachtposten ging voraus, um dem Priester den Weg zu zeigen. Schweigend gingen sie die Treppe nach oben. Der Polizist hielt vor der einzigen offenen Tür und salutierte erneut.

"Bitte, eintreten zu dürfen."

Von der anderen Seite eines mit Akten überladenen Tisches nickte der Mann mit Brille. Dann vertiefte er sich wieder in seine Papiere und las weiter. Willy war mit dem Polizisten eingetreten und vor dem Mann stehen geblieben. Der Richter las gemächlich zu Ende, dann sah er auf. Er war gut rasiert. Dunkelblauer Anzug, weißes Hemd und rotbraune Krawatte. Die braunen Haare gepflegt nach hinten gekämmt. Er sah aus, als käme er frisch aus dem Bad.

"Guten Morgen, Pater Schneider. Setzen Sie sich doch bitte!"

Dem Wachtposten wies er die Tür.

"Du kannst draußen warten."

"Der Leutnant hat mir befohlen, unten vor dem Eingang zu warten."

"Geht in Ordnung. Sorg dafür, daß uns keiner stört!"

Willy nahm auf dem ihm gewiesenen Stuhl Platz, wobei er den Regenschirm fest mit der rechten Hand umklammerte. Der Richter fixierte ihn einen Augenblick lang.

"Sie sind sich selber treu geblieben, Pater Schneider. Jetzt treffe ich Sie schon zum zweiten Mal als Falschfahrer auf der Einbahnstraße der Geschichte."

Willy sah dem Richter offen ins Gesicht.

"Entschuldigen Sie, aber ich kann mich nicht erinnern, Ihnen schon einmal begegnet zu sein."

"Aber ich erinnere mich genau. Ich habe damals alles versucht, Ihnen körperliches Leid zu ersparen. Aber Sie waren ja immer wie besessen. Ein Mann, der ein Christ sein will und immer auf der dem Gesetz entgegengesetzten Seite! Sie gehören zur schlimmsten Sorte der Subversiven, die ich kenne."

"Sie waren... Sie waren Beamter im DOPS?"

"Genau. Ich habe erst Karriere bei der Polizei gemacht, bevor ich das Richterexamen abgelegt habe."

Willy mußte ein wenig nachdenken.

"Doktor... Roberto, stimmt's? Jetzt erinnere ich mich. 1970 war das..."

Der Richter legte seine gespreizten Hände auf den Tisch. "Zwanzig Jahre, nachdem Sie uns das erste Mal aufgefallen sind, müssen Sie wieder meinen Weg kreuzen. Aber auch ich bin in all der Zeit derselbe geblieben. Ich bin immer noch bereit, mit mir reden zu lassen. Ich will Gewalt vermeiden. Ich bin zwar jetzt nur stellvertretender Richter, aber diese Anarchie hier werde ich nicht dulden. Haben Sie für all diese Absurditäten eine plausible Erklärung?"

Willy schreckte auf. Seine Gedanken waren weit weg gewesen. Die Stimme war etwas flatterig. "Absurd... Absurditäten?"

Der Richter trommelte mit dem Finger auf die Papiere, die vor ihm lagen. "Sie haben hier ausgesagt, daß die Landlosen eine Farm mit Zustimmung des Besitzers besetzt hätten. Bestätigen Sie diese Aussage?"

"Ja. Wir haben vom Besitzer ein Telegramm erhalten und danach einen Telefonanruf. Die Kopie des Telegramms muß bei den Prozeßakten sein."

"Ein Telegramm ist kein Beweisstück. Oberst Gilson meint, ihr hättet das ganze eingefädelt. Sie, Ihre Schwester und Ihr Schwager. Ihr drei habt Herrn Silvestre Bandeira in diese Geschichte verwickelt, so daß er einen Gehirnschlag davon bekam."

Willy hielt dem bohrenden Blick des Richters stand. "Mein Schwager und meine Schwester sind die rechtmäßigen Erben der Hälfte jener Ländereien. Da gab es keinen Grund, krumme Sachen zu drehen. Herr Silvestre hat uns am 2. Mai dieses Jahres ein Telegramm geschickt und gebeten, wir sollten die Bauern herbringen."

"Er soll gebeten haben!? Genau das ist das absurde an der Geschichte! Nie würde ein Fazendeiro das Gatter für einen Haufen Vagabunden öffnen. Herumlungerern, angeheuert von einer gescheiterten Linken. Und sollte Herr Bandeira wirklich eine solche Einladung ausgesprochen haben, dann nur, weil er nicht bei Sinnen war. Er war verkalkt. Das könnte ein solches Verhalten erklären."

"Das bedeutet also, daß Sie selbst glauben, daß er uns gebeten hat?"

Der Richter sprach plötzlich lauter. "Und wenn schon! Oberst Gilson hatte richtig gehandelt, dieses unvernünftige Unternehmen zu unterbinden. Die Unzurechnungsfähigkeit seines Schwiegergroßvaters zu beantragen. Die Hilfe der Polizei zu erbitten, um das Besitztum zu retten, das von Besetzung bedroht war."

"Oberst Gilson hat alle nur erdenkliche Willkür walten lassen. Unser Anwalt hat mehrfach Klage eingereicht. Da geht es vom Privatgefängnis bis zum unerlaubten Waffengebrauch."

Der Richter schüttelte den Kopf. "Heute morgen hat man mich mit der Nachricht geweckt, ihr hättet wieder drei Rinder von der Fazenda Ibirapuitan geschossen und gestohlen. Wollen Sie das leugnen, oder bestätigen Sie es?"

Willy schwieg still. Noch energischer sprach der Richter weiter. "Öffentliche Verkehrswege habt ihr blockiert, das ist Aufruhr, Widerstand gegen die Staatsgewalt, ideologische Abweichung, ständige Bedrohung des Eigentums Dritter. So sieht das wahre Bild der Landlosen-Bewegung aus. Ein Haufen Krimineller, die von den radikalen

Gruppen der Kirche unterstützt werden. Warum versucht ihr es nicht auf rechtmäßigem Weg?"

"Weil Recht und Gesetz auf der Seite der Mächtigen stehen. Während die Bauern warten, daß Versprechungen erfüllt werden, tut sich gar nichts. Die Landbesetzungen sind unsere Art zu streiken. Aufmerksam zu machen auf so viel Ungerechtigkeit."

"Gerechtigkeit wird nur auf dem Rechtsweg errungen. Sogar die göttliche Gerechtigkeit!"

"Als ich Sie kennenlernte, war Ihr Gott noch ein anderer. Ich glaube, er nannte sich 'Nationale Sicherheit'."

"Und Ihr Gott ist nicht einmal mit der Mauer von Berlin gefallen. Er heißt noch immer Karl Marx."

Der Richter war aufgestanden und zum Fenster gegangen. Er blickte auf den Verkaufsstand im Stadtpark, der über und über mit grün-gelben Bändern geschmückt war, den Nationalfarben. Geknalle von Raketen war zu hören. Mit ernstem Gesicht wandte er sich dem Priester zu.

"Brasilien wird auch diese Fußballweltmeisterschaft gewinnen. Präsident Collor braucht die Unterstützung des ganzen Volkes für sein Regierungsprogramm."

Willys Stimme war ruhig. "Brasilien ist bereits Weltmeister in Auslandsverschuldung und in Kindersterblichkeit."

"Wir beide haben uns anscheinend überhaupt nicht geändert, nicht wahr?"

"Wir nicht. Aber Brasilien ist anders geworden! Wenigstens hoffe ich, daß mich heute keiner mehr foltern wird."

Der Richter ging zwei Schritte auf den Priester zu. Sein Gesicht war rot angelaufen.

Willy blieb weiterhin ruhig. "Was wollen Sie von mir, Doktor Roberto?"

Doch schon hatte sich der Richter wieder in der Gewalt. Die perfekte Maske guter Erziehung.

"Ich schmiede Pläne für meine berufliche Karriere in der Justiz. Da kann ich keine Presse brauchen, die in meiner Vergangenheit kramt. Deswegen habe ich Sie rufen lassen. Als Preis für Ihr Schweigen halte ich den Ausweisungsbefehl für die Landlosen noch ein wenig zurück. Zehn Tage gebe ich euch noch. Ich bin hier nur stellvertretender Richter. Die Sache soll nicht in meiner Hand platzen... Sollte aber die Presse auch nur das kleinste Wörtlein über meine Zeit beim DOPS veröffentlichen, dann ordne ich noch am gleichen Tag an, die Fazenda zu räumen. Wenn's sein muß, mit Schießbefehl."

Willy schwieg. Mit seinen hellen Augen musterte er den Richter. Der wies mit der Hand zur Tür. "Sie können jetzt gehen. Und versäumen Sie nicht, ein wenig in die Kirche zu schauen. Sie liegt gleich nebenan."

Der Priester hielt der Ironie im Blick stand.

"Das lassen Sie nur meine Sorge sein. ER ist gewiß auf unserer Seite."

Zehn Tage Waffenstillstand. Willy ging nachdenklich die Treppe hinunter. Draußen vor dem Gerichtsgebäude stand bereits der Brigadewagen an derselben Stelle. Aus dem halbgeöffneten Fenster winkte der Leutnant. "Pater Schneider, Ihre Schwester bat mich, es Ihnen zu sagen: Herr Silvestre Bandeira ist eben gestorben."

EPILOG

Vor dem Gerichtsgebäude hatte sich eine riesige Menschenmenge angesammelt. Besorgt sah Anna Rafael an. Sie hielten sich an den Händen. Sie spürte seinen kurzen Händedruck. Ein freundliches Lächeln hinter dem dichten Bart. Sie schmiegte sich an die Schulter ihres Mannes. Gemeinsam überquerten sie die Straße, gefolgt von Fotografen, Mikrophonen und Fernsehkameras. Beifall, aber auch Buh-Rufe. Mühsam gelangten sie durch die Kette der Polizisten ins Gebäude. Ein Mann hatte sich davor aufgebaut und schrie heiser: "Kein Zutritt für die Presse! Kein Zutritt für die Presse!"
Neugierige Gesichter in den offenen Türen. Eine verschwitzte Glatze vor dem Ehepaar. Hastig ging's die Treppen nach oben. Schwer atmend verharrten sie eine Weile im oberen Stock. Hier waren kaum noch Leute. Der Lärm der Straße war zurückgeblieben.
"Gott sei Dank. Boris ist da!"
Sein Haar wirkte ungekämmt. Darunter die angeschlagene Nase wie bei einem Boxer. Der Schnurrbart weiß geworden und an den Enden stark nach unten gebogen. Mit tiefer Stimme überspielte er seine Erregung.
"Jemand muß der Presse etwas von der Übergabe des Testaments gesagt haben. Der Richter ist fuchsteufelswild. Er meint, das könnt nur ihr gewesen sein."
Rafael zuckte mit den Schultern. Anna bewegte kaum merklich die grünen Augen.
"Wir haben erst gestern abend erfahren, daß es ein Testament geben soll. Du hattest uns nichts davon erzählt."

301

Boris lächelte verschmitzt. "Rechtsanwälte haben auch ihr Beichtgeheimnis. Kommt, wir gehen rein! Die anderen sind schon da."

Drinnen angespannte Stimmung zwischen Beklemmung und Verlegenheit. Gilson hielt Distanz zu Rafael. Anna fixierte das Kruzifix, das hinter dem Richter hing. Boris verfolgte aufmerksam jede Einzelheit des Geschehens. Nur die Gerichtsschreiberin wirkte ruhig. Sie brachte rasch zu Papier, was der Richter ausführte. Der amtliche Ton paßte zum Geklapper der Schreibmaschine. Kein Sonnenstrahl gelangte durch die vorgezogenen Gardinen in den Raum.

"Heute, am 4. Juli 1990, sind hier im Gerichtssaal von Alegrete um 11.10 Uhr versammelt vor seiner Exzellenz, dem Amtsrichter, und mir als Gerichtsschreiberin folgende Personen: Dr. Boris Luzzoli Cabrini, Herr Rafael Pinto Bandeira Khalil und Frau Marcela Bandeira Khalil Fraga, die Erben des Herrn Silvestre Pinto Bandeira."

Anna senkte die Augen. Ihr waren die Tränen gekommen. Am liebsten wäre sie davongelaufen. Die Worte hatten einen hohlen Widerklang in ihren Ohren.

"Der Amtsrichter erklärte, daß ihm an diesem 4. Juli 1990 im Amtssaal durch Dr. Boris Luzzoli Cabrini ein versiegeltes Testament des Herrn Silvestre Pinto Bandeira überreicht wurde. Es wurde festgestellt, daß es mit unverletztem Siegel übergeben wurde, ohne jegliche Korrektur innen und außen."

Gilson blickte den ehemaligen Sergeanten herausfordernd an. Marcela und Rafael wechselten Blicke. Anna entnahm ihrer Tasche ein Tuch, und ihre Hand zitterte dabei. Würdevoll saß der Richter auf dem Podium. Er wandte sich der Gerichtsschreiberin zu: "Ich bitte um die Lesung des Testaments."

Keiner sah jetzt mehr den anderen an. Von der Straße her war laute Musik zu hören. Die Schreiberin verhielt ein paar Sekunden. Plötzlich brach draußen die Musik ab. Der Richter forderte die Beamtin auf zu lesen:

"Ich, Silvestre Pinto Bandeira, möchte hiermit meinen letzten Willen bekanntgeben, wobei ich mich körperlich und geistig wohlauf befinde, frei von jeglichem Zwang und keinen Beeinflussungen ausgesetzt bin. Ich habe meinen Anwalt Boris Luzzoli Cabrini gebeten, diesen meinen letzten Willen aufzuschreiben.

So habe ich ihm aus freiem Willen dieses Testament diktiert. Dieses Testament ist das erste, das ich verfasse, und es lautet wie folgt:

Ich bin am 16. Juli 1900 im Landkreis Alegrete im Bundesland Rio Grande do Sul geboren und jetzt 81 Jahre alt. Ich bin Sohn der Maria Celeste Dornelles Bandeira und des Anibal Pinto Bandeira, die beide verstorben sind.

Ich war verheiratet mit der ebenfalls verstorbenen Florinda Maria Vargas Bandeira, mit der ich eine einzige Tochter, Marta Maria Pinto Bandeira, hatte.

Diese Tochter hat sich verehelicht mit Elias Ahmed Khalil. Dieser Ehe wurden meine beiden einzigen Enkelkinder geboren: Marcela Bandeira Khalil und Rafael Pinto Bandeira Khalil, die folglich meine gesetzlichen Erben sind.

Zum Ende meines Lebens ist es mein Wunsch, meinem einzigen männlichen Enkel, Rafael Pinto Bandeira Khalil, und seiner Ehefrau, Anna Schneider Khalil, das landwirtschaftliche Anwesen zu vermachen, das ich im Landkreis Alegrete besitze und das am linken Ufer des Ibirapuitan-Flusses liegt und 'Cabanha Ibirapuitan' heißt mit 4528 Hektar Land und Häusern, Wassereinrichtung, Stallungen und allem, was dazu gehört, einschließlich aller Rinder und Pferde."

Rafael drückte Annas Hand, daß sie leise stöhnte. Marcela war blaß geworden. Gilson schnaufte. Der Richter fixierte einen imaginären Punkt an der gegenüberliegenden Wand. Die Gerichtsschreiberin räusperte sich, dann fuhr sie fort, wobei Boris die Worte in seinem Gedächtnis nachklingen ließ:

"Das Gut soll übergeben werden mit allem, was darauf ist, mit den Möbeln und Gebrauchsgegenständen sowie allem landwirtschaftlichen Gerät.

Meiner Enkelin Marcela Bandeira Khalil und ihrem Ehegatten Gilson Fraga vermache ich alle meine sonstigen Besitztümer, wie folgt: ein Appartement in Rio de Janeiro in der Avenida Nossa Senhora de Copacabana Nr. 1310; ein Haus in Porto Alegre in der Rua Dr. Timóteo Nr. 752; dazu zwei Grundstücke im Stadtteil Cidade Alta in Alegrete, jedes mit einer Fläche von 25 mal 70 Metern; außerdem alle Aktien und Guthaben auf meinen Bankkonten."

Erleichtert lächelte Gilson der Gerichtsschreiberin zu. Er atmete jetzt wieder gleichmäßig. Marcela war weiterhin blaß geblieben. Der Richter forderte die Schreiberin auf, mit der Lesung fortzufahren:

"Es ist außerdem mein Wunsch, daß mein Enkel Rafael Pinto Bandeira Khalil und seine Ehefrau Anna Schneider Khalil die 200 Hektar Land bewohnen, die das Haus, die Stallungen und sonstigen Anlagen umgeben, zwecks

Züchtung der Hereford-Rinder, deren Erhaltung ich ihnen ans Herz legen möchte.

Auch wünsche ich, daß der übrige Landbesitz zu gleichen Teilen an wenigstens 200 Familien gegeben wird, die gemeinschaftlich das Land bebauen und entwickeln sollen.

Nach 20 Jahren sollen die Parzellen endgültig in das Eigentum der einzelnen Familien übergehen, die dieses Land bewirtschaftet haben."

Gilson war rot angelaufen. Schwerfällig erhob er sich, um dagegen Protest zu erheben. Aber ein Blick des Richters ließ ihn wieder Platz nehmen. Anna sah fasziniert die Gerichtsschreiberin an. Es war, als spräche Silvestre selbst in seiner besonderen Art, Worte zu betonen.

"Es ist mein Wunsch, daß das Testament zehn Tage nach meinem Abscheiden geöffnet wird, um dann nach Möglichkeit innerhalb eines Jahres erfüllt zu werden.

Somit beende ich mein Testament, das von meinem Rechtsanwalt niedergeschrieben wurde, der mein volles Vertrauen besitzt, und ich bitte die Justiz meines Vaterlandes, für die Erfüllung des Testamentes so zu sorgen, daß mein darin erklärter letzter Wille erfüllt wird. Nachdem dieses Testament von mir gelesen und von meinem Rechtsanwalt mir vernehmlich verlesen wurde, gebe ich eigenhändig meine Unterschrift, der die Unterschrift dessen folgt, der es niedergeschrieben hat.

Porto Alegre, den 17. März 1982.

Unterschriften: Silvestre Pinto Bandeira und Boris Luzzoli Cabrini."

Gilson hakte sich bei Marcela aus, die ihn zurückhalten wollte, und sprang hoch. Es schien, als wolle er auf den Rechtsanwalt losgehen.

"Dieses Testament ist ein Betrug! Nie brächte ein Fazendeiro es fertig, sein Land einer Bande Vagabunden zu schenken!"

Der Richter auf seinem Podest mußte lächeln. Willy trat aus dem Hintergrund hervor und kam barfuß über den gebohnerten Fußboden. Alle blickten auf ihn. Hinter dem Richter hatte man das kleine Kruzifix gegen das Kreuz eingetauscht, das seit Encruzilhada Natalino die Landlosen begleitete. Viele weiße Tücher hingen an den Querbalken, jedes galt für den Tod eines Bauern.

"Lachen Sie nicht über die Toten, Doktor Roberto! Um Gottes willen!"

Das Gelächter wurde stärker. Anna trug ein Kind auf dem Arm. Sie hielt es dem Richter hin mit der Bitte: "Lassen Sie wenigstens die Kinder aus dem Lager!"

Rafael lag gleich neben der Baracke. Willy versuchte, Boris im Nebel auszumachen. Er konnte das längliche Gesicht nur umgekehrt erkennen. Langsam rieselte Blut aus der Nase. Stoßartig kamen die Worte aus dem halbgeöffneten Mund:

"Wir müss... wir müssen das Testa... ment ret... ten."

Hinter ihm ertönt eine ihm bekannte Stimme: "Reißt diesem Priester die Wäsche runter! Hängt ihn in den Drachenstuhl!"

Der elektrische Schock läßt den Körper nach vorne schnellen. Das darf doch nicht wahr sein, daß die alle wieder hier sind! Herr, erbarme dich! Christus erbarme dich... Des Priesters Kopf tanzt hin und her, als gehöre er nicht mehr zum Körper. Der Schock läßt blauen Dunst aus den grauen Haaren aufsteigen. Zunehmend bildet sich in der Kehle ein lauterer Schrei.

"Brasilien spielt bei weitem besser als Argentinien."

"Was soll's? Wenn die das Tor gemacht haben."

"Schreiende Ungerechtigkeit ist das! Maradona trifft nur ein einziges Mal den Ball, und aus ist es mit unserer vierten Weltmeisterschaft..."

"Anna, bitte, wirf dich über das Kind!"

"So gefährlich ist das nicht. Die schießen mit Gummikugeln."

"Haltet durch, Leute! Das Land gehört jetzt uns, sogar rechtmäßig!"

"Nein, ist das die Möglichkeit! Die können doch nicht das Maschinengewehr einsetzen."

Wie Maschinengewehrgeratter geht es durch den Kopf des Gefolterten. Der Elektrostab sprüht Funken, wo immer er Metall berührt. Der Schmerz überschreitet das Erträgliche. Dann fallen alle Barrieren, und ein Schrei bricht ungehemmt hervor: "AAAAAAAIIIIIII! AAAAAAAIIIIIII!"

Auf dem elektronischen Bildschirm im Krankenhaus geht das rote Licht an und aus. Der Arzt vom Dienst und sein Assistent tragen glänzende Anzüge wie Raumfahreranzüge. Am Bildschirm, der mit dem Zimmer verbunden ist, erscheinen die Personalien des Patienten, der geschrien hat.

"Das ist der Alte von Zimmer 342. Der hat wieder einmal seinen Alptraum vom Testament."

"Und was ist das für ein Blödsinn?"

"Ich erkläre dir das später. Bring jetzt die Kamera näher an ihn heran."

Unzählige Falten durchfurchen das Gesicht. Die klaren Augen stechen hervor. Kein Haar mehr am Kopf. Der welke Mund schmerzverzerrt.

"Wir sehen uns einmal die Lebenszeichen des Patienten

an. Blutdruck, Temperatur, Herz- und Atemrhythmus. Eine Blutprobe machen wir gleich mit."

Über den Bildschirm huschten Lichtzeichen von links nach rechts. Dazu gab es ein paar schrille Töne.

"Es sieht so aus, als wäre alles in Ordnung. Keine körperliche Ursache für einen Schmerz."

"Sehen wir uns noch das Enzephalogramm an."

Grüne Lichtstreifen von unwahrscheinlicher Deutlichkeit. Mißtrauisch sah der Assistent den Arzt an.

"Aber wie alt ist denn dieser Mensch? So viel Zerebralenergie habe ich noch nie gesehen."

"Schau mal in der elektronischen Datei nach. Im zweiten Fach links neben dir. Du mußt noch die Tasten drücken."

Der junge Assistent nahm am Apparat Platz und gab die Code-Nummern ein. Am Bildschirm erschienen in Leuchtschrift ein paar Sätze.

"Wilhelm Schneider, christlicher Priester, geboren 1945, eingeliefert in die Gerichtspsychiatrie 1990. Irreversible Geistesumnachtung infolge von Gehirnverletzung."

Der Assistenzarzt staunte.

"95 Jahre ist der alt. Und 50 Jahre hier interniert!"

Der Arzt machte sich an den Kontrollhebeln zu schaffen.

"Ich habe schmerzstillende Mittel beigegeben. Stell die Zimmertemperatur um zwei Grad höher, bitte."

"Soll ich auch Musik anstellen?"

"Leg Bach auf. Der geht gleich wieder auf Alpha."

"Du kennst deinen Patienten recht gut?"

Die klassische Musik übertönte die elektronischen Geräusche. Das Gesicht des Alten wurde ruhiger. Alle Gefahrensignale verschwanden vom Bildschirm.

"Sehr gut. Er hat sich wieder beruhigt."

"Aber sein Gehirn arbeitet auf vollen Touren."

Der ältere Arzt lächelte.

"Das kommt auch mir jedesmal fantastisch vor, obwohl ich ihn doch seit Jahren betreue. Das wäre etwas für das Lateinamerikanische Parlament."

"Warum so hoch? Dort würde ich gerne einmal eine Dissertation einreichen."

"Ich weiß. Mit so einer psychiatrischen Arbeit, die Geschichte und Aktualität verbindet, könntest du sogar schnell berühmt werden."

"Brennend aktuell? Der Patient ist doch über neunzig. Was war denn das, was der auf den Kopf geknallt bekommen hat?"

"Dem hat man einen Gewehrkolben übergezogen. Dieser Patient war einer jener Verrückten, die im vorigen Jahrhundert um die Landreform gekämpft haben."

"Das ist ja großartig! Ich dachte, die wären alle längst tot."

Der Arzt lehnte sich im Sessel zurück, der sich automatisch der Anatomie des Körpers anpaßte.

"Hast du schon einmal von der Ana Sem Terra gehört?"

"Natürlich, wer hat noch nicht von ihr gehört? Meine Frau hat ein Poster von ihr in unserem Wohnzimmer aufgehängt. Wenn ich's rausnehmen will, wird sie sauer."

"Kennst du die Statue von ihr, die im Assis-Brasil-Park steht?"

"Das riesige Kunstglaswerk? Das meistkommentierte Kunstwerk des Jahres 2040. Aber mich sprechen eher die Fotos im Museum der Agrar-Reform an. Jene Szene, wie sie mit dem Kind vor dem Maschinengewehr steht, jagt mir jedesmal eine Gänsehaut ein. Ana Sem Terra ist eine fantastische Persönlichkeit."

Der Arzt stellte den 'Beruhiger' ab und wies dann auf das zerfurchte Gesicht, das noch immer auf dem Bildschirm zu sehen war.

"Pater Schneider ist der Bruder der Ana Sem Terra."

Ungläubig sah ihn der Assistent an.

"Bruder!? Wenn das stimmt, dann müssen doch noch viele Informationen in seinem Gehirn stecken, die man verwerten könnte. Wenn wir die zerstörten Gehirnteile isolieren, müßte es möglich sein, sein Leben von Kindheit an zu rekonstruieren. Mit den modernen Techniken der Tele-Hypnose könnten wir alle Informationen mit dem historischen Archiv vergleichen. Wir könnten einen Emotionalitäts-Querschnitt von Anna erstellen und viele ihrer Taten auf die historische Richtigkeit befragen."

"Dem widme ich mich seit Jahren. Ich habe den Alptraum des Alten immer wieder überprüft und mit Zeitungen und Filmen aus dem Jahr 1990 verglichen. Ich kann dir da stundenlang Material bieten. Aber eines mußt du wissen: In der Zeit damals ging's im sozialen Bereich unglaublich verrückt zu."

Auch der Assistent machte es sich im Sessel bequemer.

"Verrückt, inwiefern?"

"Das Volk mußte hungern, ohne etwas fürs Essen pflanzen zu können. Ein paar wenige Kapitalisten verfügten über die gesamte landwirtschaftliche Nutzfläche. In der damaligen Gesetzgebung stand das Recht auf Eigentum über dem Recht auf Leben."

"Aber das ist doch absurd! Das also war die Ursache von so viel Elend damals, so viel Mangelkrankheiten."

"Die Armen starben wie die Fliegen, besonders Alte und die Kinder. Bei alledem gab es auch direkt lächerliche

Situationen. Man setzte in Brasilien alles auf einen Präsidenten, den es zu wählen galt. In vielen Ländern hatte man diese archaische Einrichtung und meinte, darin die magische Lösung aller Sorgen finden zu müssen."

"Eine verrückte Welt damals."

"Zu derselben Zeit, in der Ana Sem Terra starb, wurden in Kolumbien während einer einzigen Wahlkampagne drei Präsidentschaftskandidaten ermordet. Da Japan ein ökonomisch aufsteigendes Land war, wählten die Peruaner einen Unbekannten zum Präsidenten, nur weil er Sohn eines Japaners war. Am schlimmsten aber war Brasilien. Da waren rund 30 Jahre vergangen, ohne daß ein Präsident gewählt worden war."

"Und haben sie es dann geschafft?"

"Ja, Ende 1989. Der neugewählte Präsident fing im März 1990 mit vielen liberalen Versprechungen an. Als erstes aber beschlagnahmte er alle Sparkonten der Bevölkerung."

"Klingt ganz nach der alten Fabel von den Fröschen, die einen König haben wollten."

"Es gab viele solcher Absurditäten damals. Heute ist uns die Grundausbildung aller wichtig. Vielleicht stehen heute die Lehrer sogar etwas zu hoch im Kurs. Aber damals mußte eine Lehrerin 10 Jahre lang unterrichten, um das Geld zu verdienen, das ein Abgeordneter im Monat bekam."

"Und niemand hat sich dazu geäußert?"

Der Arzt deutete auf das totenkopfähnliche Gesicht des Patienten.

"Der hat sich geäußert. Er stand seiner Schwester zur Seite im Kampf um die Agrar-Reform. Das war zur gleichen Zeit, als auch das ökologische Bewußtsein vieler wach wurde. Ist dir bewußt, daß man damals kaum die Sonnenenergie nutzte?"

"Nicht zu glauben! Nicht einmal für den öffentlichen Personennahverkehr?"

"Ein paar wenige hatten Solarenergie zum Duschen. Aber man zog es vor, riesige Staudämme zu bauen, die das fruchtbare Land fraßen und außerdem ganze Volksgruppen mit Überschwemmungsgefahr bedrohten. Als man den Staudamm von Itaipu wieder abgelassen hatte, entdeckten die einen Wasserfall, mindestens so herrlich wie der des Iguaçu. Ein Schauspiel für den Tourismus, das Millionen einträgt... Aber das war noch gar nichts. Fast hätten sie den Planeten in die Luft gejagt mit ihrer nuklearen Spielerei."

Der Assistent dachte kurz nach.

"Das Thema 'Ana Sem Terra' fängt an, mich zu interessieren. Würdest du mir bei der historischen Einordnung meiner Arbeit behilflich sein?"

"Alle meine Aufzeichnungen stehen dir zur Verfügung. Du mußt sie lediglich chronologisch ordnen. Und dann mußt du deiner Intuition folgen. Deinem guten Stern. Mir macht es mehr Freude, mit den Apparaten zu hantieren."

"Hast du denn keinen direkten Kontakt zu deinen Patienten?"

"Natürlich habe ich den. Aber ich bin nicht so sensibel wie du. Willst du den Priester besser kennenlernen? Im Dienst ist zur Zeit ja nichts los. Da können wir ruhig einmal hingehen."

Der Assistent stellte den Kontrollhebel auf Handbetrieb um und fuhr mit seinen Fragen fort: "Was meintest du vorhin mit dem Alptraum vom Testament? Gibt's da einen wahren Kern?"

"Im Jahr 1990 haben die Zeitungen die Geschichte ausführlich berichtet. Es gab damals ein paar wenige Stimmen, die behaupteten, ein Richter habe das Testament verschwinden lassen. Er soll in Folterungen und Rauschgifthandel verwickelt gewesen sein."

"Was, ein vereidigter Richter!? Und warum soll er das getan haben?"

"Um Geld. Und das soll ja auch der Anlaß zu dem Massaker am Ibirapuitan gewesen sein."

"Bei dem Ana Sem Terra umgekommen ist?"

"Genau. Die Bauern, die das damals überlebten, haben geschworen, es habe ein Testament des früheren Grundbesitzers gegeben, der ihnen eine riesige Landfläche vermacht hatte. Aber diese Fläche galt bei den Großgrundbesitzern als unantastbar, da sie mitten im Gebiet der extensiven Rinder- und Viehzucht lag."

"Was war denn das?"

"Ein System, das für die Zucht eines Rindes zehntausend Quadratmeter Landfläche beanspruchte."

"Für ein Rind? Welche Verschwendung!"

"So sah das damals überall aus. Das Schlimmste aber war die Verschwendung von Menschenleben. Da starben mehr Menschen im Straßenverkehr als an Herzerkrankungen. Die Immunschwäche AIDS verstanden viele als Strafe des Himmels gegen die Homosexuellen. Alle wußten, daß Rauchen krebserregend ist, daß die Abgase des Benzins karzinogen sind, aber man paffte weiterhin und blies dem anderen den Krebs ins Gesicht."

"Und das zu einer Zeit, in der Krebs noch unheilbar war... Unmögliche Zustände!"

"Noch nicht einmal unser Beruf war frei davon. Zum Ende des 20. Jahrhunderts erreichten wir den Weltrekord an Kaiserschnitten pro tausend Geburten. Ärzte machten chirurgische Eingriffe nur, um genug zu essen zu haben."

Sie waren in den Korridor gekommen. Still war es da. Sie stellten die Rollbahn an. Während sie weiter sprachen und gestikulierten, wurden sie zum Zimmer 342 gebracht. Der Arzt vom Dienst las die aktuelle Information auf dem Außenbildschirm ab; dann steckte er die Magnetkarte in den Schlitz. Vorsichtig meldete sich der Assistenzarzt.

"Ich weiß, es geht auf deine Verantwortung. Aber sollten wir nicht besser die Masken anlegen? Im Zimmer ist bestimmt noch Beruhigungsmittel in der Luft."

"Danke. Manchmal vergesse ich die Vorschriften."

Kaum hatten sie die durchsichtigen Masken angelegt, erhielt jeder individuell Sauerstoff. Nun öffneten sie die Tür und traten ins dämmrige Zimmer. Auf dem niedrigen Bett ruhte der Alte. Am Bildschirm wurden in grünen Linien alle lebenswichtigen Daten registriert. Bachs Musik schien alles in einen feierlichen Rahmen zu hüllen. Der Arzt überflog die klinischen Details und zeigte dann auf die rechte Hand des Assistenten.

"Kannst den Handschuh anziehen. Ein kleiner Tip auf die Stirn genügt."

Der Assistent folgte dem Rat. Er ging behutsam weiter und trat hinter das Bett. Er beugte sich und berührte mit dem bloßen Finger die Stirn des Patienten. Ruckartig nahm er die Hand zurück. Der andere Arzt lachte, wobei im Dämmerlicht seine weißen Zähne erschienen.

"Unglaublich, was der an Energie überträgt, nicht wahr?"

"Was bedeutet das? Ist der ein Zerebralgenerator?"

"Ja, so könnte man das nennen. Wir haben inzwischen

314

die Zählung aufgegeben, wieviele Zerebraltransfusionen er schon gegeben hat... Und? Wie denkst du jetzt über die Arbeit?"

Der Assistent dachte eine Zeitlang nach.

"Ich will ganz ehrlich sein, Boris. Diese Arbeit wird ihren Autor berühmt machen. Warum bestehst du darauf, sie mir als Geschenk zu überlassen?"

Der diensthabende Arzt machte sich an den Schaltern am Ärmel seiner Arztjacke zu schaffen.

"Was tust du da?"

"Ich stelle dieses Zimmer von der Zentrale ab. Was ich dir sagen möchte, soll nicht aufgezeichnet werden."

Die alles aufzeichnende Kamera oben an der Decke blieb stehen. Alle Zeichen verschwanden vom Bildschirm. Auch die Musik war ausgegangen. Nur die Anzüge strahlten noch ein phosphoreszierendes Licht aus.

"Fürchtest du Spionage? Ist die Sache so wichtig?"

"Sie ist wichtig. Das Lateinamerikanische Parlament hat mächtige Feinde, und die elektronische Spionage ist grenzenlos. Ich will dir etwas gestehen. Ich kann diese These gar nicht verfechten, denn ich würde als befangen gelten. Ich bin Enkel jenes Rechtsanwaltes, der das Testament niedergeschrieben hat. Und der ist auch bei dem Massaker umgekommen."

"Ich verstehe. Aber warum Angst vor Spionage?"

"Ich habe einen Bruder, der bei der Kommunikations-zentrale arbeitet. Er hat mir gesagt, daß eine schleichen-de Beeinflussung bereits die Mehrzahl der lateinameri-kanischen Bevölkerung erreicht. Wir stehen kurz vor dem 5. Juli. Das Parlament möchte die Feiern dieses Datums beeinflussen. Das Massaker am Ibirapuitan ist gerade 50 Jahre her. Auch der Tod der Ana Sem Terra.

"Worum geht es bei der Beeinflussung?"

"Man will die Anna lediglich zu einem Mythos machen. Man soll meinen, es habe die Anna nie so gegeben, wie wir sie in Erinnerung haben. Sie sei nichts weiter als eine Prostituierte der Goldsucher im Norden des Landes gewesen."

"Aber so etwas ist doch infam! Ebenso haben sie versucht, Chico Mendes am 50. Jahrestag seiner Ermordung zu verunglimpfen."

"Man geht jetzt genauso vor. Viel lassen sich die Neoklassizisten nicht einfallen. Ein großer Teil der Bevölkerung glaubt solche Lügengeschichten."

Dann zeigte er auf den schlafenden Alten.

"Aber die Aufzeichnungen, die aus dem Hirn dieses Alten stammen und die ich registrieren konnte, könnten das Gegenteil beweisen."

In die Augen des Assistenten war ein Glanz gekommen. Sein guter Stern stand auf dem Höhepunkt. Der Ältere zog den Handschuh aus und reichte ihm die Hand hin.

"Was soll das?"

"Das ist eine Abmachung ohne Unterschrift, so wie im vergangenen Jahrhundert. Wenn du mir dein Ehrenwort geben willst, die Ana Sem Terra zu verteidigen, dann schlage ein."

Über die Brust des schlafenden Alten hinweg trafen sie sich zu einem festen Händedruck. Bewegt verhielten beide Ärzte ein paar Sekunden lang. Dann ließen sie sich los, und der Arzt vom Dienst stellte die Verbindung zur Umwelt wieder her. Weich klang wieder die klassische Musik, und die Lebenszeichen erschienen erneut in grünen Linien auf dem Bildschirm. Die Kamera schwenkte wieder hin und her und fing alle Bewegungen auf.

Als sie dann draußen im Korridor waren, nahm Doktor Boris die Maske ab und atmete tief durch.

"Gehen wir ein wenig? Diese ganze Technik macht mich fertig."

Alleingelassen im halbdunklen Zimmer öffnete Willy die Augen. Lächeln überzog sein Gesicht. Langsam bewegten sich seine mageren Arme über seine Brust, und er faltete die Hände. Die welken Lippen gaben wieder, was das Gehirn ihnen auftrug: Vater unser im Himmel, geheiligt werde dein Name. Dein Reich komme. Dein Wille geschehe wie im Himmel so auf Erden. Unser tägliches Brot gib uns heute. Und vergib uns unsere Schuld, wie auch wir vergeben unseren Schuldigern. Und führe uns nicht in Versuchung, sondern erlöse uns von dem Bösen. Amen.

Am elektronischen Bildschirm gingen die Signale von Grün ins Rot über. Die Linien verloren ihre vertikalen Schwingungen. Kurz darauf verewigte sich das Lächeln auf dem Gesicht des Alten. Bachs Musik klang sanft weiter. Einige Sekunden später stellte der Computer sie automatisch ab. Friede legte sich über den toten Körper.

Geschichtliche Hinweise

1956–1961 Staatspräsident Juscelino Kubitschek de Oliveira; in seiner Regierungszeit wird der Regierungssitz in die neuerbaute Hauptstadt Brasilia verlegt; Vizepräsident João Goulart.

Bei der Präsidentschaftswahl für seinen Nachfolger treten Jânio Quadros als Kandidat für das Präsidentenamt und João Goulart als Kandidat für die Vizepräsidentschaft für verschiedene Parteien an; in der damaligen Direktwahl für beide Ämter werden beide gewählt.

Jânio da Silva Quadros übernimmt das Amt am 31. 1. 1961 und tritt am 25. 8. 1961 zurück; der auf ihn folgende João Goulart (Jango) wird am 31. 3. 1964 vom Militär gestürzt. Es folgen bis 1984 Militärregierungen:

1964–1967 Marschall Humberto de Alencar Castelo Branco

1967–1969 Marschall Artur da Costa e Silva

1969–1974 General Emilio Garrastazu Médici

1974–1978 General Ernesto Geisel

1978–1985 General João Figuereido

1985–1990 ziviler, indirekt gewählter Staatspräsident José Sarney, der als Vizepräsident des vor Amtsantritt gestorbenen Tancredo Neves die Regierung übernimmt.

1990–1992 Fernando Collor de Mello, direkt gewählter Präsident, wegen Korruption durch 'impeachment' abgesetzt.

1992 übernimmt sein Stellvertreter Itamar Franco die Präsidentschaft.

Die Militärregierungen, deren Informationsdienst SNI und deren Ordnungsdienst DOPS gefürchtet waren, wurden politisch getragen von einem Verbund von Parteien, der 'Aliança Renovadora Nacional' – ARENA (bekannte Politiker Finanzminister Delfim Neto und der spätere Präsident Sarney); der Allianz stand als Opposition eine Bewegung 'Movimento Democrático Brasileiro' – MDB gegenüber, der u.a. Paulo Brossard angehörte.

Dem Zusammenschluß von Kleinbauern und Landarbeitern, die sich nicht in die Elendsgürtel der Großstädte oder in den Regenwald verdrängen lassen wollten und in der Landlosenbewegung 'Movimento dos Sem Terra' – MST zusammenschlossen, antworten die Großgrundbesitzer mit der Gründung ihrer Vereinigung unter dem Namen 'União Democrática Ruralista' – UDR.

CTG	Centro de Tradições Gauchas, Verband zur Pflege der Gaucho-Traditionen
DNER	Bundesstraßenbehörde
Légua, Quadra	alte brasilianische Maße
indiado no galpão	Kommt alle zusammen!
indio vago	unentschlossener Reiter
oigaletê indio velho	Vorwärts, alter Kumpel!

INHALT